Do Seu Lado

Aos amigos Célia e
família!
Obrigada por estarem
"do meu lado"
nesta data!

beijos,
Fernanda [illegible]

Fernanda Saads

Do Seu Lado

O grande amor de sua vida pode estar
mais perto do que você imagina.

Editora Novo Conceito jovem

Esta é uma obra de ficção. Nomes, personagens, lugares e acontecimentos descritos são produtos da imaginação do autor. Qualquer semelhança com nomes, datas e acontecimentos reais é mera coincidência.

1ª Impressão – 2012

Gerente Editorial: Edgar Costa Silva
Edição: Odir Cunha
Preparação de Texto: Ana Oliveira
Revisão de Texto: Lilian Aquino, Tamires Cianci
Diagramação: Crayon Editorial Ltda. e Vanúcia Santos
Capa: Marina Avila

Este livro segue as regras da Nova Ortografia da Língua Portuguesa.

Dados Internacionais de Catalogação na Publicação (CIP)
(Câmara Brasileira do Livro, SP, Brasil)

Saads, Fernanda
Do seu lado / Fernanda Saads. - Ribeirão Preto, SP : Novo Conceito Editora, 2012.

ISBN 978-85-63219-00-8

1. Ficção brasileira I. Título.

12-03426 **CDD-869.93**

Índices para catálogo sistemático:
1. Ficção : Literatura brasileira 869.93

Editora Novo Conceito jovem

Rua Dr. Hugo Fortes, 1885 – Parque Industrial Lagoinha
14095-260 – Ribeirão Preto – SP
www.editoranovoconceito.com.br

Prólogo

Nas minhas fantasias mais malucas eu estou no meu melhor dia, com os cabelos esvoaçantes e a pele bronzeada, vestindo uma roupa bem bacana, passeando pela rua, quando dou de cara com meu ex-namorado.

Ele está meio estropiado. Não, ele está bem e tudo o mais e quando me vê, pimba! Percebe que terminar comigo foi o maior erro de sua vida. Na verdade, fui eu quem terminou com ele, mas por sua total e mais completa culpa.

Não que eu goste dele, nem nada. Ao contrário, eu o detesto. Por tudo o que ele me fez e, especialmente, por como ele me fez sentir por alguns dias. Mentira. Foram alguns anos.

Sou uma garota bonita, eu sei. Todo mundo diz que ele foi um idiota por ter me trocado. Mas, no fundo, apesar de tudo, não sei por que eu ainda fico me sentindo escanteada.

Meus pais o detestam. Meu melhor amigo, Igor, diz que já gastei toda a minha cota de babaquice nos anos em que estive com ele. As revistas de mulherzinha dizem que toda mulher passa por isso um dia e Glória, minha psicanalista, diz que isso tem alguma coisa a ver com a minha infância. Eu nem gosto mais dele, obviamente. Mas nunca, nunca mesmo, deixo de pensar em como seria doce me vingar.

PRÓLOGO

[illegible]

1

Sempre pensei que arquitetura fosse uma profissão glamorosa. Todas aquelas revistas e pessoas sorridentes posando em seus sofás de grife me faziam sonhar em um dia poder escolher tapetes caros com alguma celebridade. Mas a verdade é que nem sempre há flores por onde ando e até casinha de cachorro já tive que projetar.

Guardo meu smartphone quando meu cliente aparece. É um cara alto e gordo, vestindo jeans surrado e camiseta promocional. Levanto e dou o meu melhor sorriso de arquiteta famosa, quando ele aperta a minha mão com uma força esmagadora.

— Olá! Sou Sarah, da Dimensão Arquitetura — digo.

— Finalmente! Achei que não viesse mais — ele diz e eu engulo seco.

— Desculpe o atraso de cinco minutos! — ironizo, olhando para o relógio. — Mas o trânsito não está fácil.

— Que saísse mais cedo. Não tenho muito tempo.

Eu quero dizer que não está sendo nem um pouco agradável para mim, estar aqui com ele, em plena manhã de sexta-feira, sentindo cheiro de ração de cachorro. Mas eu sento e abro meu laptop.

— Vamos fazer um briefing, ok? — digo.

— Fazer o quê?

Respiro fundo.

— É um tipo de conversa em que eu faço perguntas pertinentes ao projeto e o senhor responde coisas que irão me ajudar a fazer o melhor possível. — respondo.

— Ah... Uma entrevista — ele coça a cabeça. — Pode começar.

— Mais ou menos isso — digo e começo a digitar. — O que o senhor espera de nós?

— Eficiência — ele responde. — Que não atrasem, por exemplo...

— Ok. E que tipo de design o senhor prefere? Algo mais clean? Colorido?

— É, pode ser isso, mas nada muito efeminado.

— O senhor considera utilizar material ecológico?

Ele dá um sorrisinho irônico e diz:

— Você acha que vou cair nessa? Vocês arquitetos adoram inventar coisa pra gente gastar. Essa coisa de ecologia é besteira.

Olho para ele incrédula.

— Então o senhor não se importa de ficar, por exemplo, sem água um dia? — me pego dizendo.

— Não. Daqui pra lá eu já terei morrido — ele responde.

— E seus filhos? — retruco, indignada.

— Não tenho filhos.

— Ok. Sem material ecológico — anoto.

Definitivamente, não estou me sentindo uma arquiteta glamorosa nesse momento. Saio do pet shop apressada. Estou atrasada para a minha terapia. Glória não vai me perdoar dessa vez. Mas o trânsito está caótico e eu percebo que terei de me desculpar via mensagem de celular.

Querida Glória,

Infelizmente não vou poder ir hoje. Coisas estranhas estão acontecendo ultimamente. Prometo que não faltarei à próxima consulta.

Um beijo da sua paciente preferida,
Sarah

2

Não posso deixar de verificar meu e-mail pessoal, embora Nestor, meu chefe, faça reuniões constantes para falar sobre como não devemos misturar nossa vida pessoal com a profissional. Tipo se você tiver atropelado um gato na rua antes de vir para o trabalho, ou se seu apartamento foi tomado por chamas e você perdeu tudo, ninguém precisa saber disso.

Igor está em sua baia, concentrado em um projeto grandioso de uma firma de advocacia. Eu o conheço desde a faculdade, quando cursamos, juntos, Arquitetura. Ele é meu melhor amigo. A gente se entende como se ele fosse uma garota. Exceto pelo fato de ele não ser uma garota.

Nós nos damos muito bem, mesmo quando ele briga para não assistir aos episódios de *Sex and the city* comigo. E, quando assiste, faz comentários do tipo "como as mulheres gostam de cafajestes", o que é um recado direcionado a mim. Mas eu nem ligo.

— Ei, Igor! Como está o projeto? — pergunto, me aproximando.

— Ah, estou animado — ele diz e abre uma tela. — Olha esse novo revestimento. É lançamento. Vou usá-lo!

— Puxa, é lindo! — digo, admirada. — Vai ser um detalhe?

— Que nada! Os caras estão dispostos a gastar. Vou usar na fachada — ele diz e dá um largo sorriso.

— Uau! Vai ficar lindo! — continuo. — Não aguento mais aquele cliente do pet shop — limpo a garganta. — O cara já me fez mudar o projeto umas três vezes.

— Ih, mas por quê? Você tem o briefing? — ele pergunta e arruma os óculos.

— Tenho... — suspiro.

— Quer ajuda?

— Claro!

— Ok. Mais tarde, no final do expediente, então — ele diz e se volta para o monitor.

Igor é do tipo genial no que faz. No fundo, às vezes, sinto uma invejinha dos seus projetos perfeitos. Inveja boa, logicamente. Acho que nunca o vi tendo que refazer um projeto. Os clientes sempre ficam encantados logo de cara. Mas talvez isso seja fruto de sua obsessão por trabalho.

Verifico meus e-mails com atenção. Minha lixeira é sempre mais cheia que a caixa de entrada. Honestamente, estou bem arrependida de ter pedido a Newsletter do Privalia. Nada de interessante... Promoção em um hotel fazenda... Não consigo me lembrar, exatamente, de quando eu quis ir a um hotel fazenda. Fora isso, um tanto de correntes e apresentações em Power Point, que apago sem sequer abrir.

— Sarah? — ouço a voz rouca de Nestor bem atrás de mim e dou um pulo de susto.

Tento fechar a janela do Outlook, mas ela trava.

Droga.

— Ei, chefe! Bom dia! Não está especialmente quente hoje? — digo e dou meu melhor sorriso de funcionária dedicada.

— Sarah, quantas reuniões precisarei fazer para que você pare de perder tempo vendo esses e-mails inúteis? — ele diz com uma expressão nada amigável.

— Não são e-mails inúteis — replico. — Eu me atualizo sobre novas tendências de arquitetura, sabia?

Espero que ele sorria e diga que compreende, mas seu rosto permanece imóvel.

— Quero conversar com você em meia hora, ok? Na minha sala — ele diz e sai.

Instintivamente, penso que algo de ruim está para acontecer. A bronca deve ser muito grande. Talvez eu seja demitida.

— Igor? — sussurro por cima da minha baia.

— Oi — ele se vira e arruma os óculos, como sempre.

— Acho que vou ser demitida — tenho um súbito tremor ao me ouvir dizer.

— Por que você acha isso? — ele franze a testa.

— Sei lá... Fui chamada para uma conversinha... Acho que tem a ver com meus e-mails — digo.

— Ah, lá vem você de novo — ele faz um gesto com a mão e ri.

— E você ainda ri? — retorço a boca indignada.

— Bem, é que se você for demitida, eu também serei.

— Como assim? Vai pedir demissão em solidariedade? Você me ama tanto assim? — ironizo.

— Também fui chamado para a reunião — ele sussurra.

— Ah...

Nestor está debruçado sobre uns folders quando entramos em sua sala. Não faço ideia do que ele queira nos dizer, mas sua cara não está muito boa.

— Sentem-se — ele diz, apontando para as novas cadeiras Arne Jacobsen, berinjela, de sua sala.

— O que tem para nós? — Igor pergunta.

— Um desafio — ele responde e fixa seus olhos pretos sob sobrancelhas grossas em mim.

Ok. Sei exatamente por que ele disse isso. Quando fiz minha entrevista para entrar na Dimensão Arquitetura, eu disse que minha maior qualidade era gostar de desafios. Depois disso, qualquer cliente ranzinza ou projeto grandioso com poucos recursos são direcionados a mim.

— Ótimo — retruco.

— Uma agência de publicidade — ele diz. — Eles são muito exigentes. Foi um grande esforço conseguir trazê-los para cá e não posso decepcioná-los.

Droga.

— E quando podemos começar? — Igor parece empolgado, enquanto tento arrancar um pedacinho de cutícula que escapou da manicure.

— Segunda-feira.

Legal. Nem faço questão de ver o cartãozinho. Mais um cliente chato. Onde estão as celebridades?

3

Acabo de comprar um jogo novo para o meu smartphone. Daqui a poucos minutos o meu melhor amigo, Igor, vem me buscar para uma viagem curta à fazenda de seus pais numa cidadezinha a cento e vinte quilômetros daqui. É o aniversário de casamento deles, e não os conheço pessoalmente. A única coisa que sei é que não fazem o tipo "pessoas comuns". Sua mãe é escritora. Não é estranho conhecer uma escritora? Quero dizer, escritores são pessoas que vivem por aí à paisana. Ficam famosos e ricos, mas não saem na *Contigo*, por exemplo. E seu pai tem um negócio de touros reprodutores.

O fato é que Igor tem muita sorte de ter sido incentivado a ser arquiteto. Acredito que se ele quisesse ser vendedor de picolé, os pais iriam achar o máximo também. Não consigo imaginar minha mãe dizendo: "É isso aí, filha! Vai ser escritora!", por exemplo. Quando eu quis ser cantora, ela disse que eu não iria sair por aí em um ônibus velho e cheio de hippies. Tentei explicar que eu seria cantora pop e ela disse: "Hippies não são pop?".

— Ei, senhor fazendeiro! — digo, batendo no vidro do carro de Igor.

— Olá! — ele sai e vai até o outro lado abrir a porta para mim.Isso é uma coisa engraçada que ele sempre fez.

— Que tem nessa mochila? — ele diz quando a segura para colocar na mala.

— Kit Selva! — respondo.

— Que é isso?

— Repelente em loção, repelente em spray, mosquiteiro, um aparelhinho que emite ondas sonoras e espanta pernilongos, meias e mais meias — digo, enquanto clico no meu novo joguinho do smartphone.

— Sinto dizer, mas não vamos acampar — ele ri.

— Gracinha...

— E essa coisa aí? — ele se refere ao meu smartphone.

— Ah, isso é um smartphone! — levanto o aparelho e o aproximo de seu rosto.

— Eu sei! Quero saber o que você está fazendo com ele.

— Um jogo novo! Pra me distrair na estrada — sorrio.

— Húm.

Igor detesta quando fico vidrada nos meus joguinhos. Ele acha que se eu não estiver olhando, é porque não estou escutando. Mas eu sou mulher e consigo fazer mil coisas ao mesmo tempo.

— Cento e vinte quilômetros dão quantas horas? — pergunto.

— Uma hora e meia, por aí — responde.

— Então nós chegaremos dentro de umas três horas.

Ele levanta as sobrancelhas.

— Lá vem você...

— Você está dirigindo como uma velhinha!

— Você sabia que um choque nessa velocidade projeta uma pessoa de sessenta quilos, como você, numa força de cerca de quatro toneladas? — ele diz.

— Eu não tenho sessenta quilos! — digo, revoltada. — Tenho cinquenta e nove!

— Rá, rá!

Igor é cheio de explicações físico-químicas. Ele sabe de tudo um pouco e isso, às vezes, me deixa irritada. Especialmente porque ele quase sempre utiliza argumentos que me deixam em desvantagem.

— Será que seus pais vão gostar de mim? — pergunto.

— Depende...

— De quê? — questiono, curiosa.

— Você é muito boba... — ele ri. — É claro que eles vão adorar você. Quem não gosta de Sarah Albuquerque?

— Tá bom! — digo e empurro seu ombro.

Durmo um pouco durante a viagem e, quando acordo, já estamos chegando.

— Já se passaram quantas horas? — pergunto meio atordoada.

— Uma hora e meia, como eu disse! — ele sorri e sai da pista para uma estrada de barro, rodeada de coqueiros.

— É perto daqui?

— Já chegamos — ele responde.

— Nossa! — ponho a mão na boca de estupefação. — Isso tudo é dos seus pais? — digo, ao ver o longo caminho que ainda temos pela frente.

Ele sorri e balança a cabeça dizendo que sim.

Avisto um muro extenso com portão de madeira talhada que dá para um enorme gramado ladeado por flores miúdas. A casa é de madeira, quase toda cheia de janelões e portas em vidro.

— Que linda! — digo.

— Fui eu que desenhei — ele diz.

— Mas como? Seus pais têm essa fazenda desde que você ainda nem era arquiteto!

— Pois é. Eu ainda nem era arquiteto...

Isso só confirma a genialidade que eu sempre achei que Igor tivesse.

Depois que estacionamos, vou até a mala tirar minha mochila, mas ele me impede e a carrega. Olho para o céu bem azul e respiro fundo. Parece que o ar aqui é mais puro. Seguimos até a escada principal e uma mulher loura, com olhos verdes e bochechas rosadas, aparece na porta.

— Querido! — ela exclama e abre os braços.

Igor se aproxima, coloca a bagagem no chão e lhe dá um abraço apertado. Perto dele, ela parece bem mignon.

— Mamãe... Esta é Sarah... — estou de braços para trás, meio sem graça, quando ele se vira para mim.

— Como vai, querida? — a voz de sua mãe é muito doce e ela se aproxima para um abraço. — Já ouvi falar muito de você.

Eu rio sem graça.

— Muito bem, obrigada — digo. — Esse lugar é lindo!

— Ah, graças ao Igor — ela diz. — Vou confessar uma coisa: sou um horror no quesito decoração — sussurra.

— Isso é modéstia dela. Garanto — Igor elogia ao passar o braço pelo seu ombro.

— Mas vamos entrar! O almoço já está pronto — ela sorri e me conduz educadamente.

A casa é mais bonita ainda por dentro. Tem uma parede decorada com pratos na sala de jantar e a escada é de madeira talhada. Igor me leva até o quarto onde vou ficar.

— Sua mãe é um doce! — digo.

— Ela é mesmo...

— Ei, que legal essa estante de livros! — aponto.

— Você não viu nada. Vem cá! — ele sai me puxando e chegamos até uma sala enorme, rodeada de estantes cheinhas de livros de todos os tamanhos e cores.

— Uau! — ponho a mão na boca e fico girando lentamente. — Isso é o máximo! — me aproximo de uma prateleira e paro diante de um exemplar de *O Advogado,* de John Grisham. — Ah... — passo a mão pelo livro.

— O quê?

— Nada. — respondo.

— Fala... — Igor se aproxima e não consigo mentir.

— Esse livro... Era o preferido do Bruno — digo, pensativa.

— Você não esquece aquele babaca — ele diz e revira os olhos.

— Eu já esqueci! — retruco.

— Não acredito.

— Pois pode acreditar. — saio andando pela sala, nervosa.

— Ok. Não vou discutir sobre isso. Quer conhecer a fazenda? — ele muda de assunto.

— Vamos!

Igor pega uma espécie de carrinho de golfe e saímos por uma estradinha rodeada de pastos.

— Todos esses touros são para reprodução — ele diz.

— E as vacas? — pergunto.

— Também vendemos leite para indústrias.

— Ei... Que estranho! — digo, atônita. — Esses touros... São todos iguais! Quero dizer, têm as mesmas manchinhas nos mesmos lugares! — aponto e franzo a testa.

Igor está morrendo de rir.

— Que foi? — estranho.

— São todos de uma gestação só! — ele diz.

— Uma gestação só? Como pode isso? São centenas de touros!

Ele dá uma gargalhada e bagunça meu cabelo.

— Brincadeira... São clonados, Sarah...

— Touros clonados? Ah, meu Deus! Achei que isso fosse coisa de filme.

— Pois é — ele diz. — Ei, pai! — ele acena para um senhor alto e forte, com cabelos grisalhos, usando jeans e camisa polo.

O homem vem correndo até nosso carrinho e Igor desce e me ajuda a descer.

— Filho! — ele lhe dá um abraço forte e uns tapas nas costas. — Que bom ter você aqui! E essa garota linda? É a minha nora? — ele diz e eu coro de vergonha.

— Não, não! — eu digo. — Sou Sarah, amiga dele — estendo-lhe a mão.

— Ah, então você é a famosa Sarah! — ele diz.

— Famosa?

— Pai, e como estão as coisas? — Igor muda de assunto.

— Bem, muito bem. Mas vamos lá dentro que tenho muitas novidades — ele diz e entramos no carrinho novamente.

Já é noite e eu visto um casaco porque está esfriando. Igor me disse que após o jantar teremos uma festa. É um tipo de baile que os pais dele costumam fazer na fazenda a cada aniversário de casamento. Parece que tem fogueira, música e tudo o mais.

Bato na porta de seu quarto, mas ele não responde. Abro-a devagar. Vejo sua estante com uma coleção de carrinhos e vários porta-retratos. Não resisto e entro. Passeio pela prateleira de fotos e me divirto vendo como ele era engraçado de sorriso banguela. Depois tem uma foto dele montando um cavalo. Nunca imaginei na vida o Igor cavalgando. Ele nem faz o tipo cowboy.

Estou rindo, quando vejo, solitário, na mesinha de cabeceira, um porta-retratos com uma foto nossa. Que engraçado. Chego mais perto e puxo-o para mim. A foto é tão antiga que eu nem me lembrava mais. Nós estamos um de frente para o outro, estirando a língua. Meu nariz está melado de sorvete e Igor está com as mãos levantadas e meladas também.

— Isso foi... — penso alto.

— No seu aniversário de 21 anos — ouço a sua voz e o vejo parado na porta do banheiro.

Ele está de toalha e posso ver seu corpo bem definido. Eu nunca o tinha visto sem camisa, o que se torna bem estranho agora. Por isso me viro imediatamente.

— Desculpa! Eu achei que você não estivesse aqui — digo, sem graça. — Bati e ninguém respondeu... Acabei me interessando pelas fotos.

— Sem problemas — ele responde.

— Então espero você lá embaixo — digo e vou saindo.

— Não, fica — ele diz.

— Tá... — ainda olhando para a foto, tento me lembrar da cena. — Eu estava com um vestido novo e você estava ameaçando sujá-lo com sorvete — digo.

— E você ficava rindo e quase chorando ao mesmo tempo. Dizendo "eu faço o que você quiser, mas não suje o meu vestido"! Eu deveria ter aproveitado — ele diz e eu o encaro.

— E o que você iria pedir? — pergunto.

— Ah... Sei lá! — ele entra no banheiro. — Vou me vestir e já volto.

4

Noeli, a mãe de Igor, é um doce. Ela preparou um jantar magnífico para nós, com direito a velas e tudo o mais. Estamos sentados à mesa de madeira maciça, bem decorada e ela sai da cozinha com uma travessa de pernil com um cheiro delicioso.

— Esse é especial! — ela diz. — Feito com todo amor para o meu garotinho.

— Mãe! — ele diz em tom de repreensão.

— Não se preocupe, Dona Noeli... Nós somos amigos quase irmãos. Não vou espalhar isso no trabalho — pisco para ela.

Nos servimos e enchemos nossas taças de vinho.

— E então? Você tem um namorado, Sarah? — ela pergunta.

— Não. Sou solteira — respondo.

— Mas uma moça tão linda... — o pai de Igor diz.

— Obrigada — digo e coro as bochechas.

— Ela é muito... exigente — Igor diz.

— Exigente? — retruco. — É exigir demais querer alguém que me compreenda? Que goste mais de mim que do próprio carro e que queira algo sério? — começo a rir.

— É... E você, meu filho? Quando é que vai nos apresentar à namorada? — ela continua.

— Quando eu tiver uma — ele responde.

Nós acabamos e fomos para um alpendre onde os músicos já estão tocando baladinhas.

— Que bonitinho! — digo. — Parece festa na roça!

Ele olha para mim e sorri.

— É festa na roça.

Há um monte de gente comendo queijo quente e conversando ao redor da fogueira. Os pais de Igor sentam-se em um banquinho. Eles estão de mãos dadas e, de vez em quando, se beijam no rosto e acariciam os cabelos um do outro. É tão bonitinho.

— Seus pais são ótimos — digo.

— São mesmo! — ele olha para os dois, cheio de ternura.

— Como eles se conheceram? Eu adoro saber como casais felizes se encontraram — digo, ainda os observando.

— Eles eram vizinhos — ele diz.— Moravam na mesma rua desde a adolescência.

— Sério? E foi tipo amor à primeira vista? Isso existe mesmo?

— Que nada! Eles demoraram anos para perceber — ele se aproxima de uma mesinha ao lado e pega um espeto. — Quer um queijo quente?

— Quero! — respondo, animada. — Sempre quis conhecê-los. Mas nunca dava, lembra? Sempre que eu combinava de vir, acontecia alguma coisa.

Ele se abaixa para assar o queijo na fogueira.

— Ei, vocês não vão dançar? — Dona Noeli se aproxima, saltitando.

— Eu não sei dançar — digo, constrangida.

É verdade. Não sei mesmo. Não tenho ritmo e sou capaz de acabar com o pé de qualquer um.

— Mas que bobagem! Vamos! — ela insiste.

Olho para Igor sem graça. Imagina nós dois dançando? Ele não tem a menor cara de dançarino. Seria um desastre total.

— Aproveitem a noite! Leva ela para dançar, filho! — Seu Tércio, o pai de Igor, incentiva.

— Isso vai ser um desastre — sussurro para ele.

Ignorando o que eu disse, ele pega minha mão e me leva para o meio do salão. Está cheio de gente, ainda bem. Assim ninguém vai prestar atenção em nós dois.

Está tocando um xote, um tipo de música junina. Igor coloca uma mão na minha cintura, ajeitando a minha coluna. Com a outra, segura firme a minha mão e dá um passo para frente, conduzindo-me para trás.

Eu não piso no seu pé e nem me desequilibro. Pelo contrário. É como se, de repente, Ana Botafogo baixasse em mim e eu me pego flutuando pelo salão, como se dançar fosse a minha maior habilidade.

— Onde você aprendeu isso? — pergunto, quando ele me gira e depois me pega novamente sem perder o ritmo.

— Por aí — ele diz e depois me gira outra vez.

Estou adorando. A música acaba e começa outra. Continuamos dançando. Estou suada e solto uma das mãos para levantar os cabelos.

— Está com calor? — ele pergunta.

— Um bocado! — eu digo. — E nem tenho um prendedor de cabelos — lamento.

Ele solta a minha mão e toca meu pescoço, passando os dedos pela minha nuca e levantando meus cabelos. Sinto um arrepio. Ele nunca me tocou antes. Isso é bem estranho. Depois ele meio que os enrola e fica segurando, enquanto dançamos.

— Obrigada — sorrio.

— De nada.

A música está acabando. Igor segura minha mão, me enrola para perto de si, depois me "joga" para fora e por fim me enrola para dentro, fazendo com que meu corpo arqueie para trás até perto do chão, quando ficamos bem pertinho um do outro e eu posso até sentir seu perfume. Eu vejo sua boca e, estranhamente, penso em como seria beijá-lo. Aí a música termina e ele me levanta.

Fico meio atordoada com o que se passou pela minha cabeça. Certamente foi o clima causado pela dança e tudo o mais. Que loucura!

Está quente e vamos até o jardim.

— Quando nós estivermos na Itália... — ele começa.

— Eu não vou conseguir, Igor — digo. — Você será selecionado, mas eu não.

— Por que você diz isso?

— Porque o gênio aqui é você! Você que é todo perfeitinho.

— Não sou perfeito — ele diz e eu me sento em um balanço velho.

— Não senta aí! — ele se aproxima e pega minha mão.

— Ah, para com isso! Deixa brincar um pouco — começo a me balançar.

— Esse balanço é velho — ele tenta me conter, mas impulsiono com força e alço um voo delicioso, sentindo o vento bater no meu rosto. — Uhuuuuuuuuuuu! — grito.

Posso vê-lo com as mãos na cabeça quando dou mais um impulso e sinto a corda arrebentar, me jogando para frente, direto para o chão.

— Sarah, droga! Você está bem? — ele vem me levantar. — Eu disse que essa coisa estava velha. Puxa, você é tão teimosa.

— Eu estou bem! — digo, limpando um pouco de terra da roupa. — Você nunca se arrisca? — pergunto.

Ele respira fundo e retorce a boca.

— Você poderia ter se machucado feio — ele diz.

— Tá bom! Eu só queria um pouco de adrenalina — bato no ombro dele. — Mas fala! Quando nós estivermos na Itália... Se eu conseguir, obviamente...

— Ok. Quando nós estivermos Itália, vou tirar uma foto segurando a Torre de Pisa.

— E eu vou querer me esbaldar nos restaurantes. Vou ficar gorda e feia! — digo.

— Você nunca vai ficar feia.

— Nem gorda?

— Isso eu não posso garantir — ele ri.

Estamos rindo quando Noeli aparece ao longe nos chamando de volta para a festa. Ouvimos umas modas de viola até a madrugada. Quando estamos para entrar na casa, Igor me segura o ombro.

— Sarah?

— Oi?

— Quando você disse aquelas coisas sobre suas exigências...

— O que tem?

— O Bruno se encaixava nesse perfil? — ele me encara.

— Eu achava que sim — respondo.

— Certo — ele chuta o cascalho.

— Vamos dormir?

— Humrum — ele assente e nós entramos.

— Boa noite, Igor.

— Boa noite, Sarah.

Pensando bem, Bruno, meu ex-namorado, não se encaixava em nada. Mas ainda assim, ele era estranhamente perfeito para mim. Com todos os seus defeitos e com todo aquele jeito de me fazer sentir insegura. Vou dormir pensando em tudo isso e, quando acordo, o sol já está no meio do quarto. Esfrego os olhos com preguiça. Olho para o relógio e dou um pulo. Como dormi! Já passa das 10 horas. Que vergonha! Tomo um banho rápido e desço.

— Ei, você está aí! — Igor aparece na sala, usando jeans e camisa polo, como seu pai.

— Bom dia — digo. — Dormi demais! Acho que foi o vinho. Desculpe.

— Não precisa se desculpar. Você não iria se interessar em passar boa parte da manhã vendo como se extrai esperma de boi — ele ri.

— Não mesmo — digo. — Igor, estou adorando o final de semana. Seus pais são ótimos e esse lugar é lindo.

— Que bom. Se você quiser, poderemos vir mais vezes. Aí eu posso te ensinar a andar a cavalo.

— Nem consigo imaginar você andando a cavalo — começo a rir.

— E por que não? — ele cruza os braços.

— Sei lá! Você é todo meticuloso. Tipo, você não faz nada que possa fugir ao seu controle — explico.

— Você é que pensa...

5

Quase imploro para que Igor pare no Grand Café, mas ele não me dá muita bola.

— A gente tem hora marcada com o pessoal da agência, Sarah — ele responde, me deixando irritada.

— Não custa nada. Cinco minutos e pronto — argumento de braços cruzados, enquanto ele dirige a oitenta por hora.

Igor nunca ultrapassa em ladeiras, nunca passa no sinal amarelo, nunca dirige fora da velocidade que as placas indicam. Ele é todo certinho e às vezes isso me irrita. Ele sempre cumpre horários e hoje, especialmente, isso está me enlouquecendo.

— Você não se cansa de ir lá e pedir sempre a mesma coisa? Quantas vezes por semana você anda por lá? — ele pergunta.

— Não me canso! O milkshake de baunilha é o melhor de todos! Ah, por favor, Igor! Estou na TPM! Você vai negar uma coisa a uma mulher na TPM? — insisto. — Cinco minutos...

— Cinco minutos? — ele pergunta, mesmo sabendo que isso seria impossível.

Peço meu milkshake e ele pede uma água.

— Pede alguma coisa — digo.

— Pedi.

— Água não vale. Vamos lá! Vou escolher para você — agarro o cardápio.

— Não, Sarah. Não temos tempo — ele olha para o relógio e suspira.

— É claro que temos. Temos todo tempo do mundo! — eu digo e sorrio quando o garçom traz meu milkshake em uma taça linda.

Depois que o convenço a tomar um cappuccino, vamos em direção ao escritório de publicidade.

— Eu precisava daquele milkshake para aguentar o publicitário chato — digo.

— Ser exigente não é ser chato, Sarah.

— Ai, você não se cansa de ser todo certinho? — reviro os olhos.

— Chegamos — ele estaciona na frente de um prédio comercial gigante.

Subimos até o décimo andar e entramos em uma sala sem graça, onde há uma garota de uns 18 anos.

— O senhor... Bruno, por favor — Igor diz, olhando um cartãozinho.

Observo os detalhes do local. Não tem revistas, nem um sofá confortável. Não tem televisão, nem um frigobar.

— Ele já está chegando — ela diz.

— Viu? Tanta pressa e ele sequer está aqui. Ainda bem que tomei meu milkshake — cochicho, deixando-o sem graça.

De repente, ela recebe um telefonema e fica assentindo com a cabeça.

— Vocês podem entrar por aquela porta e esperar. Ele já está perto.

— Obrigado — Igor diz e nós dois entramos.

— A vista é bonita — ele está dizendo, andando pela sala.

— É... Ei, que tal vermos um filme mais tarde? — pergunto, animada.

— Mais tarde? E o projeto do pet shop?

— Ah, é. Tinha esquecido...

— Boa tarde — a porta se abre e nós nos viramos.

O choque é mútuo. Em segundos meu coração chega à boca e eu sinto um tipo de vertigem.

— Boa tarde — Igor se aproxima e o cumprimenta.

Não entendo por que ele está agindo como se não o conhecesse. Eu fico estática na sala, tentando digerir a cena, mas aí ele se aproxima.

— Como vai? — sua mão está estendida à minha frente e eu não quero apertá-la porque a minha está gelada e suada.

Mas eu aperto.

— Sentem-se — aponta as cadeiras, nada confortáveis, à frente da mesa.

Ele parece igual, só que melhor. Tem um ar descontraído e os mesmos olhos enigmáticos. Isso realmente foge a todas as minhas fantasias sobre encontrá-lo num esbarrão na calçada. Isso é totalmente pirante porque eu não sei se conseguirei trabalhar para ele como se fosse um estranho.

— Nossa agência cresceu bastante e acabamos comprando um prédio novo. É um galpão, na verdade. Mas tem dois andares e uma área externa grande, onde queremos fazer um estacionamento — ele está dizendo a Igor, que se debruça sobre uns papéis e fotos.

— Interessante — Igor responde.

Estou muda. Preciso agir profissionalmente. Ele é um cliente como outro qualquer. Digo para mim mesma. Mas no fundo, sei que ele nunca será um cliente qualquer. Ele é meu ex-namorado.

— Que tal, Sarah? — ouço de longe a voz de Igor e pisco os olhos para acordar.

— Interessante — digo.

— Podemos ir amanhã cedo dar uma olhada no local, não é? — ele continua.

— Possivelmente — respondo.

— Então ótimo — Bruno sorri.

Ele está vestindo um jeans despojado com camiseta preta. Seus cabelos estão maiores e sua barba por fazer. Quando se levanta e estica o braço para nos cumprimentar, percebo que está malhando mais que o habitual. Quero dizer, o habitual há quatro anos. É o tempo que não o vejo. Foi o tempo que levei para poder dizer que não fico pensando nele antes de dormir e nem quando ouço as músicas que costumávamos ouvir.

Ainda em choque, caminho ao lado de Igor até o carro. Estou em silêncio, pensando em tudo. A impressão que tenho é de que estou sonhando.

— Você está bem? — ele pergunta e fixa os olhos em mim.

— Eu? Claro. Por quê? — jogo meus cabelos para trás e finjo não entender o que ele quer dizer.

— Você parecia em choque — ele diz, sério.

— Em choque? Eu?

— Sim.

— Ah, sai dessa! O que você achou do galpão? — tento mudar de assunto.

— Você ficou balançada? — ele insiste.

— Você andou bebendo? Eu não sinto mais nada por ele! Nada, ouviu? — respondo, nervosa.

Ele me encara e espreme os olhos.

— Eu estava pensando na minha terapeuta. Acabei nem avisando que iria faltar hoje. E você? Por que fingiu que não o conhecia? Não era você quem o detestava?

— Eu não o detestava. Sou indiferente a ele. Além do mais, sou profissional — ele diz, sério.

— Ok. Senhor totalmente controlado que nunca sai da linha! — digo, irritada. — Me leva para casa agora?

Igor está em silêncio, mas eu sei exatamente no que ele está pensando. Eu realmente nem gosto mais do meu ex. Só foi meio estranho encontrá-lo naquela situação. Só isso. Não é normal ficar meio nervosa ao encontrar um ex-namorado? Qualquer pessoa normal ficaria.

6

Já troquei de roupa cinco vezes. Que sensação terrível! Quero parecer mais bonita hoje. Não exatamente porque vou vê-lo, mas porque preciso mostrar que estou bem e feliz. Na verdade, estou muito bem e feliz. Só quero que ele veja o que perdeu. Além do mais, foi bem estranho ele ter fingido que nada estava acontecendo. Como se nem se lembrasse de mim.

Chego cedo ao trabalho, extraordinariamente. A verdade é que não dormi a noite toda. Lembrei de quando começamos a namorar, em uma tarde quente de dezembro, em uma festa da faculdade. Depois me lembrei de como éramos felizes juntos, como se tivéssemos sido feitos um para o outro, especialmente quando ele me fazia surpresas e me enchia de flores. Lembrei de como costumávamos passar a tarde trancados em seu quarto fazendo de tudo um pouco. Mas eu não pude deixar de lembrar como ele me enganou por muito tempo. E como as coisas ficaram nebulosas depois disso.

Igor já está sentado em sua estação de trabalho. Não acredito que ele ainda conseguiu chegar antes de mim.

— Bom dia — digo e vou checar meus e-mails.

— Oi. Bom dia — ele responde secamente.

— Dormiu aqui? Quer café? — pergunto, enquanto vou andando até nossa cofee shop moderna.

— Não, não dormi aqui. E não. Não quero café, obrigado. E você? Dormiu bem?

— O que você tem? — pergunto, percebendo sua aparente chateação.

— Nada. Problemas com um fornecedor — responde.— Você está bonita... — ele diz ao ver minha produção.

— Estou? Nem posso acreditar... Essa TPM sempre me deixa péssima — digo e dou de ombros.

— Ok — ele se volta para o computador e eu vou ver meus e-mails rapidinho.

O hotel fazenda não para de mandar e-mails promocionais, e agora tem também os sites de compras coletivas. Mas dentre eles há um remetente que conheço. Não posso acreditar. Sinto meu rosto queimar. Ok. Não vou nem me dar ao trabalho de abrir. É só apagar antes de ler. Pouso o mouse sobre o botão deletar. Agora é só clicar e pronto. Tudo ficará como tem que ser. Melhor... Vou jogá-lo na lixeira virtual cheinha de ratos cibernéticos.

— Sarah? — é Igor.

Fecho a janela do e-mail rapidamente.

— Oi, oi! — digo e sorrio.

— Podemos ir agora?

— Aonde? — finjo não lembrar.

Mas a verdade é que não paro de pensar nesse novo encontro.

— Ao galpão dos novos clientes — ele diz, sério.

— Ah, sim. Vamos — agarro minha bolsa.

Não sei o que está acontecendo com Igor. Ele está monossilábico.

— O que você tem? — insisto, enquanto ele dirige.

— Nada... Muito trabalho. Acho que estou precisando de férias — responde.

Não posso acreditar! Igor precisando de férias? Ele nunca tirou, realmente, férias.

— Finalmente! Agora sim tenho certeza de que você é mortal! — digo e dou um empurrãozinho em seu ombro.

— Ah, para com isso — ele sorri com o canto da boca.

— Você precisa de férias... De um pouco de sol e...

— O quê? Lá vem você com suas receitas de felicidade.

— E de uma namorada! — digo por fim.

Não entendo mesmo como ele não tem namorada. Igor é bem bonito. Alto, corpo legal, cabelos sempre bem cortados, barba feita, cara de intelectual e não é gay.

Ele ri e meneia a cabeça.

— É sério! Você precisa trabalhar menos e se divertir mais!

— Ok, senhorita sabe tudo. Vou pensar no assunto. Ah, nossa inscrição foi confirmada na pós-graduação — ele muda de assunto.

— A da Itália?

— É. Agora é só esperar — ele arruma os óculos e estaciona em frente a um galpão meio velho.

— É aqui? Teremos muito trabalho — digo.

— É... Mas o orçamento é folgado. Vamos entrar.

Quando desço do carro, sinto o corpo esquentar. Minhas pernas estão meio trêmulas e a respiração curta. Estou meio nervosa por encontrá-lo pela segunda vez. Ainda mais depois daquele e-mail que eu sequer li. Melhor assim.

— Olá! — uma mulher de uns 35 anos aparece. — Como vão? Sou Greta, uma das sócias.

Mas cadê ele?

Ela nos mostra o galpão e seus andares. Fala sobre como gostaria de deixar bem moderno, mas eu não consigo me concentrar direito. Ele não veio. Agora penso sobre o que falava o e-mail. Talvez fosse sobre como ele não se sentiria à vontade em me ter como sua arquiteta. Por isso enviou Greta para ficar conosco.

— Que tal, Sarah? — Igor pergunta.

— Hã?

— O que você acha de termos uma escada de vidro? — ele diz, meneando a cabeça.

— Ah, vidro... É... Pode ser mesmo — respondo.

Ao sairmos, antes de chegar ao carro, ele me segura pelo braço.

— O que você está fazendo? — pergunta, ríspido.

— Como assim?

— Você ficou viajando o tempo inteiro em que estávamos lá. O que é que há? Só porque é um projeto do seu querido ex? — ele está remexendo os braços.

— Ele não é meu querido ex! — quase grito. — E eu estava prestando atenção, sim!

— Ah, fala sério! — ele abre a porta e entra.

Eu entro e sento, chateada.

— Coloque o cinto — ele diz sem olhar para mim.

— Não fale comigo como se fosse meu pai — digo, irritada.

— Ainda bem que não sou. Eu ficaria muito... chateado em ver minha filha se derretendo por um... Ah, esquece! — ele acelera e até tenho um susto.

— O que é? Eu não estou me derretendo por ninguém! Você que está todo estressadinho.

— Rá, rá!

— Está rindo de quê?

— De nada. É melhor nos apressarmos. Tenho que terminar um projeto — ele diz. E ficamos em silêncio o resto do caminho.

7

Assim que chego em casa, abro minha caixa de e-mails. Definitivamente, ou eu apago de vez aquela mensagem ou a leio. Não tem título. Isso é bem a cara dele. Preparo um café e fico parada na frente da tela com o cursor sobre o botão ler. É como a caixa de Pandora. Se eu abrir, talvez nunca mais eu seja a mesma.

Não vou abrir.

De: brunoff@hotmail.com
Para: sunsarah@hotmail.com

Não sei exatamente como começar esse e-mail. Rsrs... Eu nem deveria estar escrevendo pra você, afinal de contas.
Que estranha coincidência...
Senti sua falta.
Bruno

Estou lendo o e-mail pela décima vez. Já é a quarta xícara de café que bebo e ainda não consigo definir exatamente o que estou sentindo. Eu sempre quis isso. Ele sentiu minha falta. Talvez tenha pensado em mim tanto quanto pensei nele por todo esse tempo. Talvez eu devesse responder. Talvez não.

Eu deveria me fazer de indiferente. Apagar a mensagem e seguir a vida. Seria a melhor resposta, provavelmente. Mas estou imóvel diante do computador, pensando em mil formas de escrever que também senti falta dele. O que minha terapeuta diria? O que todos diriam? Mas o que me deixa excitada no momento é a possibilidade de me vingar. Fazer com que ele se apaixone por mim novamente e depois dar-lhe o fora.

De: sunsarah@hotmail.com
Para: brunoff@hotmail.com

Foi realmente uma estranha coincidência.
Sarah

Prontinho. Isso vai deixá-lo curioso. Clico em enviar e suspiro. Abro o navegador e passeio por uns blogs legais, quando vejo a cartinha do outlook piscando. Ah, meu Deus! Abro rapidamente, a fim de ver a resposta dele, mas é um e-mail de Igor.

De: arquiteto_igor@hotmail.com
Para: sunsarah@hotmail.com
Assunto: Pet shop - sketchup

Segue projeto do pet shop em perspectiva. Dá uma olhada.
Igor

Nem acredito que ele fez tudo. Abro o desenho e é perfeito! Não tem nem como aquele chato dizer que não gostou. E o Igor com tanto trabalho ainda conseguiu tempo para me ajudar. Deito na cama e disco o número dele.

— Alô? — ele diz, parecendo sonolento.
— Ah, desculpa. Você estava dormindo...
— Não, não estava.

Ele sempre faz isso para que eu me sinta melhor, mas posso quase vê-lo de pijamas no seu quarto organizado milimetricamente.

— Ei, obrigada — digo. — Não precisava ter feito tudo... Eu só queria uma ajuda. A propósito, como conseguiu sem o briefing?

— Quem disse que foi sem o briefing? Estava sobre a sua mesa... Fiquei até tarde no escritório, então... — ele diz.

— Você é um anjo! E... desculpa por hoje. Fui chata com você.

— Esquece. Também fui um idiota.

— Então, boa noite — me despeço.

— Boa noite, Sarah.

Verifico mais uma vez os e-mails, mas não há nada. Sinto um arrependimento súbito por ter respondido. Ao mesmo tempo, penso que deveria ter conversado sobre isso com Igor. Ele é meu melhor amigo. Embora eu saiba que nesse caso, ele iria me repreender até de manhã.

Agarro o celular e digito uma mensagem para a minha terapeuta.

Querida Glória,

Preciso conversar com você sobre coisas nebulosas que estão me acontecendo. Você acredita em inferno astral? O que você diria se eu contasse que meu ex reapareceu? Ok. Você diria que eu sou madura o suficiente para levar isso com indiferença, afinal

de contas, não foi fácil superar a crise emocional que vivi por causa dele. E, obviamente, me diria que responder ao e-mail dele foi a coisa mais idiota que eu poderia ter feito.

Esperando ansiosa pela próxima consulta.

Sua querida paciente,
Sarah

8

Estou na casa dos meus pais para o almoço. É sábado e mamãe está preparando lasanha à bolonhesa. Adoro deitar nesse sofá velho e macio, que já insisti, inutilmente, para que fosse trocado por um modelo mais moderno.

— E então, filha? Como estão as coisas? — papai pergunta.

Meu pai era professor de Literatura na universidade. Ele e mamãe são o oposto em quase tudo, exceto sobre o fato de me amarem. Ela era analista de sistemas no tempo em que os sistemas eram bem diferentes. Hoje os dois estão aposentados e vivem discutindo sobre coisas bobas, como, por exemplo, os canais de televisão.

— Estão bem — respondo.

— E o trabalho?

— Está tranquilo. Sabe que me inscrevi para uma bolsa de pós-graduação na Itália? — digo, animada.

— Na Itália? Eu adoraria conhecer — ele diz.

— Ei, querida! — mamãe aparece de avental. — O almoço está pronto.

— Adivinha, Helena! Nossa filha vai para a Itália! — papai diz, animado.

— Calma, ainda não é certeza — retruco.

— Oh, meu Deus! Minhas amigas vão morrer de inveja quando souberem — ela diz, ignorando o fato de que ainda não é certeza a minha ida.

— Mãe! Ainda não sei se vou ser selecionada — digo.

Provavelmente o Igor será selecionado. Essa coisa de pós na Itália é muito mais sonho dele do que meu. Acabei embarcando nessa ainda na faculdade. A gente deitava no chão e falava sobre como seria nossa vida na Itália. Eu dizendo que iria me esbaldar de massas e ele falando sobre como adoraria ver a Torre de Pisa de pertinho.

— E como anda esse coraçãozinho? — ela pergunta.

— Hum... Está bem.

— Está de namoradinho novo? — continua.

— Não exatamente — respondo.

Não me sinto especialmente bem em esconder dos meus pais que tive um reencontro inesperado com meu ex, que eles odeiam. Honestamente, estou me sentindo como se estivesse mentindo sobre algo muito tenebroso, do tipo "tem um cadáver na mala do meu carro e fui eu quem o matou".

— E cadê o Igor? — papai pergunta.

— Deve estar trabalhando — respondo. — Ele é um workaholic total!

— Ah, adoro aquele garoto — ele continua.

Depois que almoçamos, dirijo até meu apartamento e, nervosa, abro a caixa de e-mails.

Ignoro todos os e-mails sobre o hotel fazenda e os clubes de compras e leio a mensagem dele.

De: brunoff@hotmail.com
Para: sunsarah@hotmail.com

Pois é... Depois daquele dia, fiquei pensando se você gostaria de sair comigo para conversar. Provavelmente, não. Mas eu preciso deixar registrado que seria um prazer ter a sua companhia outra vez.
Bruno

Ter a minha companhia outra vez significa exatamente o quê? Estou relendo o e-mail pela quinta vez e agora penso sobre essa frase específica.

Poderia ser algo do tipo "quero ter você comigo igual a quero namorar você de novo"? Ou apenas "quero estar com você por um momento e acabou"?

Quando clico no botão responder, ouço a campainha. É o Igor.

— Oi! — digo meio nervosa pelo que estava fazendo.

— Trouxe um filme... E pipoca — ele diz, me entregando uma sacola. — Você está ocupada?

— Não, que nada! Eu estava mesmo a fim de ver um filme. Entra! Senta aí. Vou preparar a pipoca.

— Mas você não sabe fazer pipoca! Sempre deixa queimar — ele diz.

— Tá. Então senta que vou desligar o computador e já volto.

— Ok — ele vai preparando o DVD.

Por que me sinto como se estivesse escondendo um segredo fatal?

— Qual vai ser o filme de hoje? — grito para ele.

— *Harry & Sally*... — responde.

— *Harry & Sally*? Isso não é do tempo dos nossos pais?

— Bons tempos... — ele diz e caímos na risada.

— Tem razão — digo e deito no tapete. — E a pipoca?

— Vou preparar a melhor pipoca que você já comeu em toda a sua vida — ele vai até a cozinha.

Bruno detestava que eu comesse pipoca enquanto víamos filme. Ele não suportava a ideia de encontrar uma casca de milho ao me beijar. Não é estranho que agora eu me lembre dele a cada segundo?

Em poucos minutos, Igor aparece com uma bacia gigante de pipoca amanteigada e nós começamos a ver o filme.

"Homens e mulheres não podem ser amigos." Harry está dizendo. "Pois eles não conseguem ser amigos de uma mulher que eles achem atraente." Ele continua.

— Isso não é verdade! — digo e bato com as duas mãos no tapete.

— O quê?

— Isso que ele disse! Eu, por exemplo, sou muito atraente e nós somos amigos! — sorrio e dou um soco em seu braço.

Mas ele permanece sério.

— Ei, o que foi? — pergunto.

— Nada — ele devolve o soco e aponta para a tela.

— Ok. Vou ficar quietinha — sorrio.

Acabo adormecendo no meio do filme e, quando acordo, ele está apoiando o queixo nas mãos e olhando para mim.

— Nossa! Quanto tempo eu dormi? — pergunto, esfregando os olhos.

— Não muito — ele diz e se levanta. — Eu já estou indo.

— Já? — olho para a vidraça e vejo que é noite.

— Sim. Preciso resolver umas coisas.

— Que tipo de coisas? Não me diga que vai trabalhar em casa!

— Não — ele ri. — Preciso ir ao supermercado.

— Ah, tá bom.

Estamos na porta do meu apartamento.

— Até breve, então! E obrigada! Adorei o filme!

— Mentirosa!

— É verdade! Embora eu tenha dormindo... — dou de ombros. — Você sabe que adoro ver filme com você!

— Ok. Tchau.

Eu o vejo descendo as escadas e corro para o quarto. Ligo o computador e lá está o e-mail. Vou responder.

De: sunsarah@hotmail.com
Para: brunoff@hotmail.com

Podemos conversar, sim. Afinal de contas, somos adultos civilizados.

Não. Não está legal. Melhor assim:

É claro que podemos conversar qualquer dia desses.
Sarah

9

Nestor está bem estressado por conta de alguns prazos e o clima no escritório está tenso.

— Igor... — ele se aproxima. — Quero que você dê foco total ao projeto da C&C Advogados. Os caras ligaram hoje e disseram que nós estamos em falta com eles.

— Mas era o que eu estava fazendo até você me mandar para aquela agência de publicidade — ele diz.

— Tá. Esquece aquilo. Acho que Sarah dá conta sozinha — ouço-o dizer.

Não! Não quero aquele projeto. Não quero a responsabilidade total sobre isso.

— Mas Nestor... — me pego dizendo. — Não seria melhor deixar com o Igor? Eu fico com a firma de advocacia!

— De jeito nenhum!

— Mas eles são muito exigentes, como você mesmo disse... O Igor tem mais jeito com pessoas assim... — continuo.

— Não era você quem adorava desafios? Boa sorte! — ele diz e sai. — Ah, você precisa ir lá hoje fazer o briefing.

— Você viu isso? — digo, consternada.

— É... Só não entendi por que você não quer ir. É por causa dele? Está com medo de ficar sozinha com ele?

— Claro que não! Nem ligo pra ele mesmo — digo e sinto vergonha por estar mentindo.

Não quero ir porque tenho medo de não ser boa o bastante.

— Então...

— Ok — viro para o meu computador.

Estou sozinha nessa. Vou me encontrar com meu ex para falar sobre arquitetura. Bruno nunca teve paciência para me ouvir falar sobre arquitetura. Quando estávamos na faculdade, eu chegava animada com alguma aula e ele dizia: "meu amor, vamos deixar a profissão de lado?" O que não valia quando era ele quem falava sobre publicidade.

A secretária de Bruno me manda esperar na sala. Ele está atrasado, como sempre. Estou tão nervosa que faço exercícios de respiração. Estou meio arrependida de ter respondido aos e-mails. Embora não tenha dito nada demais.

— Ei... É você... — ele diz ao abrir a porta.

— Como vai? — estico a mão para cumprimentá-lo.

— Bem... Melhor agora.

Ah, meu Deus.

— Quer sentar? — ele aponta a cadeira.

Não. Não quero sentar. Na verdade, quero ir embora. Quero tomar meu milkshake e pensar que tudo não passou de um sonho. Mas ao mesmo tempo quero ficar e ver no que vai dar. É a minha chance de fazê-lo sentir o mesmo.

— Vim para o briefing — digo, tirando meu laptop da bolsa.

— Ah, o briefing — ele diz e cruza os braços sobre a mesa.

— Podemos começar? — pergunto, olhando para a tela em branco.

Não quero olhá-lo nos olhos. Mas, de soslaio, percebo que ele está me olhando. Não é estranho que um dia nós tenhamos compartilhado tantas coisas, incluindo uma cama, e que agora sejamos como dois estranhos?

— Vamos lá — ele diz.

— Qual o seu objetivo com relação a nós? — digo e minha voz soa meio mecânica. — Quero dizer, no que estão pensando ao nos contratar?

— Hum... Quero satisfazer meu desejo... Quero dizer... — ele para e me olha fixamente. — Quero satisfazer meu desejo de ter uma agência de estilo. Onde as pessoas entrem e saibam que somos bons no que fazemos. Muito bons — ele enfatiza.

— Certo... E qual o estilo de design que vocês preferem? Tipo mais moderno, high tech?

— Exatamente. Acho que moderno é legal.

— Moderno... — digo, enquanto digito. — Vocês consideram utilizar material ecológico?

— Claro. É uma boa.

— E quanto às atividades desejadas... O que vocês esperam de nós?

— Esperamos muitos encontros, um almoço talvez... — ele diz e eu paro para encará-lo.

Ele está sorrindo para mim. Dou um sorriso sem graça e me volto para a tela.

— Mas, com relação às compras de material, vocês preferem fazê-las conosco ou não? — pergunto. — Olha, todas essas perguntas fazem parte do nosso script de briefing — digo, para deixar bem claro que não estou lhe dando mole.

— Pode ser — ele responde.

— Quem decidirá coisas do tipo custos, design e assuntos do dia a dia?

— Eu.

— Então, obrigada — digo e fecho o laptop.

— Só isso? — ele pergunta e se levanta.

— Só. Por enquanto. Depois virão os detalhes do projeto — levanto e vou em direção à porta.

— Espera... E o nosso almoço?

— Que almoço?

— Não faz parte das atividades desejadas? — ele ri.

— Ah, mas não nessa fase do projeto. Agora preciso ir. Até breve.

Quando vou abrir a porta, ele segura a minha mão.

— Vamos lá... — ele me lança um olhar sedutor e inseguro. — Só um almoço... — sua mão ainda segura meu braço e eu estou tremendo por dentro. Não consigo dizer nada. Quero ir, mas sei que não devo. Vou dizer que não e pronto. Abro a boca e...

— Tudo bem... Só um almoço.

Ansiosa, dentro do carro, digito uma mensagem rápida para a terapeuta.

Querida Glória,

Não sei o que está havendo comigo. Por que diabos ele teve que reaparecer? Por que não consegui dizer que não iria sair com ele de jeito nenhum? Por que estou retocando meu batom, freneticamente, enquanto digito essa mensagem?

Sua querida e nervosa paciente,
Sarah

10

Acabo de estacionar meu carro na frente do Chez Moi, um restaurante francês em que costumávamos comemorar coisas. Apesar da insistência de Bruno, preferi vir com meu carro. Ele já está lá dentro, me esperando. Estou com uma sensação de vazio no estômago, mas não é fome. De repente, me lembro da última vez que senti isso e tenho vontade de ir embora.

Não posso acreditar quando o vejo sentado na "nossa mesa". É como voltar no tempo. Como se quatro anos fossem quatro dias.

— Há muito tempo não venho aqui... — ele diz. — Você se lembra de como vínhamos bastante?

— Lembro.

— Você não muda — ele me encara.

— Mudei muito — replico.

— Continua linda.

Estou vermelha. Posso sentir a pele do rosto em chamas. Eu não deveria estar aqui. Não sei o que dizer.

Desvio o olhar quando meu celular toca. Droga. É do escritório.

— Com licença. Preciso atender— digo e saio.

— Alô?

— Sarah? — é Igor.

— Oi! — minha voz soa esganiçada.

— Está tudo bem? Como foi o briefing?

— Está. Foi tranquilo — respondo.

— E onde você está? Pensei em almoçarmos juntos.

— Ah, desculpa. Eu já almocei — o que estou fazendo?

— Hum, que pena. Onde você está? Eu posso passar aí para levá-la ao Grand Café. Que tal um milkshake de baunilha?

— Adoraria, mas estou na manicure — digo e sinto raiva de mim mesma.

— Então, fica para outra vez — ele diz.

— Tá bom. Tchauzinho.

Estou mentindo para o meu melhor amigo. Isso é desprezível. Mas não consigo parar a força invisível que me leva até aquela mesa.

— Desculpa... Coisas de trabalho — digo e me sento.

De repente, o garçom aparece com nossos pratos.

— Tomei a liberdade de pedir. Espero que ainda seja o seu predileto... — ele diz.

Ele ainda se lembra do prato que eu sempre pedia.

— E então... Você se deu bem com sua publicidade... — digo.

— É, parece que as coisas saíram melhores do que eu esperava — ele faz um gesto para o garçom. — Vamos tomar um vinho?

— Oh, não. Não posso. Vou voltar ao trabalho — sorrio.

— Ah, que é isso! Só uma taça. Precisamos brindar — ele escorrega a mão para cima da minha e eu me afasto, num susto. — Traga o melhor da casa — ele diz ao garçom.

Não sei o que dizer. O que é, de fato, estranho, porque nesses quatro anos já imaginei esse encontro e já ensaiei mil falas. Agora, é como se não tivéssemos assunto. Apesar de eu me sentir, ainda, atraída por ele. Ou, talvez, por como ele era naquele tempo.

— Um brinde... — ele levanta a taça que o garçom acabou de encher e faço o mesmo.

— A quê? — acabo fazendo a pergunta clichê.

— Ao nosso reencontro! — ele dá a resposta clichê.

Brindamos e começamos a almoçar.

— Sabe, Sun... — ele diz, me chamando pelo apelido carinhoso que ainda trago no e-mail. — É bom poder estar aqui com você outra vez... Sinto saudades de como eu era quando estávamos juntos. Sinto mesmo.

— Mas você é feliz hoje — acabo dizendo. — Quero dizer, eu também sou. Tudo está como deveria.

— Você acha? — ele me encara.

— Claro — respondo e dou um gole no vinho.

— Então você não sente falta de como éramos felizes?

Eu deveria dizer que ele estragou toda a felicidade que tínhamos quando resolveu me trair a cada esquina e, especialmente, com aquela garota que ligou para a minha casa de madrugada e contou que estava em sua cama, deixando o telefone fora do gancho e me fazendo ouvir coisas que eu não queria.

— De que adianta sentir falta do passado? A vida segue... — eu digo. — Além do mais, amadureci muito com tudo o que aconteceu.

— Você acha que poderíamos iniciar uma boa amizade? — ele pergunta.

— Claro. Sem ressentimentos — faço um esforço total para dizer.

— Amigos, então! — ele estende a mão e eu a aperto com força moderada.

Terminamos de comer e vou embora, pensando, durante todo o percurso, no que teria acontecido se eu dissesse que senti sua falta até os ossos doerem.

11

Estou tentando me esquivar de todo mundo. A cada palavra que falo, sinto que vou explodir. Estou mentindo pra todos. Talvez até para mim mesma quando digo que só quero ser amiga do Bruno.

Verifico meus e-mails, mas não há nada de novo, até que aparece uma cartinha piscando.

De: brunoff@hotmail.com
Para: sunsarah@hotmail.com

Bom dia, gatinha.
Eu estive pensando... Bons amigos vão ao cinema juntos? Que tal se fôssemos à estreia de Rio?
Bruno

Estou rindo para a tela do computador quando Igor aparece e eu a fecho imediatamente.

— Do que você está rindo? — ele pergunta.

— Hã? Só estava lembrando de um episódio de *Sex and the city*.

— Ah... Ok, Carrie! — ele diz.

— Eu não sou a Carrie! Sou a Charlotte! Eu já disse!

— Você é, sim, a Carrie! — ele ri.

— Por quê?

— Deixa pra lá. Ei, adivinha o que comprei pra nós! — ele diz e enfia a mão no bolso tirando dois ingressos. — *Rio*!

— Oh... — suspiro, nervosa. — Como você conseguiu?

— Reservei pela internet há um mês — ele sorri, satisfeito. — Escolhi as melhores poltronas para a estreia.

Meu Deus! O que vou fazer agora? Não aguento mais mentir pro meu melhor amigo. Isso está me matando. Quero dizer a verdade para ele, mas não consigo. Ele vai me odiar. Eu me odiaria se fosse outra pessoa.

— Igor... — eu digo.

— Fala... — ele está tão feliz olhando para os ingressos...

— Você é o máximo — dou o meu melhor sorriso.

— É, eu sei — ele bagunça meu cabelo.

Ainda tenho dois dias para resolver tudo. Eu poderia ir com os dois, afinal, somos todos amigos. Ao menos, essa é a proposta. Mas Igor não iria aceitar. Ainda não respondi ao e-mail de Bruno, de modo que posso mudar tudo.

— Igor! — Nestor diz, animado. — Você conseguiu! E a editora... Eles aprovaram o livro! Seus trabalhos serão publicados! Parabéns, garoto!

Há alguns meses, Igor submeteu uma coletânea de fotos de trabalhos seus a uma editora de livros de arte. Não é o máximo ele ter conseguido?

— Parabéns! — pulo para a sua baia e lhe dou um abraço. — Você merece!

— Obrigado! — ele fica vermelho.

— Teremos uma grande noite de autógrafos! Pode apostar! — Nestor continua.

— Você poderia ter submetido os seus também, Sarah. — Igor diz.

— Que nada... Ainda não — respondo. — Você que é genial!

E ele é mesmo.

— Mas nós iremos juntos para a Itália e lá ficaremos famosos! — ele comenta.

— É... Iremos — digo.

Meu celular está tocando e corro para atender.

— Oi, Sun! — é ele.

Me escondo na baia e falo baixinho.

— Oi.

— Precisamos de uma reunião — ele diz.

— Reunião?

— É... No Grand Café. Você ainda adora o milkshake de baunilha deles?

— Sobre o quê?

— Sobre o projeto, oras. Tive umas ideias.

— Ah... Claro. Mas não pode ser no seu escritório? — pergunto.

A verdade é que o Grand Café, hoje, é um lugar aonde vou com o Igor. É o nosso lugar e me sinto meio estranha em ir lá com um cara que ele detesta.

— Pode, pode sim. Você vem agora?

— Sim. Vou — respondo.

Pego minha bolsa e me dirijo à porta.

— Já vai? — Igor pergunta.

— Vou até a agência... — digo.

— Ah, certo. Tudo bem por lá?

— Tudo... Eles têm umas ideias para o projeto e querem que eu vá lá.

— Greta?

— Também — respondo.

— Hum. Boa sorte, então.

— Obrigada!

12

Bruno já está em sua sala. Está de costas para a porta, observando a vista e eu pigarreio a fim de chamar sua atenção.

— Ah, você chegou! — ele dá um sorriso largo e se aproxima.

Não sei exatamente como devo cumprimentá-lo. Quero dizer, sei sim. Devo apertar sua mão rápida e fortemente. Mas quando estamos frente a frente e eu sinto o cheiro do seu perfume de sempre, me esqueço de como eu deveria agir e nós dois ficamos parados, movendo os braços, tentando encontrar a melhor maneira de fazer isso.

Ele segura meus ombros e me puxa para um abraço. Fico imóvel. Não consigo relaxar, nem tampouco abraçá-lo também. Até que ele se afasta e diz para eu sentar. Faço isso mecanicamente, como se estivesse em uma espécie de transe.

— E então? Você disse que teve umas ideias — digo, tentando lembrar o motivo exato de eu estar em sua sala.

— É, tive. Mas antes quero saber se você vai comigo ao cinema — ele pergunta, afastando uns papéis da mesa e apoiando os cotovelos.

— Preciso pensar melhor sobre isso — respondo, sem graça.

— Ok — ele diz. — Vamos ao que interessa.

Rapidamente, ele pega um papel em branco e uma caneta e começa a desenhar. Não achei mesmo que fosse desistir tão rápido.

— Pensei em interligar os andares por passarelas suspensas e de vidro — ele está dizendo e rabiscando, enquanto eu não paro de pensar que deveria ter dito sim.

— Certo. Vou anotar isso — abro o laptop.

— E também pensei em termos móveis no estilo anos 1950... Coloridos, sabe? — ele continua.

— Hum. Estilo retrô. Acho que fica legal — olho para os seus cabelos bagunçados e me lembro de como eu adorava mexer neles enquanto ficávamos deitados de frente para a televisão.

— Sun... Eu acabei atropelando as coisas... — ele começa a dizer e eu o encaro, nervosa. — Quero dizer, eu a convidei para sair e sequer procurei saber se você estava com alguém — ele está batendo a caneta na mesa e respirando rapidamente. — Tudo bem que somos amigos agora, mas se eu ainda fosse seu namorado, iria ficar muito irritado se você fosse ao cinema com outro cara.

O que eu devo dizer agora? Que eu não tenho um namorado desde que nós terminamos e que a possibilidade de ir ao cinema com ele tem me tirado o sono?

— Sem problemas — respondo.

— Então, seu namorado não se importa? — ele levanta as sobrancelhas.

— Eu não estou namorando — digo, por fim.

— Sério? Não posso acreditar.

— Por quê? — pergunto.

— Você é tão meiga e linda... Não dá para crer que está sozinha... Achei que eu fosse o único idiota da face da Terra... Perder você foi o meu maior erro — ele diz e eu fico atordoada.

Eu sempre quis ouvir isso. Sempre. Agora eu tenho nas mãos a oportunidade que sempre quis ter.

— Preciso voltar para o escritório — acabo dizendo. — Sobre as passarelas suspensas, vou inserir no projeto e depois trago.

Guardo o laptop na bolsa, me levanto e lhe estendo a mão. Ele está parado na minha frente, em silêncio. Talvez esperando que eu diga alguma coisa sobre nós e tudo o que passou, mas não quero falar. Não quero perguntar onde ele estava com a cabeça quando resolveu me enganar e todas as questões que eu sempre me fiz.

— Será que um dia você seria capaz de me perdoar? — ele diz quando seguro o trinco.

— Você se importa? — acabo dizendo.

— Claro que sim.

— Se isso te fará dormir melhor, não ligo pro que passou — minto. — Foi o que tinha que ser.

— Você acha mesmo?

— Nós já falamos sobre isso antes — refiro-me ao almoço.

— Mas você não me respondeu o que perguntei... antes — ele diz.

— O quê?

— Você não me respondeu se não havia sentido falta de nós dois juntos — ele encosta a mão no meu rosto e desliza suavemente até o meu pescoço, causando um arrepio familiar.

Seu perfume está me deixando tonta e acabo fechando os olhos. Não faça isso, sua boba! Não deixe que isso aconteça! Minha consciência está berrando aos meus ouvidos. Mas onde está o chão quando sinto o calor dos lábios dele se aproximando dos meus como se fosse uma dança cujos movimentos eu conheço muito bem? Minha respiração está curta e ainda estou de olhos fechados quando ouço um barulho.

— Desculpa! Bruno, temos um cliente — a secretária aparece de repente e nós nos afastamos.

— Vou indo — digo e saio.

— Espera! — ele chama.

— Não posso — respondo e aceno sem olhar para trás.

De alguma forma consigo chegar ao estacionamento. Entro no carro e suspiro. Meu coração ainda está acelerado e só consigo pensar no que quase aconteceu e em todas as consequências que isso me traria.

Querida Glória,

Preciso mesmo passar aí. Estou surtando de vez. Eu não gosto mais dele, logicamente. Você sabe disso. Eu sei disso, não sei? Mas por que meu coração deu cambalhotas quando ele se aproximou de mim?

Sua angustiada paciente,
Sarah

13

Mamãe e papai estão completando 25 anos de casamento. Isso não é perfeito? Duas pessoas completamente diferentes conseguirem passar tanto tempo juntas dividindo tudo, inclusive o controle remoto da TV? Certo. Eles dividem o controle de uma maneira bem injusta. Mamãe tem o direito de assistir a todas as novelas, enquanto ele só o noticiário das 8. Eles vão dar um almoço de comemoração e toda a família estará lá.

Estou me olhando no espelho experimentando um de meus vestidos novos. Depois daquele reencontro, acabei fazendo umas compras e, agora, percebo que minha aparência está melhor. Agito meus cabelos louros e depois dou uns tapinhas nas bochechas.

Papai pediu que eu convidasse o Igor, por isso ele está me esperando na frente do meu prédio. Ainda não contei nada a ele sobre a minha relação pouco profissional com Bruno. Mas só porque não sei exatamente como fazer isso. O que é bem ruim, porque me sinto uma bruxa mentirosa só de olhar para ele.

Chego à calçada e não o vejo. Disco seu número.

— Alô?

— Onde você está? — pergunto.

— Aqui perto da igreja — ele responde.

— Mas a igreja é na outra esquina! — retruco, tentando enxergá-lo, com dificuldade, por causa do sol.

— É que não tinha vaga perto.

— Por que não estacionou na calçada? — pergunto, já sabendo da resposta.

— Calçadas foram feitas para pedestres — responde.

— É, tem razão — concordo.

— Vou passar aí agora.

— É bom, pois estou de salto — levanto o calcanhar e aponto para o pé. Posso vê-lo se aproximando no seu sedan impecável. Ele está rindo de um jeito bem genuíno e eu me encolho pensando em como estou sendo desleal.

— Quer uma carona, gata? — ele diz e abre o vidro.

Eu sorrio e seguro o trinco.

— Só não vou aí abrir porque tem uma fila de carros atrás de mim — ele justifica.

— Ok. Dessa vez eu perdoo você — digo e entro.

— Precisamos parar no shopping — ele lembra. — Quero comprar um presente para os seus pais.

— Um presente? — Ah, meu Deus! Como não pensei nisso! — Claro! Eu também — digo.

A vendedora se aproxima, simpática, quando nos vê entrar na Decor Design.

— Nunca viemos aqui antes, né? — pergunto.

— É verdade. Mas parece legal. Além do mais, era a única que estava aberta hoje — ele me cutuca.

— Bom dia! É lista? — a vendedora pergunta.

— Lista? — estranho.

— Sim. Lista de casamento! A maioria das noivas faz aqui!

— Ah, não, não! Não somos noivos — digo rapidinho.

— Oh, desculpe — ela sorri sem graça.

— É... Não somos — Igor repete.

— Queremos um presente de bodas de prata — explico.

— Certo. Temos muita coisa bonita, como, por exemplo, esse conjunto de louça portuguesa — ela mostra um jogo de pratos realmente bonito, com detalhes azuis.

Mas acabo levando um vaso de cristal murano, que vai combinar com a cor da manta do sofá.

— Vou levar isso aqui — Igor diz, apontando uma adega elétrica.

— Mas isso?

— Você não gostou? Posso trocar por outra coisa...

— Não, não é isso. Mas é um presente muito caro.

— Ah... — ele ri. — Seus pais merecem.

Meu pai vai ficar nas nuvens com essa adega. Especialmente porque nos últimos meses ele tem tido aulas de enologia e vive dando seus pitacos sobre vinhos.

— Papai vai pirar com esse presente — digo, quando saímos.

— Você nunca teve vontade, Sarah? — Igor me pergunta, enquanto coloca o cinto de segurança.

— De quê?

— Casar e essas coisas...

— Ah... Acho que não — digo.

Mas eu já tive sim. Eu pensava em casar com Bruno e morar em um loft.

— E você? — pergunto.

— Eu penso — ele diz. — Quero ter uma cozinha bacana... Preparar o jantar num dia frio... Essas coisas — ele ri.

— Uau! — digo e sorrio. — Será que a boa e velha amiga receberá convites para jantar com o casal?

— Depende dela — ele responde.

— Chegamos! — aviso.

Minha mãe está sentada na varanda, usando um vestido azul marinho e sapatos de salto alto. Ela é loira como eu e está usando um corte de cabelos moderno e repicado. Descemos do carro e vamos ao porta-malas retirar os presentes. À nossa frente está o carro de Corina e Malheiros, um casal amigo dos meus pais. Eles descem com uma caixa embrulhada em papel prata, envolvida por um laço enorme. Em um rápido movimento, mamãe se levanta e entra. Logo em seguida, sai de mãos dadas com papai.

Percebo que eles estão fazendo aquele tipo de recepção em que o casal fica na entrada, cumprimentando os convidados e recebendo os presentes. Não é engraçado? Corina dá um abraço na minha mãe e as duas ficam sorrindo e dizendo coisas do tipo "como você está jovem!". Olhando para eles, me pego pensando se é isso que eu quero da minha vida.

— Mamãe! Seu cabelo está ótimo! — digo.

— Você acha mesmo? Resolvi dar uma mudada... Você sabe... — ela sussurra. — Vinte e cinco anos de casamento... A gente tem que dar uma chacoalhada — ela faz um gesto balançando os quadris e eu afasto do meu pensamento a imagem de mamãe e papai chacoalhando.

— Com todo respeito... A senhora está muito bem, dona Helena — Igor diz e coloca no chão a enorme caixa de presente. — Parabéns! Seu Honório... — ele aperta a mão de papai, que o puxa para um abraço de tapas nas costas.

— Obrigado, filho — papai se abaixa para pegar a caixa, mas logo percebe que é mais pesada do que pode carregar. — Opa! Isso aqui é bem pesado — ele diz, arfando.

— Ah, deixa comigo — Igor diz e levanta a caixa.

Eu não sabia que ele era tão forte assim, mas durante o movimento, os músculos do seu braço ficam aparentes. Às vezes é como se eu não o conhecesse totalmente. Quero dizer, Igor talvez seja uma espécie de Clark Kent.

Quando entramos, vejo meus tios e primos na sala. Vovó está sentada na cadeira de balanço, fazendo palavras cruzadas. Seus cabelos são lindos, de um branco quase azulado. Ela ainda adora cozinhar e não admite que mexam em sua cozinha.

— Sarah! — ela diz ao me ver e se levanta com dificuldade para me abraçar.

— Oi, vovó! — digo e lhe dou meu sorriso mais genuíno.

— Querida, será que essa velha aqui ainda terá a emoção de vê-la subir ao altar? — ela pergunta.

— Ah, vó... Não penso nisso agora. Mas a senhora vai sentir essa emoção com as meninas — aponto para as minhas primas, sentadas com os namorados.

— Você sabe que é a minha preferida, não sabe? — ela cochicha.

Ela me abraça outra vez e diz ao meu ouvido:

— Esse seu amigo é bonitão. Por que você não se casa com ele?

— Vovó! Pelo amor de Deus! — digo e sinto meu rosto queimar. — Ele é meu amigo!

— Mas, querida, você pensa em se casar com um inimigo? — ela diz e eu não contenho uma gargalhada.

— A senhora é demais! — digo.

— Esses novos tempos são uma droga! — ela continua e me surpreendo com seu jeito de falar. — Antigamente, se o rapaz fosse um pão, a gente não deixava passar!

— Certo, vovó — toco seu ombro carinhosamente e me afasto.

Papai está abrindo o presente de Igor e seus olhos estão arregalados.

— Meu Deus! — ele exclama ao ver a adega. — Muito obrigado, filho.

— De nada... — ele diz.

Mamãe coloca meu vaso de murano na mesinha da sala e nós vamos almoçar. Eles improvisaram uma mesa enorme no jardim e vovó fez *supréme* de frango, que eu adoro. Aproximo-me da mesa dos jovens e todos estão conversando animados sobre cinema.

— Nós iremos na estreia — Igor está dizendo.

— Não acredito! Como vocês conseguiram ingresso? Tentei hoje e já está tudo esgotado — Mariela, minha prima, diz.

— Comprei há um mês. — ele diz e abre a carteira tirando os tickets para *Rio*.

Ah, droga. Ainda não sei como vou resolver isso.

— Puxa, que sorte! — ela diz.

— Sarah, preciso te contar! — ela começa. — Adivinha quem voltou com o namorado?

— Quem?

— Talita! — ela diz. — Dá para acreditar? Depois de tudo o que ele fez, ela ainda voltou!

— Ah, sei lá — digo, meio nervosa. — Talvez ele tenha mudado.

— Fala sério! Caras assim não mudam. Ele ainda consegue ser mais cretino que o Bruno, seu ex!

Engulo seco.

— Falando nele... Você nunca mais o viu? — ela continua.

— É... Eu vi um dia desses — digo, gaguejando.

— Você pulou uma fogueira, prima — ela diz e eu sorrio.

— Que tal provar aquela salada de rúcula? — mudo de assunto. — Igor, você adora, lembra?

Ele está olhando para o infinito, como se não estivesse ouvindo nada da conversa.

— Igor? — toco em seu ombro.

— Oi! — ele me olha.

— Salada de rúcula — digo.

— Ah... Certo... Você quer? — ele se levanta.

— Quero.

No caminho para casa, ficamos em silêncio. Não consigo parar de pensar nas coisas que Mariela disse. Caras assim não mudam nunca. Será? Será que ser cretino faz parte da personalidade de alguém? Não existe regeneração nesse mundo? Em todo caso, não quero voltar com o Bruno. Meu único objetivo é fazê-lo se sentir tão mal quanto eu me senti antes.

— Você voltaria com ele? — Igor rompe o silêncio com uma pergunta que me deixa atordoada.

— O quê? — finjo não ter entendido.

— Bruno. Você voltaria a namorá-lo? — ele insiste.

— Por que você está perguntando isso? — tento parecer tranquila, mas minha voz está trêmula.

— Só queria saber.

— Não sei — respondo.

— Não sabe? — ele dá um riso sarcástico.

— Não. Por que está rindo?

— Depois de tudo que ele fez... Ele está te cercando, não está? — ele está segurando firme o volante.

Como ele sabe?

— Por que você está perguntando essas coisas?

— Talvez porque eu seja um pouquinho inteligente, Sarah — ele responde sério. — Você pode não saber, mas eu a conheço um bocado.

Fico calada. Como ele conseguiu saber tudo isso?

— Se eu voltasse... — começo a dizer e ele bate no volante e revira os olhos — ... se eu voltasse seria para me vingar — concluo e espero sua reação.

— Se vingar? Pra que isso?

— Ah, para vê-lo sofrer como eu sofri! — digo.

— Não acredito no que estou ouvindo — ele continua. — Isso é tão...

Ele para e meneia a cabeça.

— Deixa pra lá — conclui.

— Não. Fale!

— Isso é completamente idiota da sua parte.

— Ok — digo, irritada.

Estou me sentindo péssima. Igor nunca tinha falado assim comigo antes e, francamente, não está sendo nada confortável ficar dentro de um carro com ele depois disso.

— Obrigada pela carona — digo assim que chegamos ao meu prédio.
— De nada — ele responde sem se virar.

Bato a porta e entro no edifício sem olhar para trás.

14

Minha relação com Igor está meio estranha ultimamente. Depois daquela conversa, nós nos afastamos um pouco. Isso tem sido horrível para mim. Especialmente porque trabalhamos quase de frente um para o outro e é bem chato não poder comentar com ele sobre como o meu cabelo está cheio de frizz ou sobre a nova promoção no Peixe Urbano.

Abro o sketchup para colocar em perspectiva umas ideias para a agência de Bruno. Quero uma opinião sobre a passarela suspensa que coloquei no meio do galpão, mas não estou a fim de perguntar para a Gabi, nossa outra arquiteta. Igor está concentrado em um projeto e mal falou comigo hoje. Quero dizer, ele disse "bom dia", mas não vale porque foi pra todo mundo.

Eu poderia quebrar esse gelo, afinal, somos amigos há tanto tempo e já dividimos um sorvete, o que é uma coisa bem íntima. Mas ele foi um chato. Ele que tem que pedir desculpas.

— Pessoal, reunião em cinco minutos — Nestor avisa.

Amanhã é a estreia de *Rio* no cinema e eu não sei mais se Igor ainda quer ir comigo. Eu nem dei uma resposta ao Bruno também.

Eu e Igor sempre sentamos um ao lado do outro na mesa de reuniões. Ficamos passando bilhetinhos divertidos com nossos comentários sobre as bobagens que as pessoas falam. Abro meu bloco e me ajeito na cadeira. Talvez eu possa fazer as pazes pelo bilhetinho. É isso! Vou preparar um bilhetinho agora.

Eu não estou nada feliz com nós dois desse jeito. Desculpa?
Sarah

Dobro o papel quatro vezes, quando Nestor senta na ponta da mesa, além de Gabi, Tadeu e Marquinhos do financeiro. Todo mundo está sentado e a cadeira ao meu lado está vazia.

— Vamos começar — Nestor diz.

— Espera... Falta o Igor! — digo.

— Ele não vem — continua.

— Não? — estranho.

— Foi até aquela firma de advocacia para entregar o projeto e depois vai correr com umas coisas. — ele está dizendo e mexendo nos papéis à sua frente. — É exatamente sobre isso que quero falar. Igor vai tirar férias!

— Férias? — ouço minha voz esganiçada.

— É. Férias. E eu preciso redistribuir os clientes que iriam para ele.

Não acredito que ele vai tirar férias e nem me disse nada. Ele sempre me disse tudo. Além do mais, Igor nunca tira férias. O que está acontecendo?

Quando a reunião termina, corro para nossa sala de trabalho, mas ele não está. Digito uma mensagem no celular.

Férias???????

Carrie está se encontrando com Mr. Big escondida de seu namorado em *Sex and the city.* Estou deitada no tapete comendo pipoca queimada e me sentindo mal. Até agora não recebi resposta de Igor e estou pensando seriamente em aparecer no apartamento dele de surpresa.

Mamãe telefonou sobre alguma coisa relacionada ao jardim, mas não consegui me concentrar na conversa. Estou calçando meu tênis e avaliando a legging nova que comprei com Igor, quando decidi fazer cooper com ele, coisa que não saiu da promessa. Preciso correr para tirar do meu pensamento a vontade de entrar em contato com Bruno e pensar em uma maneira de fazer com que o Igor aceite isso numa boa.

Começo devagarzinho, respirando fundo e depois soltando o ar aos poucos. Eu sei que ele aguentou toda a minha deprê assim que terminei o namoro, totalmente destruída. Eu sei mais do que ninguém o quanto ele se esforçou para me fazer parar de chorar e de comer chocolates como uma louca.

Estou aumentando a velocidade quando passo na frente da Cupcakes e Cia. e, imediatamente, sou remetida àquela noite de Natal em que eu vestia pijamas horrorosos e segurava uma garrafa de vinho barato, assistindo por seguidas vezes a *Simplesmente amor*. Igor apareceu com uma cesta cheia de guloseimas e me fez vestir uma roupa de festa e brindar com ele. Nós ficamos embriagados. Quero dizer, eu fiquei embriagada e depois dancei com uma vassoura, conforme ele me contou no dia seguinte.

Por isso tudo, em nome da nossa grande amizade, estou em frente ao prédio dele, tocando o interfone.

Insisto por algumas vezes. Talvez ele esteja no banho. Mas é inútil. Ao me ver parada, o porteiro libera a entrada e eu vou até a guarita.

— Eu queria falar com o Igor, do apartamento 801 — digo.

— Ah, Seu Igor não está — ele diz. — Viajou!

— Viajou pra onde? — pergunto surpresa.

— Não sei. Só sei que ele saiu hoje com umas malas aí... Pegou o carro e foi embora.

O caminho de volta se torna especialmente estranho. Minha cabeça está martelando. Como ele pode ter ido embora sem me dizer nada? Saiu com as malas... Para onde terá ido?

Querida Glória,

Estou metendo os pés pelas mãos. Por que as coisas não podem ser diferentes? Por que não podemos ter um dia ensolarado e não sentir calor, por exemplo? Por que não podemos ter o melhor dos dois mundos? Não posso faltar à próxima consulta.

Sua paciente mais encucada,
Sarah

15

— **Não vou me meter nisso, mamãe!** — digo, consternada ao vê-la discutir com papai sobre a reforma no jardim.

— Seu pai é um verdadeiro turrão — ela está dizendo, com as mãos na cintura e um chapéu de palha na cabeça.

Está um dia ensolarado e mamãe decidiu há alguns dias que iria mudar nosso jardim. Papai não aceita muito bem a ideia, então os dois estão brigando feio por causa disso.

— Não é que eu seja turrão. Você que não se importa com a natureza! — ele diz, emburrado, se balançando na cadeira, enquanto lê um livro.

— Não custava nada entrar em acordo comigo. Eu fiz a minha parte... — ela está gritando lá de baixo, sob o sol quente. — Prometi que não iria gastar muito e cumpri! O projeto foi feito totalmente por mim, inspirado nas revistas — ela diz como forma de me atingir.

Mamãe me pediu um projeto de jardim e eu disse que não sou paisagista. Eu deveria ter procurado alguém para ajudá-la, mas minha vida não anda lá muito tranquila ultimamente, de modo que acabei deixando isso em segundo plano.

— Pode mudar seu jardim, querida — papai diz sem levantar os olhos do livro.

— Como? Se você não deixa que eu faça do meu jeito? Como? Se essa droga de laranjeira murcha está no meio do jardim, hein? — ela diz chateada.

Papai se levanta e eu dou graças a Deus por os dois estarem em andares diferentes.

— Droga de laranjeira murcha? É assim que você chama a laranjeira que eu plantei quando construímos a casa? — ele grita de lá.

— Laranjeira essa que nunca... nunca deu frutos! Laranjeira murcha, sim! — ela responde.

— Ah, vou voltar pra minha leitura — ele bate o pé e senta.

— Meu Deus, mamãe... Será que dá pra vocês dois pararem com isso? — digo, angustiada.

— Você não sabe o que ele fez, Sarah! Ele dormiu no jardim, ao lado da laranjeira, só porque eu disse que iria arrancá-la enquanto ele dormia — ela coloca a mão na testa e enxuga o suor.

— Puxa, mãe... Você bem que podia deixar essa plantinha aí.

— Para quê? Não serve pra nada! Não dá frutos! — ela exclama e eu fico pensando se caso eu não me casar e ter filhos um dia, ela iria me descartar.

Já faz quinze dias que o Igor não dá notícia. Tentei seu celular, mas está sempre desligado. Estou no shopping com uma cliente para escolher objetos de decoração. Essa é uma das partes de que mais gosto no meu trabalho. Fátima é engraçada. Aparentemente, o marido dela ficou rico com um lance da internet e ela fica totalmente deslumbrada com as coisas.

Inicialmente, ela queria uma cama redonda no quarto, espelho no teto, estampa de oncinha nas poltronas e cortina vermelha de veludo. Quase tive um ataque arquitetônico com isso. Mas aos poucos fui explicando coisas do tipo “menos é mais” e ela está aceitando bem.

— Que tal esse vaso? — aponto.

— Não sei, Sarah... É tão apagadinho — ela faz um muxoxo.

— Hum... Certo. Vamos ver outra coisa — tento encontrar algo que a agrade e que seja adequado.

— Ui! Esse quadro está um arraso! — ela aponta para um tipo de escultura de parede com o corpo de um homem nu.

Começo a rir.

— Quero levar! — ela diz e fico em pânico.

— Levar para colocar onde? — pergunto.

— No quarto. Não fica ótimo? E depois podemos procurar um que seja uma mulher. Aí nós podemos pendurar na parede da cabeceira da cama, indicando os lugares onde dormimos. Que tal?

Preciso admitir que ela é bem imaginativa.

— Talvez algo menorzinho — tento persuadi-la.

— Sarah, não posso demorar — ela diz.

— Mas nós acabamos de chegar! — estranho.

— É que tenho um compromisso... — seu rosto toma uma expressão misteriosa. — Uma coisa que preciso fazer durante nossos encontros porque meu marido não pode saber.

Ih! Não acredito! Fátima tem um amante!

— Fátima... Não quero participar disso — acabo dizendo.

— Oh, amoreco — ela diz, dando um beliscão na minha bochecha. — Não é o que você está pensando.

— Não?

— Não... Só estou fazendo aulas de pompoarismo — ela diz e suas bochechas ficam coradas.

— Pompoarismo?

— É! Você sabe... Dentro de alguns meses conseguirei atirar lâminas com a minha vagina! Não é o máximo? — ela diz, agora, animada. — Quero fazer uma surpresa ao Nilson.

Blergh!

— Ok — digo. — Mas e quanto aos objetos? — pergunto, preocupada.

— Acredito no seu bom gosto. Mas, por favor, nada muito sem graça, certo? — ela diz e sinto um alívio.

Fátima vai embora e eu fico escolhendo as coisas mais legais, lembrando sempre do seu gosto extravagante. Encontro uma estatueta de uns vinte centímetros, prateada, de um casal em posição sexual e decido que é exatamente o que vai compor a mesinha de cabeceira dela. Certamente, Fátima vai ficar bem feliz com isso.

— Quer ajuda? — ouço a voz atrás de mim e quando me viro, percebo que a conheço.

— Renata? — digo, surpresa.

— Oh, meu Deus! Sarah! — ela dá um gritinho e vem me abraçar aos pulinhos.

Parecemos aquelas garotas do colegial se encontrando no shopping, eufóricas.

Renata estudou arquitetura comigo. Ela é o tipo de garota bonita e bobinha. É magérrima e tem cabelos cor de mel, todo em camadas, como uma supermodelo.

— O que você está fazendo aqui? — pergunto.

— Eu trabalho aqui — ela responde e afasta uma mecha de cabelo do rosto. — Ajudo as pessoas a escolherem móveis e tudo o mais.

— Ah... — digo.

— E você? Conta! E o Igor? Vamos tomar um café? Está perto da minha hora de descanso — ela sorri com seus dentes perfeitos.

— Vamos! É o tempo de pagar isso aqui — mostro o meu carrinho cheio.

Peço um *mocha* e ela uma água.

— Você não vai pedir um café? — pergunto.

— Não... Deixa os dentes escuros — ela diz e abre seu sorriso cintilante.

Imediatamente passo a língua por cima dos meus dentes. Talvez eu devesse parar de tomar café.

— E então... Há quanto tempo mesmo? — digo.

— Nossa! Faz uns dois anos! O que você está fazendo da vida? Já casou?

— Não casei... Estou trabalhando em uma firma de arquitetura. Eu e o Igor — digo e sinto uma pontada de saudade.

— Sério? Como ele está? — ela pergunta.

— Bem — respondo.

— Gente, que coisa louca. Nós moramos na mesma cidade e nunca nos encontramos. Precisamos marcar um jantarzinho... Podíamos malhar juntas! — ela diz.

— É... Precisamos nos encontrar mais — digo.

— E o Bruno?

Basta ouvir seu nome para me lembrar de tudo. Eu queria tanto alguém neutro para conversar sobre ele e agora tenho a oportunidade.

— Terminamos no final do curso — começo a dizer. — Mas agora... Nos reencontramos — observo a sua reação, mas ela é imparcial.

— Ah é... Teve aquele lance de traição, né? Mas e aí? Ele se arrependeu? — ela dá um gole na sua água com gás.

Ao menos ela já não começa dizendo que ele não presta e que eu deveria ignorá-lo.

— Ele disse que me perder foi o pior erro de sua vida — digo e mexo meu café, olhando para baixo.

— Oh, Sarah! E você vai dar outra chance pra ele? Eu tenho uma amiga que teve uma história bem parecida com a sua. Eles se reencontraram e resolveram passar por cima do passado e aí... — ela diz quase sem respirar.

— E aí? O que aconteceu? — pergunto, curiosa.

— Eles se casaram e estão felizes até hoje! Ela está grávida e eles vieram juntos escolher o berço do bebê na semana passada — ela continua.

Imediatamente sinto um jorro de esperança, o que é bem estranho, afinal de contas, casar com Bruno está totalmente fora de cogitação. Se eu voltar com ele será apenas para me vingar.

— Eu não sei se conseguiria perdoá-lo — digo. — Mas eu adoraria vê-lo rastejar por mim — sorrio.

— Hum... Isso seria interessante — ela diz. — Se você não gosta mais dele, essa é a chance de se vingar. Aproveita!

Era exatamente disso que eu precisava. Uma forcinha. Puxa, como pude ficar tanto tempo sem falar com ela?

— Onde você malha mesmo?

16

Estaciono na frente da StandUp academia de ginástica e avalio meu rabo de cavalo. Vou, definitivamente, levar uma vida mais saudável a partir de agora. Coloco o retrovisor no lugar e pego a minha nova mochila com estampa de *toy art*. Quando desço e dou uma última olhada no espelho do carro, ouço o celular tocar.

É Mariela, minha prima.

— Você está lembrada do aniversário da vovó? — ela pergunta.

— Ah, droga! Que dia é hoje? — digo, nervosa.

— Calma... É sábado — dou um suspiro aliviado ao ouvir. — Estou ligando só para dizer que estamos planejando uma festinha surpresa para ela. Tia Helena vai fazer tudo no seu jardim novo.

— Que ótimo! Então nos encontraremos lá — digo e empurro a porta de vidro da academia.

— Ah, Sarah, obrigada!

— Pelo quê?

— Os ingressos para *Rio*... Uma pena vocês não terem podido ir... É realmente muito bom! — ela está dizendo. — Ainda bem que o Igor se lembrou de mim.

Como assim? Ele deu nossos ingressos a ela? Isso é bem estranho. Parece que, de repente, eu não o conheço. Ele está meio que se desfazendo das nossas coisas como se não fôssemos nos ver nunca mais.

— Ok. Então até sábado — digo por fim.

Renata já está correndo na esteira quando apareço. Ela está usando um short curto de lycra com um top que valoriza seus seios turbinados. Quando me vê, acena exageradamente e eu me encolho. Coloco minhas coisas no armário e sou abordada pelo instrutor.

— Novata?

— Sim.

— Que tal começarmos em uma atividade aeróbica mais leve até fazermos sua avaliação física?

Ótimo. Uma atividade leve é tudo o que preciso.

— Tudo bem! — digo, animada e começo a me alongar.

Ele fica parado, esperando, e, quando termino, me entrega uma corda.

— Pra que isso? — pergunto, estranhando.

— Para pular. Pode começar.

Fico segurando a corda, incrédula. Há anos não faço isso. Olho para os lados e observo todo mundo nos aparelhos ao som da música com batidas fortes. Olho para mim mesma no espelho e, tímida, começo a fazer o movimento, inicialmente, sem jeito, com medo de cair. — Pode ir ajudar as outras pessoas — digo ao ver o instrutor parado, de braços cruzados. — Eu vou ficar bem.

— Vinte minutinhos, ok?

Putz!

Já estou cansada e a cada pessoa que passa e olha, me encho de vergonha. Ignore tudo isso, Sarah! É só hoje! Estou dizendo para mim mesma quando ouço aquela voz conhecida.

— Não sabia que você ainda gostava de brincar disso! — perco toda a concentração e tropeço na corda, quase caindo.

— Oi... — digo, quando recupero o equilíbrio.

— Malhando aqui desde quando? — ele pergunta e eu sinto as bochechas queimarem.

— Desde hoje — respondo.

— Não era você quem detestava academias? — ele arruma as luvas com destreza.

— Eu ainda detesto.

— Hum... Boa sorte então — ele diz e desaparece no meio de uma multidão de sarados.

Não acredito que ele também malhe aqui. *Boa sorte então* significa o quê? Pensando bem, ele reagiu tão indiferente ao fato de estarmos frequentando a mesma academia. Talvez tenha desistido de vez de me reconquistar. Quero dizer, será que ele um dia realmente quis me reconquistar ou eu imaginei tudo feito uma boba alucinada?

— Ei, achei que você fosse para a esteira — Renata diz e fica se olhando no espelho e arrumando os cabelos.

— É... Também achei. Falando sério, isso aqui é uma droga — aponto para a corda.

— Deixa isso aí — ela diz. — Vamos fazer uma aula de *jump*? Você vai adorar!

— Vamos!

Quando passamos pelo salão de musculação, vejo Bruno no supino. Ele está usando uma regata preta e seus músculos estão saltando. Estou me sentindo como uma garota do segundo grau quando vê seu amor platônico.

— O que foi? — Renata pergunta ao reparar no meu jeito meio nervosa.

— Olha ali — faço um gesto com o rosto.

— Ai, ai, ai! Não acredito! — ela diz, toda animada. — Puxa, como eu nunca o vi aqui antes? Ele já viu você?

— Já — respondo.

— E aí?

— E aí nada. Ele não tá nem aí — digo e me preocupo por estar achando isso ruim.

— Será? Se você quiser, posso me tornar amiga dele e descobrir coisas — ela sugere e, por um momento, acho a ideia interessante.

— Não. Deixa para lá. É melhor que as coisas fiquem como estão — digo, assim que entramos na sala para a aula de *jump*.

Depois de quarenta minutos de pula-pula, estou exausta.

— Vamos tomar um suco? — Renata propõe.

— É uma boa.

Atravesso a recepção para pegar minha bolsa no armário. Bruno está guardando as coisas na mochila. Vou lá. Vou falar sobre o projeto.

— Oi — digo com um sorriso.

— E aí? — ele arruma o boné.

Ele fica lindo de boné.

— Fiz umas alterações no projeto.

— Foi? Depois dá uma ligada pra minha secretária marcando uma reunião — ele diz e eu me sinto uma grande idiota.

— Ah, claro. Vou fazer isso... Talvez amanhã... Vou ver minha agenda. — começo a falar freneticamente. — Então tá. Vou indo — digo e dou um sorriso do qual me arrependo imediatamente.

— Tchau, tchau — ele diz.

Cadê aquele cara que disse que seu pior erro foi ter me perdido?

Sinto-me meio zonza, não sei se por causa do esforço físico, ou do mico que paguei. Quando chego à lanchonete, Renata já está me esperando com o suco.

— Demorou! — ela diz.

— É... Esqueci a chave do armário no banheiro e voltei para procurar — invento.

— Hum... Ei, me conta do Igor! Nunca mais o vi... Ele ainda é lindamente correto? — ela pergunta.

— Ele continua correto. Irritantemente correto — respondo.

— Irritantemente? Eu acho muito fofo ele ser assim — ela diz.

— Nós estamos meio brigados — acabo contando.

— Não acredito! Mas por quê? — ela dá um gole no suco e se apoia na mesa, curiosa.

Conto tudo sobre nosso reencontro com Bruno e sobre como Igor ficou irritado com a possibilidade de eu reatar o namoro.

— Mas que bobagem! — ela diz.

— Entendo que ele teve muito trabalho para me ajudar a sair da fossa — eu digo. — Mas, puxa, já sou bem grandinha para assumir meus riscos.

— Concordo. Além do mais, a amizade de vocês não pode acabar assim. Eu posso conversar com ele... Que tal? — ela levanta a mão para que eu bata, tipo amigas de escola.

— Você faria isso por mim?

— Claro!

Querida Glória,

Definitivamente não entendo o ser humano. Como é mesmo que se chama aquele transtorno em que a pessoa está de um jeito hoje e amanhã muda completamente e não é TPM?

Sua paciente mais pensativa,
Sarah

17

Não vou telefonar marcando reunião nenhuma. Que ridículo! Ou melhor, vou sim. Vou lá levar o projeto e vou fingir que não estou nem aí. Francamente, eu não estou nem aí mesmo. Eu deveria ter insistido para Igor pegar esse cliente. Falando nele, Renata ficou de entrar em contato e me dar notícias. Talvez ela tenha mais sorte que eu.

— Sarah? — Nestor aparece atrás de mim.

— Oi, chefe.

— Já tem alguma coisa do projeto da Agência?

— Tenho. Vou marcar com a secretária uma reunião com eles.

Ele cruza os braços e arqueia as sobrancelhas grossas.

— Agora?

— Ok — digo e pego o telefone. — Bom dia. Eu sou Sarah, da Dimensão Arquitetura... — começo a dizer. — Gostaria de marcar uma reunião sobre o projeto...

Não quero ficar cara a cara com ele outra vez. Estou, ainda, bem envergonhada pela conversa na academia. Definitivamente, ele não quer nada comigo.

Enquanto dirijo, penso em maneiras de me vingar. Achei que poderia deixá-lo apaixonado e trocá-lo por outro. Ou até dizer que não quero compromisso e que minha história com ele é só sexo. Mas isso tudo fica impossível quando ele, de repente, parece não estar nem aí para mim.

Talvez ele só quisesse o meu perdão, mesmo, quando disse que me perder foi o pior erro de sua vida. Por que não consigo esquecer essa frase?

Entro no elevador e me avalio no espelho. Jogo os cabelos para um lado e para o outro e depois aplico uma camada de gloss. Ouço o bip de mensagem no celular.

Oi! Consegui falar com o Igor! Ele está voltando do Rio de Janeiro hoje. Iremos jantar juntos. Depois mando notícias.

Bjok,

Renata

Rio de Janeiro? O que ele foi fazer lá? E por que vão jantar juntos? Ele nem era assim muito chegado na Renata. Eu sempre comentei com ele sobre como ela era bobinha e tudo o mais.

— Bom dia! — a secretária de Bruno está dizendo.

— Oi. Bom dia — respondo.

— Já pode entrar... Ele está esperando — ela diz e abre a porta para mim.

Vou agir como se nem nos conhecêssemos.

— Bom dia — digo e entro, séria.

— Bom dia! — ele diz e abre um sorriso.

Sento e tiro o laptop. De soslaio, percebo que ele está incrivelmente bonito. Usa um jeans escuro com camisa preta de mangas compridas e decote "v". Não posso me desconcentrar. Especialmente quando ele joga os cabelos para trás e mexe o pescoço para os lados, alongando.

— Conforme combinado, trouxe o projeto em perspectiva — digo.

— Você está linda hoje.

O quê????

— Então... Como eu havia dito, coloquei uma passarela bem no meio, ligando o segundo andar. Veja o que acha... — viro a tela para ele.

— O que você tem? — ele pergunta.

— Eu?

— Está diferente... Algum problema?

— Problema nenhum. O que você acha de utilizarmos vidro verde? — mudo de assunto.

Ele se levanta e vem para o meu lado, virando o laptop para nós. Se abaixa e fica bem próximo do meu rosto, o que é terrível.

— Amor, amor... — ele sussurra ao meu ouvido.

— O quê? — afasto meu rosto.

— Seu perfume... Ainda é o mesmo — ele diz.

— Eu sou a mesma — digo.

— Será? — ele diz e eu o encaro.

— Por que você está fazendo isso? — acabo perguntando.

— Como assim? — ele faz uma expressão com o rosto como se não entendesse.

— Sei lá. Parece uma pessoa hoje e amanhã é outra. Ontem na academia você foi todo estranho... — desabafo.

— Eu? Você é que estava toda séria. Mal falou comigo e depois veio com essa conversa de projeto. Posso ser sincero? Está sendo bem difícil para mim ser profissional estando ao seu lado, sabia? Quando você entrou aqui com aquele cara, eu pensei "putz, que droga"! Primeiro porque eu ainda tenho vergonha do que te fiz e depois porque eu não sabia como seria "trabalhar" com você depois de tudo — ele diz e sinto meu peito arfar. — E agora nós estamos tão perto e eu estou fazendo um esforço desumano para não beijar você.

Não sei o que dizer. De repente não sinto meus pés. Bruno está esperando uma resposta e eu fixo meus olhos nos dele.

— Você me deixa completamente sem noção do que é certo e do que é errado — ele segura meu rosto e avalia todos os meus detalhes. — Talvez você nunca mais apareça, mas vou arriscar... — seus lábios tocam os meus e fecho os olhos.

Também não tenho noção se isso é o certo. Ou melhor, sei que não é. Sei que as coisas vão ficar estranhas depois disso. Sei que Nestor me demitiria se soubesse que estou tendo um relacionamento pessoal com um cliente. Sei que meu pai enfartaria se soubesse. Mas não tenho poder sobre mim agora.

Querida Glória,

Estou perdida. Sonhei tanto com isso! Você bem sabe... Fiz planos vingativos e tudo o mais. Mas agora que ele me beijou... É... Ele me beijou. Parece que tudo o que passei antes se apagou e só consigo pensar em quando vou vê-lo de novo. O que eu faço?

Sua enrascada paciente,
Sarah

18

Oi, Renata. Cadê você? Me liga assim que puder.

Renata? Eu estava pensando... Que tal tomarmos um café hoje à tarde?

Ei, Renata... Ligue assim que vir essa mensagem, ok?

Estou na minha mesa tentando trabalhar no projeto do apartamento de Fátima. Digo tentando porque há mais ou menos trinta minutos estou escolhendo um papel de parede para o seu quarto pela internet. Já cansei de tentar falar com Renata pelo telefone, que está sempre fora de área, então deixei algumas mensagens.

Como terá sido o tal jantar com Igor? Telefono para ele, mas só faz chamar. Volto para o papel de parede quando ouço o bip de mensagem no celular. Finalmente!

Mas quando abro...

É uma mensagem multimídia com um vídeo de "With or Without You" do U2.

Pensando em você...
Bruno

A música está tocando e eu apoio o queixo na mão e fico viajando. É a nossa música e ele ainda se lembra. Ele está pensando em mim e eu também penso um bocado nele, exceto quando estou pensando sobre o porquê de Renata não responder às minhas mensagens.

Estou começando a digitar que também estou pensando nele quando o telefone toca.

— Alô?

— Sarah! — é Renata.

— Finalmente! — eu digo, meio irritada.

— Desculpa... Eu estava ocupada com umas coisas...

— Conta logo! Falou com ele?

— Sim. Jantamos juntos... Você não tinha me falado sobre como ele estava ainda mais bonito! — ela diz.

— Certo, mas e aí? Ele está com muita raiva de mim, ainda? — pergunto, ansiosa.

— Ih, nós nem falamos de você... Mas ele está muito bem — ela responde.

— Não falaram de mim? E falaram de quê? — estranho.

— Ah, sei lá... Coisas...

Coisas?

— E o Bruno? Deu notícias? — ela pergunta.

— Ah, sim. Aconteceu uma coisa maluca... — digo. — Nós acabamos nos beijando...

— Sério? Nossa, que legal! E vocês estão namorando de novo?

Quero dizer que sim, que ele acabou de enviar uma mensagem com a nossa música, mas quando paro para pensar, vejo que não existe nada de concreto entre nós.

— Não sei... Acho que ainda é cedo para falar disso — digo, enrolando o fio do telefone.

— Hum... Olha, prometo que falarei com o Igor sobre isso hoje, ok? — ela diz.

— Hoje? Vocês vão se ver hoje?

— Sim. Vamos ao cinema. Estou louca para ver *Rio*! — ela responde, animada.

Certo. Renata vai ao cinema com o meu melhor amigo ver o filme que eu iria ver com ele. Isso é estranho. Eu me sinto estranha.

— Ok. Depois conversamos... Preciso trabalhar.

— Eu também, amiga. Beijocas! — ela diz e faz estalinho.

Detesto quem faz estalinho ao telefone. De repente me pego pensando se ela faz estalinho com Igor.

Assim que desligo, disco o número de Bruno.

— Oi — ele atende.

— Ei... Tudo bem? Recebi sua mensagem...

— Ah, certo.

— Eu estava pensando... Que tal irmos ao cinema hoje?

— Posso ver isso. Talvez dê certo — sua voz está fria.

— Hum... Algum problema? — pergunto.

— Não, que nada. Depois da reunião nos falamos.

Que estranho. Que reunião? Do que ele está falando?

— Ok. Tchau — digo, seca.

Estou enlouquecendo. Não sei exatamente o que ele quer. Uma hora está um doce e manda mensagens e outra, parece um estranho. Olho para a mesa de Igor e sinto saudades. Queria tanto conversar com ele sobre isso. Sobre tudo...

Já é noite. Vou para casa sozinha. Está chovendo muito e eu fico deitada no sofá. Abro o celular e releio a mensagem. Jogo as pernas para cima e abro os braços, tentando relaxar. Está passando o jogo do Flamengo na TV e imagino que Igor esteja assistindo. Ele não perde um. Eu poderia ir lá ver com ele e aí faremos as pazes de uma vez por todas. Mas antes ligo para Renata para saber como foi a conversa sobre mim.

— Ei, estou no cinema. Ligo depois — ela sussurra.

— Ok.

No cinema? Com ele? Não acredito que ele está perdendo o jogo para ir ao cinema com Renata. Então ela é a sua mais nova melhor amiga?

Trim! Dou um pulo de susto.

— Alô?

— Oi... — é Bruno.

— Oi.

— Desculpe por aquela hora... Eu estava no meio de uma reunião — ele diz.

— Ah... — como não pensei nisso antes?

— Você sabe... Os outros sócios não podem saber de nós dois... Não seria muito ético.

— Tem razão. Eu seria demitida caso o Nestor soubesse que estamos juntos — digo e imediatamente me arrependo. — Quero dizer... nós nem estamos juntos, afinal. Só nos beijamos.

— Não, minha princesa... Nós estamos juntos, sim. Pelo menos é isso que eu quero. Não sei quanto a você...

— Eu também quero — me pego dizendo.

— Quero ver você agora.

— Agora? — pergunto.

— Sim... Nem mais um minuto... Se você ainda mora no mesmo lugar... Abre a porta pra mim? Está meio frio aqui fora — ele diz e eu pulo do sofá.

Corro para o espelho e arrumo meus cabelos com os dedos. Estou vestindo calça de moletom e regata. Droga. Respiro fundo e seguro o trinco. É agora.

— Ei! Você está aí! — digo e sorrio. — Se você tivesse me avisado, eu teria vestido uma coisa melhor — aponto para a minha roupa.

— Você está linda... Sempre... — ele me agarra pela cintura e me beija.

Nossa química é perfeita. Sempre foi. Dentro de poucos segundos estamos no sofá. Ele está beijando meu pescoço e estou ficando derretida.

— Você ainda gosta disso? — ele levanta meus cabelos e beija a minha nuca bem devagar.

— Sim... — respondo, ofegante.

Ele abaixa a alça da minha blusa e beija meus ombros. Não acredito que estamos aqui outra vez. Olho para a vidraça e vejo a chuva cair. Nós estamos juntos e felizes. Isso é demais!

Querida Glória,

Sei que não tenho comparecido às sessões de terapia, mas quero dizer que as coisas finalmente estão se ajeitando.

Sua animada paciente,
Sarah

19

Estou animada para ir à academia. Já tomei um shake energizante e coloquei na mochila um par de luvas esportivas. Além disso, gravei no meu Ipod as músicas que eu e o Bruno adorávamos. Marquei com Renata na lanchonete para conversarmos.

Estaciono perto da entrada e desço saltitante. Vou direto para a lanchonete, peço um suco e me sento com meus fones de ouvido. Estou ouvindo Oasis enquanto a espero. Já passa das 7 e ela ainda não apareceu. Não quero telefonar e parecer ansiosa demais, mas já é a quinta música que escuto e nada.

Disco seu número. Mas ela não atende. Vou para a esteira. Esse é o mesmo horário que Bruno malha. Estou louca para vê-lo novamente. Caminho pela academia, procurando por ele, mas não o encontro. Faço meus exercícios sempre de olho no celular, mas ninguém liga.

Quando já estou em casa, pronta para dormir, recebo uma mensagem. É Renata.

Sarah, desculpe. Não deu para ir hoje. Será que você já está dormindo?

Imediatamente digito:

Estou acordada. O que houve?

Bip! Bip!

Eu estava pronta para encontrar você quando o Igor telefonou me convidando para um sorvete. Não pude negar, mas quero muito falar com você. Tenho novidades!

Não suporto esse tipo de mistério. Disco seu número e roo a unha do polegar.

— Que novidades? Conversou com ele sobre mim? — pergunto ansiosa.

— Oi! Conversei sim — ela diz.

— Conta logo! O que ele disse? — sento na cama e ligo a TV para passar os canais freneticamente.

— Ele entendeu. Disse que ficou chateado no começo, mas que você é quem sabe o que deve fazer.

— E por que ele não ligou para mim?

— Ah, ele volta amanhã ao trabalho. Aí vocês podem conversar — ela está dizendo.

Que esperar amanhã, que nada! Vou ligar para ele agora mesmo.

— Certo. Obrigada! — digo.

— De nada!

— Então, tchau.

Não aguento mais ficar sem falar com ele.

Ouço o barulhinho da chamada por umas quatro vezes até que ele atende.

— Alô?

— Oi! — digo meio animada, meio nervosa.

— Oi, Sarah — é a sua voz mais acolhedora.

— Quanto tempo!

— É... Um bocado — ele diz.

— E aí? Você sumiu... — quero brigar com ele por ter ficado tanto tempo sem atender minhas ligações, mas não consigo.

— Estou seguindo seus conselhos — ele diz. — Comecei tirando férias.

— Você podia ter me avisado, né?

— Eu ia... Se você não tivesse batido a porta do carro e saído daquele jeito — ele joga na minha cara.

— Você me chamou de idiota! — digo, consternada.

Por um momento ele fica em silêncio.

— Olha, Sarah. Eu quero pedir desculpas por isso. Não tenho o direito de me meter na sua vida. Sinto muito pelo que eu disse.

— Para com isso! — sinto vontade de chorar. — Você é o meu melhor amigo. Pelo menos eu considero... Tem o direito de dar sua opinião.

— Mas não de querer que você faça as coisas do meu jeito. Falando nisso, não gostei dessa coisa de você mandar recados.

— Você não atendia! — retruco.

— Eu estava no Rio... Fui para resolver o lançamento do livro.

— Sério? Que legal! E quando sai?

— No final do mês.

— Hum... É... Igor... — começo a dizer. — Sobre aquilo... Eu quis contar a você logo, mas não tive coragem... Eu e o Bruno, nós estamos conversando outra vez.

— Eu sei.

— Sabe?

— Sim. Renata me contou que vocês estão juntos de novo — ele diz.

— O que ela disse exatamente?

— Olha, eu não quero me meter, por isso prefiro não falar sobre esse assunto.

— Mas você ainda quer ser meu amigo? — pergunto, ansiosa.

— Claro, sua boba.

— Eu adoro você! — digo, feliz.

— Eu também adoro você. Agora preciso dormir.

— Tá bom. Um beijo.

— Boa noite.

Mas a verdade é que não estou me sentindo exatamente feliz. Não é bem como antes. Alguma coisa em sua voz estava diferente e eu estou com medo de que as coisas não fiquem tão bem como eu gostaria.

Está chovendo de novo. Encolho-me na cama e fecho os olhos pensando sobre como tudo mudou de um instante para outro. Há pouco tempo eu nem sonhava encontrar meu ex. Quero dizer, eu fantasiava sobre isso quase que diariamente, mas não acreditava que poderia acontecer. Sinto um súbito choque ao imaginar que talvez ele esteja me traindo outra vez. Mas ele não faria isso. Não tinha por que ele voltar comigo e depois fazer tudo outra vez. Aperto os olhos para afastar o pensamento.

Quando já estou adormecendo, a campainha toca. Levo um susto e olho para o relógio. Nem está tão tarde, afinal. Levanto e vejo o olho mágico. É Bruno. Cabelos molhados e casaco de couro ocre. Solto os cabelos e avalio meu pijama. Quem se importa? Abro.

— Oi...

Ele está com o cotovelo apoiado na porta, sorrindo maliciosamente.

— Senti saudades... — diz.

Aproximo-me no hall de entrada e fico na ponta dos pés alcançando seu queixo. Ele não se move, nem me beija, ao passo que encosto meus lábios em sua bochecha.

— Entra... — sussurro.

Rapidamente, ele me agarra pela cintura e me dá um beijo caloroso.

— Boa noite — ouço a voz da velhinha que mora ao lado.

Ah, meu Deus!

— Boa noite — digo, constrangida, e em seguida o puxo para dentro de casa.

— Puxa, você acabou com a alegria da velhinha — ele diz e ri. — Você faz alguma ideia do tempo em que ela fez algo parecido?

— Para com isso! — repreendo-o e sinto o rosto queimar.

Eu me viro para buscar uma toalha e ele me abraça.

— Aonde você vai?

— Buscar uma toalha para você. Desse jeito vai acabar adoecendo — eu digo me desvencilhando dos seus braços.

— Não precisa — ele vai tirando o casaco e depois a camisa. — Você não prefere vir aqui comigo? — ele senta no sofá. — O que é isso? *Harry & Sally*? — diz ao ver o DVD do Igor sobre a mesinha de canto.

— Ah, isso é do Igor! — digo. — Já faz um tempão que estou para devolver e sempre esqueço.

— Rá, rá! Logo vi... Filme mais babaca — ele comenta.

Não gosto da maneira como ele fala sobre Igor, ao passo que me aproximo e pego o DVD de sua mão.

— Não fale assim dele — digo, chateada.

Ele se vira para a TV e agarra o controle remoto.

— E então? Você vem ou não? — ele dá uma batidinha no sofá.

É claro que vou. Nos entrelaçamos no sofá e tudo acontece rapidamente. Depois ele se levanta e anda até a minha cozinha americana.

— Não vi você na academia hoje — digo, ainda deitada.

— Ah, eu não fui!

— Não?

— Pegamos uma conta nova e estou atolado de trabalho — ele se aproxima com uma lata de Coca. — Não tem cerveja na sua geladeira...

— Eu não sabia que você viria — eu digo.

— Como não? — ele brinca. — Você acha que eu aguentaria um dia todo sem ver você? Já passei quatro anos e não foi fácil.

Fico de joelhos no sofá, apoiando meu queixo nas mãos.

— Bruno... — digo, cautelosa. — Por que você fez aquilo? — meus olhos fitam o chão.

Eu não deveria tocar nesse assunto, afinal de contas, eu o perdoei — supostamente. Ele para abruptamente e coloca a lata de Coca na bancada da cozinha. Depois vira de costas e respira fundo. Sinto um súbito arrependimento por ter perguntado. O clima fica tenso e eu penso em dizer "deixa pra lá". Mas eu não digo nada até que ele começa:

— Achei que tivéssemos superado isso.

— Eu só queria entender — acabo dizendo.

— É difícil para mim... Admitir que fui um idiota... — ele arqueia as costas e depois relaxa e se vira para mim. — Eu me vi diante de você sempre tão fantástica... Fui um fraco.

— Como assim? — pergunto, estranhando.

— Você me deixava inseguro.

Eu o deixava inseguro? Deus sabe o quanto eu sempre me senti, e ainda me sinto, insegura diante dele.

— Não posso acreditar — digo.

— Por que não? Você sempre foi a garota bonita e interessante da faculdade. Sempre tive que aguentar todos os caras te cercando e acabei me sentindo inseguro. Para me sentir melhor, e eu digo isso com pesar, acabei fazendo coisas desprezíveis — ele bebe um gole de Coca.

— Sempre amei você! Sempre demonstrei isso de todas as formas. Não tinha razão para você se sentir inseguro! — argumento, mas no fundo, estou sentindo um jorro de alívio. Alívio por não ter sido trocada por outra melhor, mas para que ele se sentisse superior. Isso é tão maluco.

Levanto do sofá num pulo e o agarro pelo pescoço.

— Por que você não me procurou antes? — pergunto, beijando-lhe suavemente o lóbulo da orelha.

— Tive muita vergonha de tudo... — ele passa as mãos no rosto.

— Nunca mais faça isso — eu digo.

— Não vou.

Nós nos beijamos apaixonadamente.

— Você vai dormir aqui? Dorme, vai! — eu peço.

— Não posso, princesa. Tenho muito trabalho a fazer hoje — ele diz e morde meu pescoço, fazendo barulhinho.

— Faz aqui! — insisto.

— Hoje não dá. Estou sem o material. Mas prometo outro dia — diz.

Depois assistimos a um episódio de *Law and order* e ele vai embora.

20

Estaciono o carro perto do escritório e ando apressada pelo hall do *business center* onde trabalhamos. Estou ansiosa para encontrar Igor e, ao mesmo tempo, nervosa. Não existe coisa pior do que brigar com o melhor amigo. É quase como brigar com o namorado, só que depois não tem sexo para fazer as pazes, o que dificulta mais as coisas.

Quando entro na nossa sala, vejo-o sentado de frente para o computador, bronzeado e usando uma roupa despojada. Ele está concentrado e, de repente, ajeita os óculos no rosto do seu jeito bem peculiar. Isso é tão reconfortante! Jogo minha bolsa em cima da mesa e corro para sua baia.

— Você, hein? Some e me deixa aqui — digo e ponho as mãos na cintura em sinal de desaprovação.

Ele sorri.

— Como estão as coisas? — pergunta, virando-se para mim.

— Tudo na mesma — acabo dizendo, o que é mentira. Afinal, muita coisa aconteceu.

— É? — ele diz como se soubesse exatamente todas as coisas que mudaram.

— Precisamos sair para conversar — eu digo. — Pode ser hoje à noite. Que tal?

— Hoje à noite não posso —diz. — Mas amanhã...

Durante todo o tempo em que nos conhecemos, essa é a primeira vez em que Igor diz que não pode sair comigo. Sinto-me estranha e constrangida. Tão constrangida que não consigo perguntar o motivo. Não sei, mas, de repente, é como se a nossa amizade não fosse a mesma.

— Ok — digo e vou para a minha mesa, ligando o computador.

Abro o meu e-mail e começo a digitar uma mensagem para Bruno.

De: sunsarah@hotmail.com
Para: brunoff@hotmail.com

Oi! Estou com saudades... Que tal sair para jantar hoje?
Um beijo
Sun

Abro o projeto da casa de Fátima e vejo alguns detalhes. Preciso ligar para o gesseiro e dar as coordenadas. De qualquer forma, hoje vou me encontrar com ela. Verifico meu e-mail a cada minuto, mas não há resposta de Bruno. Penso em telefonar, mas não quero parecer uma louca obsessiva.

Olho para Igor e penso em puxar assunto. Mas quando abro a boca para falar, o telefone celular dele toca. Observo sua expressão. Os olhos se estreitam e a boca se retorce em um sorriso leve. Ele se vira, encobrindo o rosto e fala baixo. O que está acontecendo, afinal?

Verifico meu e-mail outra vez e lá está a cartinha! Ansiosa, clico em abrir.

De: brunoff@hotmail.com
Para: sunsarah@hotmail.com

Oi, princesa. Eu adoraria jantar com você. Podemos nos encontrar às 8 no Chez Moi? A mesa de sempre.

Beijo nessa boquinha linda
Bruno

Imediatamente digito uma resposta.

De: sunsarah@hotmail.com
Para: brunoff@hotmail.com

Estarei lá.
Beijo
Sun

Percebo que estou atrasada para o meu encontro com Fátima. Sairemos para escolher uma banheira. Quando estou de saída, olho para Igor, que ainda fala ao telefone. Ele está trabalhando no computador e apoiando o celular entre o rosto e o pescoço.

Ele que sempre disse que para um projeto ter sucesso é preciso concentração total. Ele que sempre me deu broncas por eu ler blogs enquanto trabalhava. Instantaneamente um pensamento percorre a minha cabeça. Será que Igor está de paquera com alguém?

Fátima está sentada em uma poltrona, bebendo licor, quando eu chego à Casa de Banho, uma loja gigante de material de construção para banheiros, área de lazer e tudo o mais. Ela está mais perua do que nunca, com seus cabelos platinados cheios de laquê e uma blusa de seda com estampa de onça. Os dedos cheios de anéis, tamborilando na mesa.

— Fátima, desculpe o atraso — digo e a cumprimento.

— Sem problemas, amoreco — ela diz. — Eu estava treinando.

— Treinando? — estranho.

— Sim... Você não lembra? Pompoarismo — ela sussurra.

— Ah, sim! — respondo. — E como se treina isso? Pelo que vi você estava bebendo licor e tamborilando os dedos na mesa.

— Oh, querida... Depois eu explico. Em outra ocasião. Você poderia fazer aulas também! Tem uma vaga na minha turma.

— Quem sabe... — digo, sorrindo. — Agora vamos escolher sua banheira?

— Já dei uma olhada. Vou mostrar a que gostei! — ela diz, animada, e sai me puxando pelo corredor cheio de banheiras de todos os tipos e tamanhos.

— É essa! — e aponta uma banheira de hidromassagem enorme.

— Mas essa é muito grande — reajo, surpresa com seu exagero.

— Exatamente. É assim que eu quero — ela confirma.

— Mas essa não cabe. Você se lembra do projeto? — pergunto.

— Faça com que caiba.

— Não posso. Você perderia todo o espaço do móvel que projetamos para suas coisas "indispensáveis" como a coleção de secadores de cabelo. Lembra? — insisto.

— Podemos dispensar o móvel. Quero essa banheira mais que tudo, Sarah! — ela diz com veemência, juntando as duas mãos.

Ainda não consigo entender por que ela precisa tanto de uma banheira para quatro pessoas.

— Vou ver o que posso fazer — digo, relutante.

— Obrigada, querida! — ela me dá um abraço esmagador. — Sabe... Meu marido sempre sonhou ter uma banheira. Quando estiver pronta, vou comprar umas velas e champanhe para fazer uma surpresinha.

— Vou fazer com que seu banheiro fique lindo — digo, admirada com a relação dos dois.

Deve ser fabuloso ter alguém que se empenhe tanto para fazer você feliz. Por mais que seus desejos sejam incomuns. Talvez isso seja o mais próximo da felicidade. Será que algum dia vou viver isso?

21

Já verifiquei todas as páginas da carta de vinhos. Eu poderia citar quatro ou cinco deles sem olhar. Já passa das 8h30 e Bruno ainda não apareceu. Um atraso dentro da normalidade com nosso trânsito caótico.

O garçom está parado adiante aguardando meu pedido. Estou começando a ficar sem graça. Aceno sutilmente.

— Uma água com gás, por favor.

Definitivamente, preciso ser menos ansiosa. Glória me diria isso. Amanhã tenho consulta e dessa vez não vou faltar. Fixo meu olhar nas bolhinhas de gás na água. Ele está demorando muito. Vou até o banheiro para retocar a maquiagem e, quando volto, ele ainda não chegou.

Já passa das 9. Uma hora de atraso não é normal. Além do mais, o tráfego melhora bastante após às 8. Algo de ruim pode ter acontecido. Digito uma mensagem no celular.

Você está bem? Por favor, mande notícias!

Clico em enviar.

Espero mais quinze minutos, mas não tenho resposta. Que estranho. Digito seu número e aguardo. Fora de área. Tremo de imaginar algum acidente grave. O garçom se aproxima.

— A senhora vai querer alguma entrada? — pergunta.

— Não, obrigada — respondo, sem graça.

Está na cara que levei um bolo. Todo mundo está olhando para mim. Afinal, ninguém vai sozinho ao Chez Moi. Deixo o dinheiro sobre a mesa e saio. A respiração curta, os punhos cerrados. Totalmente arrasada.

Ele não podia ter feito isso. Não posso acreditar que foi de propósito. Certamente ele tem uma desculpa muito boa. Mas por que não atende ao telefone?

Estou no carro com o celular na mão, imaginando todo o tipo de coisa horrível. Já é a quinta vez que ligo e não tenho respostas. Penso em dar uma passada nas delegacias e hospitais. Penso também em passar no apartamento dele, mas nem sei onde fica.

Dirijo lentamente, enquanto pensamentos estranhos borbulham em minha mente. Se ao menos eu pudesse conversar com alguém... Empunho o celular e disco o número de Renata. Ouço o bip se estender até cair na caixa postal. Tento mais uma vez. Ela atende. Finalmente.

— Oi, Renata...

— Sarah... Tudo bem? — sua voz soa hesitante.

— Mais ou menos... Você está em casa? Pensei em dar uma passadinha — digo, meio envergonhada.

— Ah... Não estou — ela diz em tom de pesar. — Estou jantando com o Igor! — quando ouço isso, sinto um buraco no estômago. — Ei, você não quer vir jantar conosco?

— Não! — digo imediatamente. — Não precisa... — continuo. — Acabo de lembrar que vai passar um programa ótimo na televisão e não quero perder.

Que desculpa mais idiota. Tenho um súbito arrependimento assim que acabo de dizer.

— Então tá. Depois conversamos — ela diz com uma voz ótima.

— Para com isso, Igor! — ouço-a dizer e depois dar uma gargalhada.

— Tchau.

Estou me sentindo péssima. Por que ele agora prefere a amizade dela? Então era esse o tal compromisso que ele tinha? Por isso não quis sair comigo? Renata é mais legal e engraçada? Francamente, Renata é tão boba que nem sei como ele consegue manter uma conversa com ela. Logo ele que é um gênio... Além do mais, é totalmente errado de sua parte esconder de mim essa repentina nova amizade.

Já em casa, ligo o computador para ver os e-mails. Nada de novo. Verifico, mais uma vez, o celular. Nenhuma mensagem. Perco todo o senso de amor-próprio e passo o resto da noite enviando torpedos desesperados para Bruno. Quando um raio de Sol aparece pela fresta da cortina e meus olhos já estão bem pesados, adormeço.

O consultório de Glória fica no centro e esse é um dos motivos que me faz atrasar sempre. Tomo uma xícara grande de café para ver se consigo me manter em pé depois de uma noite em claro. Vou acabar me atrasando para o trabalho, eu sei. Mas não posso deixar de comparecer a essa consulta.

Fico tentada a passar no escritório de Bruno para saber o que realmente aconteceu. Mas Flora, a recepcionista do consultório de Glória, já telefonou confirmando minha presença e respondi que iria mesmo que chovessem adagas afiadas.

Procuro uma vaga para estacionar e, depois, caminho pela calçada esburacada que leva à clínica. É sempre estranho vir aqui. É como se me abrissem e tirassem todos os meus segredos. Quero dizer, se não fosse assim, não funcionaria, afinal de contas.

— Bom dia, Flora — digo ao entrar na antessala.

— Você veio mesmo! — ela responde, surpresa.

— Eu disse que viria — sorrio e me sento, buscando uma revista para me distrair.

Mas minha cabeça está fervendo. Passo as páginas rapidamente sob o olhar de Flora.

— Ela já vai atender você — ela avisa, percebendo minha angústia.

Faço que sim com a cabeça e troco de revista.

— Pode entrar, Sarah.

Glória está sentada com as pernas cruzadas. Seus cabelos estilo chanel estão perfeitos e ela está usando armações novas nos óculos.

— Bom dia, Sarah! — ela diz e aponta para que eu me deite no divã.

— Bom dia — respondo.

Sinto o tecido macio sob as minhas costas. Recosto a cabeça, fecho os olhos e respiro fundo.

— E então... Como você está? — ela começa.

— Péssima! — digo com veemência. — Minha vida está estranha. Sempre esteve. Eu acho.

— Fale mais sobre isso... — ouço sua voz melodiosa e olho para o teto.

— Eu reencontrei o meu ex. Isso já estava tão bem resolvido na minha cabeça... Mas depois que nos encontramos e ele veio com essa coisa de "meu maior erro foi perder você", é como se tudo ainda estivesse bem embaralhado. Eu já tinha superado tudo!

— O que a leva a crer que estava tudo superado?

Penso por alguns segundos. Talvez eu não tenha superado nada.

— Não sei — respondo. — Eu nem pensava mais nele... Quero dizer, pensava na possibilidade de reencontrá-lo e mostrar que eu estava bem e feliz, apesar de tudo.

— E como você se sentiria? — ela pergunta.

— Talvez eu ficasse mais feliz em saber que ele me queria mais que tudo — acabo dizendo. — Mas agora, depois do reencontro, estou me sentindo meio insegura.

— Insegura?

— Ele aparece todo amoroso... Depois some e me deixa louca como ontem à noite. Fiquei sozinha no Chez Moi e depois... — paro, envergonhada.

Relembro, dolorosamente, o fiasco da noite anterior.

— E depois... — continuo. — Mandei mil mensagens desesperadas para o celular dele. Não sei por que eu ajo assim. Isso não é certo, eu sei. Cobrar amor... Tudo de novo...

— E o que isso tudo despertou em você?

Dou um longo suspiro.

— Me senti uma idiota — digo. — Eu não o entendo!

Eu queria tanto que você me dissesse o que fazer... Embora eu saiba que isso nunca vai acontecer. Você nunca me disse mesmo... É sempre essa coisa de que eu tenho as respostas. Você fica aí sentada com esses óculos modernos, com cara de quem sabe a solução mágica. Por favor, diga alguma coisa!

— Acho que vou esperar ele dar alguma notícia — continuo diante de seu olhar imparcial. — Não vou mais mandar nenhuma mensagem, tampouco telefonar. Vou ficar quietinha na minha. Não daria certo mesmo — me pego dizendo. — Nós dois... Todo mundo acha isso. Minha família não aceitaria... Meu melhor amigo, Igor, não aceita.

Paro e penso um pouco.

— Quero dizer... Ele aceita. Ele disse que não vai se meter mais. Mas isso também é uma coisa que está me incomodando. Nós éramos tão amigos... Tão felizes. E agora ele está bem estranho.

— Estranho?

— Sim. Ele tirou férias! Ele nunca tira férias, sabe? Na verdade, eu sempre disse que ele deveria fazer isso. Mas ele nem me avisou. Foi de repente. E agora está distante... Fez uma nova amizade e mal fica comigo. E eu nem sei como ele aguenta ficar com ela. Ela é tão boba...

Ficamos em silêncio depois disso.

— Mas não vou fazer nada a respeito. Não vou implorar sua amizade! Ele quem tem que fazer — digo, indignada.

— Por quê?

— Por quê?! Porque ele sempre esteve disponível para mim. Porque nós somos melhores amigos! — paro quando digo isso. — Quero dizer... Nós éramos.

— Então você está dizendo que ele sempre tem que estar disponível para você — quando ela diz isso, soa meio estranho.

De repente, sinto-me terrível. Por que eu espero que ele esteja sempre disponível? Por que estou com ódio dessa nova amizade? Por que detestei que ele tirou férias, se isso era uma coisa que eu mesma vivia dizendo para ele fazer?

— Sarah? — ouço-a chamar.

— Oi? — digo atônita.

— A gente conversa melhor sobre isso na próxima sessão — ela diz com um jeito doce. — Você pode marcar com Flora quando sair.

Já acabou? Foi tão rápido! Eu ainda tinha tanto a dizer...

— Ah, certo. Obrigada, Glória. Estarei aqui sem falta! — digo e saio como se tivesse sido espremida.

Fico tão pensativa sobre tudo o que conversamos enquanto dirijo para o trabalho que demoro a perceber o celular tocar. Assim que vejo o nome no visor, fico nervosa. Primeiro porque estou envergonhada depois de tantas mensagens, e segundo porque tenho medo de saber o real motivo pelo qual ele me deu o bolo ontem.

— Alô? — digo hesitante.

— Princesa... — ele começa. — Mil perdões! Falhei com você outra vez... Estou muito mal com isso. Quero ver você.

— Impossível. Estou indo trabalhar — minha voz soa ressentida.

— Por favor, diga que me perdoa. Eu tive um imprevisto — continua.

— Imprevisto? — eu rio de deboche.

— Sun, não fale assim — ele pede. — Eu estava saindo do escritório quando nosso cliente ligou pedindo uma reunião — ele diz. — Puxa, você tem que acreditar em mim!

— Eu tenho? Por quê? Já fiz isso outras vezes e não foi a melhor coisa do mundo! — estaciono na frente do prédio da Equilibre.

— Droga, Sarah. Você vai passar na minha cara o que aconteceu? Achei que tivesse superado isso!

— Talvez não tenha.

— O que preciso fazer para você acreditar em mim? Diga e eu farei!

Olha, pode telefonar para o meu cliente, se quiser — encosto a testa no volante, atordoada. — Sarah?

— Ok. Vamos deixar para lá — me pego dizendo.

— Eu amo você, Sun. Por favor, não duvide disso. Sei que fui um idiota, mas eu mudei. Quero começar uma vida nova com você — sua voz soa calorosa. — Vamos passar a noite juntos hoje?

Fico em silêncio por uns segundos.

— Certo.

22

Igor está diferente hoje. De alguma forma parece mais bonito. Ultimamente tem se vestido de um jeito mais descolado. Penso no que Glória disse na consulta. Ou melhor, no que eu disse a ela sobre tê-lo sempre disponível. Talvez eu esteja errada.

— Oi — digo, recostando-me em sua mesa.

— Oi, Sarah — ele sorri. — Tudo bem?

— Aham — respondo. — E então? Vamos almoçar juntos?

— Vamos. Vamos sim — ele diz, animado.

— Você está diferente — digo.

— Estou? Diferente como?

— Não sei... Mais descolado — por que eu não digo que ele está mais bonito?

Ele ri.

— Que tal irmos ao La Pasta Nostra? — sugere.

—Ótimo! Podemos pedir capeletti! — concordo, empolgada.

— Sim, podemos! — ele ri.

Vou ao banheiro retocar a maquiagem e suspiro, aliviada. As coisas voltaram ao normal, ainda bem. Igor e eu iremos almoçar juntos como antigamente. Ele está tão animado quanto eu e isso é o máximo!

Na volta, pego minha bolsa e vou encontrá-lo no estacionamento. Vamos no carro dele e, estranhamente, estou ansiosa para vê-lo dirigir da forma mais lenta possível. Esse sim é o meu melhor amigo. E eu senti tanta falta disso tudo...

Igor já está no carro e eu dou a volta para entrar.

— Ei, desculpe a demora! — eu digo e vou abrindo a porta do carona.

— Renata? — paro abruptamente ao vê-la sentada no meu lugar.

— Oi, Sarah... — ela sorri, colocando os cabelos por detrás da orelha.

— Esqueci de dizer que ela iria com a gente — Igor informa.

— Você não se importa, né? — ela dá um sorriso brilhante.

— Não. Claro que não — tento disfarçar minha decepção.

— Então, vamos — sento-me no banco de trás e Igor dá partida no carro. Eles começam a conversar sobre um filme que viram juntos.

— Ah, mas não gostei da parte em que ele... — Renata começa a dizer.

— Sarah, você já assistiu a *Eu sou o número quatro*?

— Não — respondo, seca.

— Ah, então não vamos dar spoilers, Guigo! — ela diz.

Guigo? Nem em mil anos de amizade eu o chamei de Guigo.

— Adoro macarronada — Renata continua. — Podemos pedir uma?

— Nós vamos pedir capeletti — interrompo.

— Ah... — ela suspira.

— Podemos pedir um espaguete também — Igor interfere.

Por que ele está fazendo isso? Ele nem gosta de espaguete. Nós dois detestamos, aliás. Achamos terrível a possibilidade de ficar com um fio de macarrão pendurado no canto da boca.

— Fala sério! Você detesta espaguete, Igor — posiciono-me entre eles.

— Sério? — ela pergunta.

— Muito sério — eu respondo por ele.

— Quero experimentar outra vez — ele diz. — Faz muito tempo que não como. Às vezes a gente acaba descobrindo que gosta de algumas coisas...

Recosto-me no banco. Eu poderia argumentar mil coisas sobre o assunto. Mas em vez disso, abro um joguinho no smartphone e fico apertando botões barulhentos.

— O que você está fazendo? — Renata pergunta ao ouvir meu bip insistente.

— Ela está jogando — Igor responde.

— Jogando? — ela começa a rir.

— Do que você está rindo? — pergunto, irritada.

— Ops, parece que temos uma criança no banco de trás! — ela rebate.

Levanto os olhos e o vejo me encarar pelo retrovisor. Vou matá-lo quando estivermos a sós. Que ideia mais estapafúrdia foi essa de levá-la conosco? Puxa, era nosso almoço de "reconciliação"! Isso não é nada legal.

— Só temos mesa para quatro... — diz o garçom.

— Não há problema — Igor responde e seguimos até uma mesa bem no meio do restaurante.

Ele se senta primeiro e Renata pendura logo a bolsa na cadeira ao seu lado. Fico do outro lado, sozinha, bufando por dentro.

— Vamos querer um espaguete a *La Carbonara* — Igor diz, olhando o cardápio.

— Prato para dois? — o garçom pergunta.

— Sim! — Renata diz e sorri.

— E para a senhorita? — ele se vira para mim.

— Um capeletti ao molho de carne e rúcula — eu respondo.

Apoio o queixo na mão e fico olhando para o infinito, enquanto vejo, de soslaio, que Renata joga os cabelos para os lados e depois para trás.

Quero dizer que ela não deveria fazer isso, pois corre o risco de ficar ainda mais louca das ideias, mas me controlo.

— E então, Sarah... Como estão as coisas com Bruno? — ela pergunta e eu fico atônita.

Não queria falar sobre isso assim. Eu tinha preparado todo um discurso para Igor e agora ela me coloca contra a parede.

— Indo — respondo.

— Por que ele não veio? — ela continua.

Quero esganá-la.

— Ele está trabalhando — digo e olho para Igor que está me encarando, sério.

— Não é legal, Guigo? Eles finalmente se acertaram! — ela diz.

Ele me olha como se não acreditasse, e com a expressão séria e decepcionada, vai se levantando.

— Preciso ir ao banheiro — ele nos deixa a sós.

— O que você pensa que está fazendo? — eu digo, fuzilando-a com o olhar, assim que ele desaparece.

— Eu? Como assim? — ela coloca a mão sobre o peito e faz cara de vítima.

— Isso era uma coisa que eu iria conversar com Igor a sós — digo, irritada.

— Desculpe, mas acho que é bom você se acostumar com a minha presença — diz.

— Por quê? — estranho.

— Porque nós estamos namorando — ela responde e eu fico parada, sem acreditar.

Namorando? Isso explica tudo. Meu Deus, como não percebi isso antes? Todos aqueles encontros, cineminha, jantarzinho. Sou mesmo uma tapada. E depois teve aqueles telefonemas quando ele ficava com cara de babaca. Como pude ser tão cega? E pior: por que ele não me contou?

Ok. Também não contei a ele sobre meu namoro com Bruno, mas tenha dó. O que ele viu nela? Ela não combina com ele em nada. Tá certo, é bem bonita, mas só isso. Além de tudo, é medíocre. E ele é um gênio!

— Preciso ir embora — digo e pego minha bolsa antes que ele volte.

— Por quê? — Renata pergunta.

— Acabo de me lembrar de um compromisso inadiável.

No táxi telefono para Nestor e aviso que vou me encontrar com Fátima, embora, na verdade, eu nem vá fazer isso.

23

Estou deitada no sofá, segurando o receptor do telefone, indecisa sobre ligar ou não para minha mãe. Por que eu não consigo chegar e falar tudo o que sinto para as pessoas? Por que eu tenho essa mania de ficar remoendo sozinha e me fazendo de forte?

Ouço o bip de chamada e penso em desistir. Mas aí ela atende.

— Oi.

— Sarah! — ela parece animada. — Como você está, filha?

— Bem.

— E o trabalho?

— Está tudo bem no trabalho... mãe... — digo, hesitante.

— Sim?

— Se eu fizesse uma coisa muito ruim... Vocês ainda me amariam? — acabo perguntando.

— O que foi que você fez? — ela parece assustada.

— Nada! Não fiz nada. Só estou perguntando...

— Não estou gostando dessa conversa, Sarah. Estou sentindo que você se meteu em encrenca — ela começa.

— Não mesmo, mãe. Só queria saber se vocês achariam muito ruim se eu aparecesse amanhã no aniversário da vovó com um... namorado — minha respiração está curta.

Ela fica em silêncio por alguns segundos.

— Meu Deus, Sarah! Você se apaixonou por um bandido. Foi isso? Você participou de alguma ação criminosa e está fugindo da polícia? — ela começa a falar desesperadamente quando a interrompo.

— Claro que não! — quase grito.

— Então, o que houve?

— Não houve nada. Eu só queria saber se vocês não se importariam de ter alguém... não íntimo na festinha familiar — minto.

— Mas que bobagem. Por que nos importaríamos com isso? O que ele faz? — posso imaginá-la se aninhando no sofá, abraçando as pernas e apoiando o telefone entre o queixo e o ombro.

— Ele é publicitário — eu digo quando ouço a campainha tocar.

— Publicitário?

— É. Mãe, preciso atender a porta. Amanhã nos encontramos, então. Um beijo.

— Outro, filha. Até amanhã. Estou curiosa agora sobre seu novo namorado.

Acho que telefonar para mamãe não foi a melhor coisa a se fazer.

Levanto e me dou uma olhada no espelho da sala. Dessa vez caprichei no visual. Coloquei um vestidinho preto e curtinho e dei umas borrifadas com meu perfume favorito. Ele chegou cedo hoje. Jogo os cabelos para frente e para trás antes de abrir a porta, respiro fundo e giro o trinco.

— Igor? — digo, surpresa.

Eu não esperava vê-lo hoje. E nem me preparei para isso. Ele me olha toda arrumada e sorri meio sem graça.

— Ocupada?

— Não! Entra — faço um gesto com a mão.

Agora estou mesmo encrencada. A qualquer momento Bruno pode chegar e não acho que eles vão gostar da situação.

— Você ia sair? — ele pergunta, andando até o sofá.

— Nada — respondo. — Senta. Quer um refrigerante?

— Não, obrigado — ele se senta, mas parece desconfortável.

Sento no pufe à sua frente e fico mexendo no controle remoto da TV, sem olhá-lo nos olhos.

— Sarah, vim aqui porque preciso te contar uma coisa.

— O que é? — encaro-o como se não imaginasse.

— Eu e Renata estamos namorando.

— Eu sei — dou de ombros.

— Ela te contou?

— Contou. Você está feliz?

Ele deita a cabeça no encosto do sofá.

— Ela tem sido ótima comigo. Carinhosa... Gosta de filmes, de livros... — depois, me encara. — Na verdade eu queria saber o que houve hoje à tarde. Você sumiu no meio do almoço... Renata disse que você saiu sem mais nem menos.

— Ah, acabei lembrando que tinha um encontro com Fátima... Uma cliente — minto.

— Hum... — ele assente.

— Igor, eu queria te contar sobre Bruno antes... Mas não tive oportunidade — eu rio sem graça, mas ele permanece sério. — Além do mais, sua namorada é meio apressadinha.

— Pelo que ela me disse, você que pediu para ela me contar. O que achei bem estranho. Como eu já tinha dito antes, não gosto de recados.

— Eu não pedi isso exatamente — digo, confusa.

Eu pedi. De certa forma. Mas não era para ser como ela fez!

— Tudo bem. Espero que você seja bem feliz com sua escolha — ele diz.

— Vou ser — digo com veemência, talvez para que eu mesma acredite.

Olho para o relógio. Bruno deve estar chegando.

— Vou indo — ele se levanta.

— Já? — levanto também.

Não quero que ele vá. Na verdade, queria que as coisas fossem como antes. Do jeito que a gente ficava à vontade um com o outro. Mas parece que não há mais jeito. É como se tivéssemos pulado em um precipício. Não há mais volta.

— Até breve, Sarah — ele diz e sai sem olhar para trás.

É tão estranho. Não me canso de pensar. Há algum tempo ele perguntaria coisas do tipo: "O que você vai fazer amanhã? Vamos ver um filme?". Agora vai embora, certamente, se encontrar com a nova e mais perfeita namorada. Eles vão rir juntos e depois comer pizza. Talvez brinquem de adivinhar o que o outro está pensando.

De qualquer forma, tenho um namorado também. Também tenho meus programas interessantes. E eu e Igor podemos continuar amigos. Amigos que passam menos tempo juntos. Só isso. Muito normal.

Mal ele vai embora, Bruno toca a campainha. O que me faz pensar que talvez eles tenham se esbarrado lá embaixo.

Com uma garrafa de vinho na mão e uma rosa na outra, ele lança seu olhar mais sedutor.

— Nossa... — ele diz, avaliando meu vestido. — Você está demais! — segurando meus braços para cima, ele me encosta na parede e morde meu lábio inferior.

— Calma... — digo, me afastando. — Vamos conversar um pouco.

— O que foi? — estranha. — Não gosta mais disso? — ele me agarra pela cintura e beija meu pescoço, passando a rosa pelo meu colo.

— Eu gosto — respondo. — Mas pensei que poderíamos jantar antes... Depois ver um filme. Que tal?

Ele coça a cabeça, bagunçando os cabelos, que caem sobre os olhos.

— Tudo bem — ele diz, por fim, e eu vou até a cozinha esquentar o chop suey.

Bruno está sentado no sofá, mudando de canal.

— Está pronto! — digo, quando termino de arrumar os pratos na mesa. — Você abre o vinho?

— Abro — ele se aproxima.

Começamos a comer em silêncio.

— Como foi seu dia? — pergunto.

— Foi bom. Conseguimos um cliente potencial. Greta disse que vocês se encontrariam essa semana para comprar parte do material da reforma.

— É. Achei que você iria comigo — digo.

— Hum... Essa coisa de compras não é muito a minha praia. Prefiro deixar com ela — ele bebe um gole de vinho e faz um gesto com a boca denotando aprovação.

— Certo. E você gostou do projeto? — pergunto.

Quando terminei tudo, Nestor quis levar pessoalmente e apresentar aos clientes. O que foi meio desconfortável para mim. Como se eu não tivesse capacidade de vender uma ideia.

— Gostei. Mas só aceitei porque era seu. Ver aquele idiota tentando vender sua ideia chegou a me dar vontade de rir — Bruno critica.

Engulo seco. Apesar de tudo, não gosto de ouvi-lo ofendendo Nestor.

— Também não é assim — eu digo sem encará-lo.

— Ah, falando nisso, encontrei seu amigo lá embaixo — ele diz.

— Você falou com ele?

— Claro que não.

— Por quê? Vocês se trataram tão bem naquele dia em seu escritório — repouso a taça na mesa.

— Sou profissional, né, Sarah? — ele dá de ombros. — Mas não gosto da ideia desse cara no seu apartamento.

— Ele é meu amigo! Não vou abrir mão disso — digo, enfática.

— Tá bom. Desculpe — ele se levanta e vem para o meu lado, me abraçando e encostando o rosto no meu. — E agora? — ele beija minha orelha. — Vamos para o sofá?

Estamos deitados, apertados no sofá. Bruno quis assistir a um episódio de *Law and order*, como sempre.

— Amanhã nós temos uma festinha — digo.

— Festinha?

— Aniversário da minha avó.

Ele se senta e me encara.

— Não acho que eu deva ir — diz, sério.

— O quê? Por que não? — ajeito-me.

— Não acho uma boa ideia me encontrar com sua família. Não vai ser confortável.

— Mas meus pais vão aceitar... — argumento.

— Não me sinto à vontade para isso agora, Sarah — ele alisa meus cabelos.

Como é que vamos namorar se ele não convive com minha família? Quero dizer... Nós estamos namorando, não estamos? Que tipo de relacionamento sério sobrevive sem a família?

Fico em silêncio e me deito outra vez. Bruno deita e me abraça. Não estou conseguindo me concentrar na Tv. Também não estou me sentindo disposta a ficar de beijinhos e tudo o mais. Só consigo pensar no que vou dizer aos meus pais sobre o meu namorado misterioso.

24

Já estou pronta para a festa surpresa da vovó. Ou melhor, estou vestida para isso. Mas não estou pronta psicologicamente. Bruno dormiu aqui, mas nem vi quando ele saiu.

Encontrei um bilhetinho na cabeceira da cama, dizendo "Eu te amo. Não se esqueça disso". Mas queria tanto que ele fosse comigo hoje... Não imagino a reação que minha família teria ao vê-lo, mas se quero levar isso adiante, preciso enfrentá-los.

Desço para a garagem e abro o carro. Ainda preciso passar no shopping para comprar um presente. Sempre acabo deixando para a última hora. Dirijo apressada e, quando chego lá, fico rodando até encontrar uma vaga.

Odeio shopping no sábado à tarde. Ando rápido pelos corredores, pensando objetivamente. Vou dar uma gargantilha com pingente. Ela vai adorar! Paro em frente à Vivara para olhar a vitrine.

— Sarah? — fico congelada. A última coisa que eu queria hoje era encontrar esses dois.

Com a mão no peito, viro. Mas, aparentemente, ele está sozinho.

— Oi, Igor! — sorrio um tanto aliviada.

— Você no shopping sábado à tarde? — ele levanta as sobrancelhas.

— Pois é... Presente de última hora — dou de ombros e verifico ao redor se Renata não está.

— Aniversário?

— Da vovó — respondo.

— Ah, puxa. Mande os meus parabéns, por favor.

Em outra época, ele iria comigo. Nós escolheríamos presentes e depois ele comeria bolo até se empanturrar.

— Pode deixar. Sabe, minha mãe vai fazer um daqueles bolos que você adora — acabo dizendo.

—É mesmo?

— Sim... Se você quiser ir... — olho para ele, ansiosa.

Sua expressão muda imediatamente.

— Não vou poder. Marquei um jantar com a Renata. Estou esperando ela sair.

— Ah, claro — tento disfarçar a decepção. — Como pude esquecer? — rio sem graça.

— Podemos tomar um café na livraria? Vou ter que passar lá mesmo.

Quero dizer que não. Não vou ficar com sobras de Renata. Apesar de saber que não tem nada a ver uma coisa com a outra. Sou a amiga e ela, a namorada.

— Vamos — respondo. — Mas antes preciso comprar uma gargantilha dessas— aponto para a vitrine.

Igor está animado. Ele pede um café *expresso* e eu, um *macchiato*.

— Você está com muita pressa? — ele pergunta e dá um gole no café.

— Não!

Mas estou sim, para falar a verdade.

— Então você poderia me ajudar numa coisa?

— Claro que sim! Você sempre me ajudou em um monte de coisas — empurro seu ombro, brincando. — O que é?

— Preciso escolher um livro para Renata. Mas não faço ideia...

Droga!

— Aham — ergo a xícara grande do meu *macchiato* e quase escondo os olhos quando bebo.

Andamos pelas estantes da livraria e não consigo parar de pensar em como isso é ridículo. Ela o faz feliz. Eu quero vê-lo feliz. Então, por que não fico totalmente animada com esse namoro? Por que tenho vontade de entregar para ele um exemplar de algum livro do tipo *Ela não serve para você!* ou *Morra, bruxa idiota!*.

— Seu namorado não veio? — ele me encara.

— Não — respondo sem olhá-lo nos olhos.

— Já sei! — ele para abruptamente em frente a uma estante. — Ela disse que adora *O Pequeno Príncipe*. Vou dar essa coleção em vários idiomas.

Quero rir.

— Claro que ela adora! — não contenho um risinho sarcástico.

— Ela te disse também? — ele pergunta, ingênuo.

— Nem precisaria — continuo rindo.

Ele franze a testa.

— O que foi? — pergunto, ainda rindo quase que incontrolavelmente.

— Você não gosta dela, não é? — seu semblante é sério e eu paro de rir.

— Não é isso!

— E o que é então? — ele cruza os braços.

— É só que ela é tão... — penso na palavra certa a usar. Ou melhor, na menos chocante. — Boba.

Ele fica em silêncio, parecendo chocado mesmo com a palavra mais eufêmica que encontrei.

— Você deveria conhecê-la melhor — ele diz.

Eu bufo.

— Ok — digo. — Acho que está na minha hora — verifico o relógio.

— Tudo bem — ele toca meu ombro. — Se cuide.

E saio me sentindo mal por ele ser tão... perfeito. Pensando bem, se ele tivesse chamado meu namorado de bobo, eu reagiria agressivamente, enquanto ele simplesmente pareceu nem se abalar.

Minha avó está completando 85 anos e está tão linda com um vestido lilás claro e uns brincos de safiras que ganhou do meu avô quando fizeram bodas de ouro...

Entro e vou direto abraçá-la.

— Mas não era surpresa? — pergunto.

— Ela descobriu antes! — Mariela diz.

— Estou velha, mas não estou boba. Vocês não sabem fazer surpresa — ela joga a cabeça para trás e dá uma boa risada, orgulhosa por ainda ser tão esperta.

— Parabéns, vovó! — entrego a sacola do presente.

— Obrigada, querida. Não precisava.

Minha mãe está correndo para lá e para cá com as bandejas. Ótimo. Assim não vai se lembrar de me perguntar pelo meu namorado.

— Cadê papai? — pergunto.

— Foi ao mercado comprar pasta de atum — vovó responde.

— Pasta de atum? — estranho.

— É! Sua mãe está achando agora que a comida não vai ser suficiente — ela continua.

Eu rio e suspiro.

Minha mãe tem essa coisa de chegar na hora da festa, olhar para a mesa posta e se desesperar achando que a comida não vai dar. Aí ela obriga meu pai a sair para comprar coisas do tipo pasta de atum ou azeitonas e depois fica reclamando que sobrou muita comida e que não vai caber na geladeira.

— Vó... — eu sento ao seu lado.

— Diga, querida.

— Como é amar alguém pela vida toda? — pergunto, baixinho.

Ela olha para cima como se estivesse rememorando. Depois dá um longo suspiro.

— É a melhor sensação que alguém pode ter na vida — ela responde. — É como gostar de comer o pão daquela padaria da esquina e saber que eles nunca vão trocar de padeiro.

Que exemplo!

— E como a gente sabe que alguém é a pessoa certa para amar a vida toda? — digo, pensativa.

— Ah... Você tem que gostar de conversar com essa pessoa — ela afirma rápido.

— De conversar? — balanço a cabeça sem entender.

— Sim, querida. Quando vocês envelhecerem, essa é a única coisa que vai sobrar. Ou você acha que vocês vão ter disposição para... — eu a interrompo.

— Ok. Entendi!

Gosto de conversar com Bruno. Embora não tenhamos conversado muito esses dias. A verdade é que sempre acabamos usando nosso tempo juntos para... Enfim. Somos tão ocupados...

— Pronto, Helena! — papai entra com um monte de sacolas nas mãos. — Oi, filha! — ele diz ao me ver.

Mamãe vem apressada, pegando umas delas.

— Pelo amor de Deus, Jorge — ela sussurra entredentes. — Não precisa gritar para o mundo inteiro que nós tivemos que comprar mais comida!

Ela vai andando para a cozinha quando para.

— Sarah!

Droga. Ela me viu.

— Oi, mãe — me encolho.

— Leve tudo para a cozinha, Jorge — ela lhe devolve as sacolas e ele sai resmungando.

Então ela se aproxima de mim e sorri.

— Cadê ele? — pergunta, olhando para os lados.

— Ele? — finjo não entender.

— Seu namorado! Onde ele está? Não me diga que ele viu seu pai chegando com as sacolas de comida. Ah, isso é tão constrangedor! — ela coloca a mão na testa.

— Ele não veio — digo e toco seu braço, sorrindo.

— Não? Por quê? — ela parece decepcionada.

— Ele... Ele está... — pigarreio. — Resfriado! Muito resfriado — acabo dizendo.

— Ah... Que pena! Fiz sanduíches de páprica, queijo e cebola!

Mamãe costuma fazer sanduíches de páprica, queijo e cebola quando vem alguma visita inédita. O problema é que meu "namorado" nem é inédito e detesta os sanduíches de boas-vindas.

Honestamente, eu também os detesto. Até hoje, a única pessoa, fora papai, que vi gostar desses sanduíches, foi o Igor. E, ainda assim, não sei se ele realmente gosta ou se é só seu jeito totalmente educado de ser.

— Pois é — eu digo.

— Mas, em todo o caso, você pode levar uns para ele. Faço um embrulho com papel filme. Qual é mesmo o nome dele?

Ah, meu Deus! E agora?

— Vamos cantar os parabéns? — Mariela grita do sofá.

— Vamos! — corro para a mesa do bolo.

Depois, fico evitando minha mãe, o que se torna uma tarefa facílima depois que Corina e Malheiros chegam. Ela fica toda preocupada em fazer sala e tudo isso. Assim que posso, me despeço rapidamente e saio.

25

Eu me controlei. Não telefonei, nem mandei mensagens para Bruno ontem. Fiquei em casa esperando notícias que não vieram, acabei abrindo uma garrafa de vinho e bebendo quase toda, enquanto ouvia meus velhos discos de Roxette.

Deveria estar orgulhosa de mim, mas não estou. Minha cabeça parece gigante por causa da ressaca e já digitei e apaguei um e-mail para ele vinte vezes. Quero morrer porque ele não dá notícias.

Quero bater em sua porta e pedir explicações, mas quando perguntei onde ele estava morando, ele disse que iria fazer um mapa porque era meio complicado e que, como está dividindo apartamento com Daniel, seu amigo e sócio, e eles fizeram uma espécie de acordo para não levar "mulheres" para casa, então eu não deveria aparecer.

Além de tudo, não posso fazer cobranças. Amor não se cobra. Quantas vezes eu disse isso para mim mesma? Não foi essa a grande conclusão a que cheguei após meses intermináveis de terapia? E não foi isso que me fez "superar" a crise emocional em que me enfiei?

Já é quase noite quando olho pela janela. Abro um pacote de biscoitos amanteigados e sento na frente da TV. Sinto pena de mim mesma por ser domingo e eu estar sozinha, esperando o tempo passar. Enfileiro biscoitos um a um na mesa de centro e depois os empilho.

Ele deve estar com alguém. Penso e aperto os olhos com força porque não quero que seja verdade. Mas essa ideia martela insistentemente. *Ele já fez antes*. Respiro fundo quando percebo que estou apertando a almofada com tanta força que os flocos parecem querer pular.

Olho para a pilha de biscoitos outra vez. Depois, olho para o celular. E, quando faço isso, como se fosse mágica, ouço o bip de mensagem e o agarro rapidamente.

Sport Marina. 21h.

Não tem remetente. Foi uma mensagem enviada pela internet. *Deve ter sido Bruno*. Penso. *Só pode ter sido*.

Verifico as horas. Tenho tempo. Tomo um banho, visto uma roupa bonita e saio. Enquanto dirijo, subitamente penso que é muita maluquice minha sair assim depois de uma mensagem sem remetente. Imagine se for algum psicopata querendo me matar? Mas, de qualquer forma, por que alguém iria querer fazer isso comigo? Acelero.

Hoje não choveu e a estrada de barro que cerca a Marina está deserta. Tenho que admitir que agora estou sentindo um pouco de medo. Ainda assim, desço e caminho, segurando a bolsa até a entrada. Não há sequer barulho de gente por perto. Observo os barcos ancorados junto ao píer.

Bip, bip! Levo um susto e verifico a mensagem.

Linda... Como sempre.

Olho ao redor e começo a ficar nervosa. Dou a volta para ir embora quando luzes se acendem dentro de um iate. Hesito um pouco antes de começar a andar até lá. Mesmo chegando perto, não dá para ver ninguém. Além do mais, Bruno não é tão rico para ter um iate. Que estranho.

Uma música começa a tocar. E é a nossa música. Paro de frente para o barco e atravesso a pontezinha para entrar. O som está mais alto e eu fico completamente envolvida pela atmosfera romântica que a luz da Lua cheia permeia. Eu o vejo parado, olhando para o mar, de costas para mim.

— Você me deu um susto! — digo quando ele se vira, extremamente bonito, com os cabelos penteados para trás e a barba feita.

Fito uma mesa perfeitamente arrumada para dois. Há velas em redomas de vidro.

— Você fez isso tudo? — pergunto.

— Claro — ele se aproxima e sou arrebatada pelo seu perfume usual.

— Mas você nem sabia se eu viria... — dou de ombros.

— É claro que você viria. Eu a conheço bem, Sun — ele afasta meus cabelos para trás, mas é inútil por causa do vento.

Estremeço. Ele segura o meu queixo, fazendo com que minha boca fique entreaberta. Depois finge que vai me beijar e se afasta.

— O que foi? — pergunto, atordoada.

Bruno se vira para a proa e se apoia no metal frio.

— Não sei se mereço você — meu coração acelera.

Não quero imaginar o que vem pela frente. Esse é o tipo de frase que inicia uma conversa sobre término de relacionamento.

— Por que você está dizendo isso? — minha voz sai cortada.

— Deixei você ir sozinha à festa da sua avó. Eu deveria ter passado por cima de tudo e ter ido lá com você. Sou tão estúpido! — ele arqueia os ombros, meneando a cabeça em seguida.

Sem pensar, me aproximo e o abraço encostando meu rosto em suas costas largas.

— Não foi tão terrível assim — me pego dizendo. — Eu compreendo o fato de você não ficar à vontade com eles...

— Compreende? — ele se vira para mim.

Estou mentindo para ele e para mim. Talvez eu só queira me sentir superior e inabalável. Mas não sou. Sofro com tudo isso e, mentir, definitivamente, não vai mudar as coisas.

Por isso não respondo. Fico na ponta dos pés e encosto minha boca na dele.

— Eu te adoro, minha princesa — ele diz e depois me beija, quando ouço o barulho do motor e sinto o barco sair do lugar.

— O que foi isso? — me afasto.

— Nós vamos dar uma volta — ele diz.

— Quem está pilotando?

— Um funcionário da Marina — ele segura minha mão e me conduz até a mesa.

— Esse barco é seu? — eu me sento e tento prender os cabelos em um coque alto.

— Não. É de um amigo — ele abre uma garrafa de champanhe e serve as taças.

Eu tomo um gole da bebida e ele fica me encarando. Sorrio para ele.

— Você está diferente — ele diz.

— Diferente como? — pouso a taça na mesa e cruzo as pernas, intrigada.

— Não sei, exatamente — ele franze a testa. — Mas, sem dúvida, mais segura. Uma mulher de verdade. Sem aquelas picuinhas de garotas. Sem ficar insistindo pra algumas coisas ou cobrando outras.

Eu rio e respiro fundo.

Mas, na realidade, não sou exatamente assim. Tenho feito enormes esforços, mas isso gera um sofrimento terrível dentro de mim. Já discuti isso na terapia antes. Ser alguém que você não é pode fazer os outros felizes. Mas, e quanto a você?

— Gosto muito mais de você assim — ele delineia meu rosto com os dedos.

Mas eu não sou essa pessoa. Quero dizer. *Eu queria tanto que você me ligasse sempre. Que me acompanhasse nos lugares, que me desse segurança.*

Olho para o infinito. A Lua está fazendo um rastro luminoso no mar escuro e um funcionário da Marina traz nosso jantar. Como em silêncio.

— Você está bem? — Bruno pergunta.

— Estou — digo e tento sorrir.

Ele serve mais champanhe para nós quando seu celular começa a tocar.

— Sun... Você se lembra de quando eu te dei esse apelido? Menina dos cabelos luminosos como o Sol... Lembra? — ele pergunta enquanto acaricia meus cabelos, lutando contra o vento para deixá-los por detrás das orelhas.

Sorrio lembrando exatamente do momento em que estávamos de férias, em Porto Seguro. Final de tarde, sentados na areia da praia. Ele tocou meus cabelos e disse que eu parecia um sol. Eu ri e ele disse "Sunsarah"! E nós nos beijamos por um momento que pareceu horas e dali para frente eu virei Sun. E como eu me gostava como Sun...

— Droga — ele murmura ao ouvir o celular tocar, cortando o clima. Depois, aperta o botão para rejeitar.

— O que foi? — estranho.

— Nada. Trabalho. Mas não vou atender.

— Pode atender. Não me importo.

— É o Daniel — ele diz, rejeitando mais uma vez a chamada. — Mas ele não vai atrapalhar nossa noite.

Daniel é sócio e amigo de Bruno desde a faculdade. Eles dividem apartamento.

— Algum problema no trabalho? — toco sua mão e ele parece relaxar.

— Não, exatamente. É um cliente novo... Aquele que pediu uma reunião justo na hora em que eu ia sair para encontrar você — ele passa o polegar acariciando as costas da minha mão. — Ele tem um produto porco e a gente está se desdobrando para fazer dar certo.

— Produto porco?

— É. Coisa que não presta, entende? A gente tem que vender isso. Aliás, a gente vai conseguir vender muito disso — ele sorri, satisfeito.

Bruno sempre foi audacioso e competitivo. Posso imaginá-lo dizendo ao cliente que tudo vai dar muito certo.

— Mas se não presta, como vão vender? — tomo um gole de champanhe e o encaro, interessada.

— Ah, isso não é difícil. É só ilusão. As pessoas são facilmente iludidas por rótulos e falas — ele ri. — É só dizer o que elas querem ouvir e pronto: estão em suas mãos.

— Mas isso não é certo! — protesto. — Enganar as pessoas.

— Sou pago para isso — ele diz, simplesmente.

— Mas... — resmungo, quando ele segura meu rosto com as mãos e se aproxima para me beijar. — Mas você não pensa nessas pessoas? — sussurro.

— Eu penso em mim... E em você... O tempo todo em você. É nisso que penso.

Fecho os olhos e ele me beija de uma forma tão avassaladora que não sinto meus pés.

— O que você está fazendo? — pergunto quando ele se abaixa e me pega nos braços. — Você é louco! — aponto para o marinheiro que está assistindo à cena.

— Louco por você! — ele sai me carregando para a cabine e nós acabamos... Como sempre acabamos.

26

Estou entrando no Café com Leite para me encontrar com Fátima. Ela está em dúvida sobre o papel de parede do quarto e me pediu, quase implorou, um encontro. Pego o catálogo com as amostras e coloco debaixo do braço.

Sentada em uma mesa discreta, Fátima está usando óculos escuros enormes, o que é bem estranho porque nem está fazendo sol aqui dentro. *Coisas de Fátima*... Eu rio quando penso.

— Olá! — e me abaixo para cumprimentá-la.

— Oi, Sarah. Como vai? — ela responde ainda sentada e com um tom de voz totalmente fora do habitual.

— Vou bem... E você? Está bem? — pergunto, preocupada.

— Hum. Estou — ela diz. — Você trouxe as amostras?

— Ah, sim, trouxe — abro o catálogo sobre a mesa. — Veja! Pensei nesses daqui — aponto para as lâminas.

— Certo. Pode ser— ela responde e dá de ombros.

Tenho certeza de que alguma coisa está acontecendo, porque em outra ocasião ela argumentaria horrores sobre os meus tons de bege. Mas agora eu a vejo apática, tomando um chá esverdeado.

— Fátima, você está bem mesmo? — eu digo e puxo o catálogo.

— Ah, querida... — ela dá um suspiro e tira os óculos, relevando olhos inchados e vermelhos de chorar. — Estou mal.

— O que houve? — lanço-me para frente, segurando sua mão.

Ela abre a bolsa Alexada Mulberry, originalíssima, e puxa um exemplar de uma revista local. Depois, desamassa uma página, passando a mão por cima e a empurra para mim.

— Olhe... — diz, trêmula.

É uma matéria chamada "Olhar da Sociedade". Apresentando Fátima Marins.

— Abri meu guarda-roupa para eles e olha o que recebi em troca! — e começa a chorar.

— Calma... — eu peço, tentando ler.

Usando estampa de oncinha e anéis extravagantes, Fátima Marins é o retrato dos emergentes do país. Está escrito ao lado de uma foto onde Fátima posa sorridente com seu poodle no colo.

Não é difícil reconhecer. Estão sempre ladeados por seus cachorros minúsculos e enfeitados, os novos ricos circulam pelos shoppings e eventos, ostentando suas joias e a clássica bolsa Louis Vuitton. Olho para ela, que termina o chá e chama a garçonete.

Suas casas são impecáveis, geralmente com a ajuda de um arquiteto. Eles visitam galerias de arte, embora nem saibam diferenciar um Picasso de um Monet.

— Meu Deus, Fátima! Eles são uns idiotas! — exclamo, indignada.

— Quero morrer! — ela cruza os braços sobre a mesa e enterra a cabeça.

— Para com isso! Você não pode dar tanta importância — argumento. — Ei, levanta a cabeça! Você não é nada disso que disseram. — Tento animá-la.

Tá bom. Ela usa roupas extravagantes e tem um minicachorro, mas é uma graça de pessoa.

— Fiz de tudo para fazer parte do grupo deles. Da "alta sociedade".

— Ela revira os olhos quando diz. — Fiz uma doação gorda para um fundo de caridade em um evento beneficente e é isso que mereço?

— A verdade é que eles não merecem você. Você é ótima e original, Fátima — digo e dou um sorriso. — Além do mais, como você pode se deixar abalar por alguém que usa a palavra "ladeado" no texto?

— Tem razão... Eles são mesmo uns babacas — ela abre a bolsa, tira o pó compacto e dá batidinhas no rosto com a esponja.

— Isso! — eu aplaudo. — Você não combina nada com choro.

— Obrigada, querida — ela diz e tenta sorrir. — Você é ótima.

— Não fiz nada demais. Mas agora que você está melhor, quer dar mais uma olhada nas amostras? — empurro o catálogo.

— Quero! Francamente, que caso de amor é esse seu com o bege? — ela dá uma gargalhada alta e eu suspiro, aliviada. Essa é a Fátima que conheço.

Tomo um café enquanto ela vasculha a página dos estampados. Começo a me preocupar quando ela passa o dedo sobre uma lâmina de papel texturizado vermelho com corações.

— Esse daqui é muito brega? — ela pergunta e levanta as sobrancelhas.

— Não é que seja brega — contemporizo. — É que foge da proposta que criamos, lembra? Sobriedade com toques de irreverência — junto o polegar ao indicador para mostrar que "toque" é algo mínimo.

— Ah... Poderia ficar em outro quarto — ela diz sem me encarar. — Por exemplo, no quarto das pelúcias.

O quarto das pelúcias é uma criação conjunta. O fato é que Fátima tem uma coleção de bichinhos de pelúcia que ficavam — pasmem — em cima da cama do casal. Inicialmente eu quis fazer uma doação ou algo parecido, mas ela relutou muito, de forma que acabamos entrando em acordo e criando um quarto só para essas bugigangas.

— É... Pode ser mesmo — respondo.

— Ah, que bárbaro! — ela dá uns pulinhos e agita as mãos. — Agora pode ser um bege pro quarto — ela pisca para mim.

Escolhemos tudo e eu me preparo para ir embora.

— Sarah! — ela segura minha mão. — Que tal um almoço?

Olho para o relógio. Já está na hora mesmo.

— Ótimo! — respondo.

Como meu carro estava no estacionamento do trabalho, que fica pertinho do Café com Leite, Fátima achou melhor que eu fosse com ela. Paramos em frente a um Audi TTS *coupé* vermelho e eu assobio.

— Uau! — solto. — Que carro!

— Ganhei do Arnaldo no meu aniversário — ela diz, toda animada. — Não é lindo?

— É fantástico! — concordo, passando a mão pelo capô bem lustrado.

Nós entramos e ela dá a partida. Rapidamente o carro pega velocidade e sou jogada para trás.

— Ops! — eu digo e ela ri.

— E então, Sarah, você tem namorado? — ela pergunta, olhando para mim e costurando os carros na rua.

Arregalo os olhos, preocupada.

— Tenho — respondo tensa, enquanto me seguro no banco.

— Ah, acho que é por aqui — ela diz e muda de faixa do nada, quase derrubando um motociclista, que fica esbravejando, balançando os braços.

— Meu Deus! O que foi isso? Você não viu o cara na moto? — pergunto, nervosa.

— Que cara na moto? — ela responde, tranquilamente.

— Aquele lá atrás! Você quase o derrubou!

— Ah, meu Deus! Não vi! — ela diminui a velocidade.

— O que você está fazendo? Estamos na faixa rápida — ela continua lenta, emparelha com a moto e abre o vidro. — Fátima! O que você vai fazer?

Ela coloca a mão e a cabeça para fora e faz sinal de "positivo" com o polegar.

— Vou me desculpar com ele — explica.

— Não! — eu grito, preocupada, até que ele levanta a mão na direção dela e estira o dedo do meio.

— Meu Deus! — ela sobe o vidro, horrorizada. — As pessoas são tão estressadas... Não entendo.

Paramos em frente à Taverna do Mediterrâneo, um restaurante caro e badalado.

— Nós vamos ao Taverna? — pergunto, surpresa.

— Você não gosta? Podemos ir a outro — ela responde, preocupada.

— Não, não é isso. Nunca entrei aí — digo. — Mas, que eu saiba, precisa de reserva.

— Ah... — ela diz, quando o manobrista aparece. — Vamos lá?

— Vamos — eu digo e saio.

O *lounge* está completamente cheio. As pessoas estão tão bem vestidas que olho para o meu terninho preto e me encolho. Eu deveria me vestir melhor. Talvez acrescente isso às minhas metas de final de ano.

Fátima passa pelo salão e vai até a *hostess*.

— Está lotado — digo.

— Não vai ser problema — ela dá um aceno discreto para a moça alta de cabelos pretos e lisos, que responde com um sorrisinho, e segue para as mesas. Eu vou atrás.

— Como assim? Nós não vamos para a fila? — pergunto preocupada.

— Que nada.

— Você a conhece? — aponto discretamente para a *hostess*.

— Dos tempos em que eu era... — ela para, hesitante. — Que eu não era rica — sua voz sai entrecortada, como se não se sentisse à vontade em falar.

Estamos em uma mesa estratégica. Dá para ver todo o restaurante. O garçom entrega os cardápios e eu começo a folhear. Não tem preço. Não é estranho?

— O que você vai querer para beber? — Fátima pergunta. — Eu nunca sei qual vinho combina com o quê... — ela diz, envergonhada.

— Eu também não — rio.

— Qual a sua sugestão? — ela pergunta ao garçom. — Eu sempre faço isso — cochicha para mim.

— O vinho da casa cai muito bem com peixes. Se quiser uma sugestão, nós temos um pargo assado muito bom — ele diz.

— Que tal? — ela olha para mim.

— Por mim está ótimo! — respondo.

O garçom sorri e aprova com a cabeça.

— Com licença — ele sai.

Cruzo as pernas, satisfeita. É uma tarde ensolarada e estou em um dos melhores restaurantes da cidade em companhia de Fátima.

— Então, Sarah? Conte-me sobre você...

— Ah, eu trabalho na Dimensão desde antes de sair da faculdade.

— Deve ser muito bom sair por aí com as pessoas para comprar tapetes! — ela diz.

Deve ser muito bom ser a pessoa que compra o tapete e nem olha o preço.

— É... — eu rio amarelo.

— Mas você me disse que tem um namorado. O que ele faz?

— Ele é publicitário.

— Que legal! Vocês estão juntos há muito tempo?

O garçom aparece e serve nossas taças.

— É uma longa história... Nós namoramos no passado e agora nos reencontramos.

Paro diante de seu olhar cheio de expectativa.

— Ele me traiu — acrescento e olho para a mesa, fazendo desenhos na toalha com o dedo.

— Oh, querida... — ela diz e segura minha mão. — Mas agora está tudo bem, não é?

Está? Não sei. Aparentemente sim. Ele me faz surpresas e está ainda mais bonito que antes. Mas com tudo isso... Tenho dificuldade de admitir: falta alguma coisa. Algo que não faço ideia.

— Acho que sim — respondo depois de alguns segundos. — E como era sua vida antes? — tomo coragem e pergunto.

— Era boa, apesar de tudo — ela toma um gole de vinho. — Eu não morava em uma mansão, nem tinha um carro desses. Aliás — ela dá um suspiro —, eu nem tinha carro.

— E como foi que vocês conseguiram? — pergunto, curiosa.

— O Arnaldo trabalhava em um supermercado, mas adorava essa coisa de computadores. Eu ria quando ele dizia que poderia ficar rico com a informática — ela olha para o infinito rememorando. — Nós tínhamos acabado de comprar a casa quando ele foi demitido.

— Ah, meu Deus! — eu digo.

— Quase enlouqueci quando ele chegou em casa com um computador comprado com o dinheiro da rescisão. Depois disse que faria um curso de construção de sites — ela está sorrindo quando diz. — E aí ele teve a ideia dos sites de compras para supermercados.

— Que interessante.

— Ele é o máximo! Tão inteligente... — Fátima está com uma expressão magnífica.

Olho para as mesas ao redor. Há um casal sentado ao lado com a mesma expressão enquanto conversam. Então, essa é a expressão do amor...?

Passo a vista pelas outras mesas e...

— Oh, droga! — eu digo e me encolho.

— O que foi? — Fátima estranha.

Não acredito. Igor e Renata em uma mesa a poucos metros da nossa. Não quero que me vejam. Eu, absolutamente, não quero ter de falar com eles.

— Umas pessoas que eu não queria encontrar — digo, quando o garçom traz nossos pratos.

— Então se prepare porque eles estão vindo para cá — ela fala e eu me ajeito na cadeira.

— Que coincidência! — Igor diz e sou forçada a olhar para eles.

Renata está radiante, segurando a sua mão. Eu bufo por dentro.

— Pois é — respondo e dou o meu melhor sorriso. — Ah, Fátima, esse é Igor, meu... — hesito. — Colega de trabalho — viro para encará-lo.

— Prazer, Fátima — ele a cumprimenta. — Essa é Renata, minha namorada — acrescenta.

— Como vai? — Fátima se levanta e cumprimenta Renata com dois beijinhos.

— Bem, obrigada — Renata responde e se pendura no pescoço de Igor, como uma garotinha. — Vamos, amor?

— Vamos — ele responde, sério. — Até breve, Sarah — ele me encara. — Foi um prazer, Fátima.

— Tchau — eu digo e, quando eles saem, suspiro, aliviada.

Dou um gole generoso no vinho para tentar digerir melhor aquela cena. Eu disse que ele era meu colega de trabalho. Isso foi terrível. Vi como ele me olhou depois disso. Estamos nos perdendo? Onde estão todas as coisas que tínhamos juntos? Será que estou desfazendo tudo? Sou a grande responsável por isso?

— O que há? — ouço a voz de Fátima tão longe como se estivesse a metros de distância.

— Como? — finjo-me desentendida.

— O que há entre vocês? — ela toca minha mão.

— Nada... — eu rio. — Está tudo bem.

— Querida, você parecia transtornada... — ela diz e eu me remexo na cadeira.

— Estava tão aparente assim? — preocupo-me.

— Qualquer um veria — ela aperta minha mão passando-me confiança. — Você não gosta dele?

— Eu o adoro! — me pego dizendo. — Quero dizer... — pigarreio. — Eu gosto muito dele. Ele é meu melhor amigo — olho para o infinito. — Ele era. Antigamente.

Observo um sorriso formar-se em seu rosto.

— Então esse namoro a incomoda — ela diz.

— Não é isso — retorço a boca. — Não é o fato de ele estar namorando. Eu sempre disse para ele fazer isso — eu paro e relembro todas as vezes em que eu disse que ele precisava arrumar alguém. — Mas ela não é a pessoa certa.

— Por quê? — Fátima se apoia na mesa, curiosa.

— Ela não é boa o suficiente. Ela é boba, fútil e nada inteligente.

— Querida... Você está com ciúmes.

— Não! Não estou! Só acho que ela não o merece. Além do mais... — estou dizendo quando ouço meu celular tocar. — Com licença. Preciso atender.

Vou para um canto reservado.

— Oi, Greta! — busco animar a voz.

— Sarah! Estou esperando você há quinze minutos! — ela diz com voz estridente.

Droga! Esqueci completamente o encontro para comprar material da reforma com Greta.

— Já estou chegando! — minto. — O trânsito está louco.

— Não tenho o dia inteiro — ela acrescenta.

— Por que você não vai dando uma olhada nos pisos enquanto me espera? — tento persuadi-la.

— Ok. Se isso vai adiantar as coisas...

Volto para a mesa. Fátima me espera.

— Desculpa, Fátima. Mas preciso ir — sento e abro a bolsa. — Vamos pedir a conta?

Ela faz um gesto com a mão.

— Deixa isso comigo... Eu levo você.

— Não! Não precisa! Eu pego um táxi — dou um sorriso genuíno. — Foi ótimo o almoço. Muito obrigada.

— Eu também adorei! Poderíamos repetir mais vezes e, quem sabe, você me dá umas dicas sobre obras de arte... — ela levanta a sobrancelha.

— Hum. Claro! — respondo.

Agora preciso de um táxi. Estou mais que atrasada para o encontro com Greta.

27

Greta está sentada em uma cadeira desconfortável da loja de pisos, usando uma calça saruel branca com sandálias de tiras e uma bolsa amarela. Ela mexe em seus cabelos de corte assimétrico e depois verifica o relógio de pulso e revira os olhos.

Ergo a cabeça e vou até lá.

— Greta! — digo em um tom alegre.

— Você veio a pé? Não, espere. Deixe-me adivinhar — ela diz quando eu abro a boca para explicar. — Houve um acidente e você ficou presa em um engarrafamento terrível!

— Puxa, você adivinhou! — ironizo.

— Vamos ao que interessa — ela dá de ombros. — Gostei de um piso. Vou mostrar.

Ela sai andando pelo corredor meio escuro da loja e eu a sigo até uma pilha de um tipo de porcelanato que imita madeira.

— Gostei deste.

— Hum... Certo. Que tal darmos uma olhada em outro tipo mais escuro — sugiro.

— Não. Vai ser este — ela diz, categórica.

— Mas acho que essa decisão teria que passar por Bruno, não? — questiono.

Ela se vira para mim com uma expressão incrédula e sorri sarcasticamente.

— O que você disse?

— Esse tipo de decisão deveria passar por ele — eu explico. — No briefing ele disse que decidiria essas coisas.

— Ele não vai decidir nada disso. Aliás, ele disse que não queria participar dessa parte "idiota" do trabalho — ela diz, enfatizando a palavra "idiota". — Sabe, ele acha arquitetos uns babacas — ela revira os olhos e ri.

Fico em silêncio, chocada. Não posso acreditar que ele disse isso. Tenho vontade de argumentar que ele não acha arquitetos babacas, afinal de contas, ele namora uma. Mas Bruno me pediu para ser bem discreta sobre nós, especialmente com Greta, que não é muito confiável. Por isso, sem dizer nada, vou com ela até o vendedor e peço a quantidade de piso necessária.

— Então, Greta, a loja vai mandar entregar o material no galpão. Marco com a construtora o dia do início da reforma e entro em contato — digo, fria.

— Ok. Vou indo — ela sai sem olhar para trás.

Igor está conversando com Nestor quando entro no escritório. Eles estão rindo. Eu me sento e ligo meu computador.

— Ei, Sarah! Igor está de parabéns! O lançamento do livro vai ser este sábado — Nestor diz.

— Ah, que ótimo! — digo, sinceramente. — Parabéns! — olho para ele, que dá um sorriso amarelo.

Depois ele se senta e abre um projeto no computador. Ele está usando um perfume diferente. Sinceramente, eu não gosto.

— Perfume novo... — acabo dizendo.

— É — ele dá de ombros.

— Não é seu tipo de perfume — eu digo, lembrando que ele prefere os amadeirados e esse é meio doce, meio cítrico.

Ele sorri com o canto da boca.

— Você sabe qual meu tipo de perfume? — ele pergunta.

— Claro — respondo. — Ah, deixe-me adivinhar... Presente de Renata?

— Parabéns, senhora vidente! — ele diz e volta a atenção para o projeto.

— O que você tem? — pergunto, diante de sua frieza.

— Perdão?

— Você está frio comigo! Nem parece que somos amigos... — retruco, chateada.

— Ah, nós somos amigos? Puxa, achei que fôssemos só colegas de trabalho — ele me encara.

Certo. Eu sei que não deveria ter dito aquilo. Sou uma idiota.

— Igor... Eu... — começo a dizer quando o celular dele toca.

— Preciso atender — ele se levanta e sai.

É ela! Sinto um jorro de raiva dentro de mim. Desde que ela apareceu as coisas ficaram feias. Aliás, horríveis. Começou com aquela história de que iria me ajudar e acabou tirando o meu melhor amigo de mim.

Vou falar com ele sobre isso. Mostrar o que realmente está acontecendo. Acho, sinceramente, que ela só está fazendo isso para me irritar. Na verdade, a gente meio que tinha uma rixa oculta na faculdade. Igor é muito ingênuo e não vê as coisas como realmente são.

Assim que ele voltar, vou chamá-lo para conversar. Talvez a gente possa tomar aquele milkshake. Estou terminando de colocar o quarto de Fátima em perspectiva quando o vejo na porta do escritório.

— Igor! — digo, apressada, quando ela aparece.

— O-o-i! — ela diz e faz um aceno panorâmico para o pessoal.

— Oi! — todo mundo retribui, em coro.

— Pessoal, essa é Renata... — ele apresenta.

— Namorada dele! — ela completa e sorri, juntando as mãos e se inclinando para o seu lado.

— Nossa! — o estagiário solta. — Que linda!

— É mesmo — Nestor se aproxima. — Parabéns, Igor! Soube escolher bem.

Isso é ridículo.

— Oi, Sarah! — ela diz, toda empolgadinha.

— Oi — respondo e volto para o projeto.

Francamente, Igor não é o mesmo. Ele não faz o tipo que traria a namorada para o escritório. Trabalho é trabalho. Ele sempre levou tão a sério. Além do mais, não sei como tem coragem de trazê-la para um ambiente tão... Intelectual. Ela é uma porta!

Isso me dá uma ótima ideia.

— Vamos tomar um café! Vou mandar buscar um bolo... Por minha conta, pessoal! — Nestor diz.

Todo mundo se levanta e caminha para a nossa "salinha de descanso". Não me movo.

— Ei, Sarah! — ela diz. — Você não vem?

— Claro que vou! — respondo e me levanto.

Nestor está bem light ultimamente e conversa animado com todo mundo sobre assuntos diversos. Igor parece tenso, sentado ao lado de Renata, que fica acariciando sua nuca. Em pouco tempo, Magda, nossa nova estagiária, chega com o bolo.

— Opa! — Nestor diz e bate na mesa. — Vamos nos servir.

— Ei, chefe. Quem o senhor está pensando em mandar pro Casa Cor este ano? — Rafa, o outro estagiário, pergunta.

— Ainda não pensei nisso — ele responde. — Mas bem lembrado! Preciso definir logo. Você já foi ao Casa Cor, Renata? — ele toma um gole de café.

— Ah, não. Nunca fui — ela diz.

— Nunca? Você precisa ir! — ele continua.

— Conte-nos sobre o seu trabalho, Renata! — eu digo e ensaio um sorriso.

— Isso! Conte-nos! Eu já vi algum projeto seu por aí? Pra fisgar esse cara... Imagino que você seja fantástica! — Nestor se anima.

— Bem, eu... Na verdade... — ela começa a gaguejar.

— Nestor, Renata não está trabalhando com projetos no momento — Igor interrompe. — Mas ela é muito talentosa — continua.

— Ah... Claro. — Nestor aperta os lábios. — E então? Quanto deu Flamengo e Vasco ontem? — ele muda de assunto.

Quero voltar à conversa anterior. É óbvio que ela não é boa o suficiente para ele. Tomo um gole de café e a encaro. Ela me fuzila com o olhar e eu sorrio e saio. Quando chego à mesa, vejo que há uma mensagem no celular.

Princesa, que tal um jantar? Passo na sua casa à noite.
Bruno

Vou responder que sim quando um lembrete aparece na tela do celular. Droga! Eu deveria estar a caminho da terapia! Eu queria tanto ir... Mas hoje não vai dar. Começo a digitar.

Querida Glória,

Desculpe, mas não vou mesmo poder comparecer hoje. Estou toda enrolada aqui com uns probleminhas. Tá, eu sei que deveria ir exatamente para entender como isso me afeta e como posso resolver todas as questões que me afligem. Adoraria poder ir. Juro que estava ansiosa por essa consulta, mas vai ter que ficar para outro dia.
Sua querida paciente,
Sarah

Em seguida, escrevo para Bruno.

Ok. Até mais tarde.
Sarah

28

Disponho umas torradas com patê no centro de mesa e separo duas taças. Procuro meu CD de Coldplay e acabo esbarrando no DVD de *Harry & Sally*. Preciso devolvê-lo ao Igor. Sempre esqueço!

Deito no sofá e tento relaxar. De repente me vem à cabeça aquele encontro com Greta e o que ela disse sobre Bruno. Vou falar com ele sobre isso. Ele está demorando. Na verdade, nem disse a hora em que viria. Por isso, estico o braço e pego uma torradinha.

Já ouvi todo o CD e até agora ele não apareceu. Já verifiquei o celular mil vezes e não há nenhuma mensagem. Já comi umas dez torradas, já me olhei no espelho e troquei de roupa. Tudo isso para não ceder à vontade louca de telefonar.

Uma mulher de verdade. Sem aquelas picuinhas de garotas. Relembro o que ele disse no barco. Eu posso ser essa mulher? Afinal, realmente preciso ser menos impulsiva e ansiosa. Mas ainda assim, pego o telefone e disco seu número.

Está chamando. Ensaio umas coisas para dizer. Vou tentar não parecer desesperada.

— Alô? — ele diz.

— Bruno! Você... — paro e tento me acalmar. — Você está bem? — pergunto.

— Princesa... — ele sussurra. — Estou no meio de uma reunião.

Reunião às 10 da noite?

— Ah... Reunião?

— Desculpe. Aquele cliente... — ele diz. — Eu ligo depois.

— Tá bom. Tudo bem — digo. — Depois a gente se fala. Um beijo...

Deixo-me cair no sofá. Por que não posso tê-lo o tempo todo? Subitamente penso sobre ele estar com alguém. Não. Ele não faria de novo. Ele mudou. As pessoas mudam, não é? Se não mudassem, o mundo estaria perdido. Pego minha bolsa e saio para me distrair. Vou até o café da esquina.

A rua está movimentada, apesar da hora. Talvez todas essas pessoas estejam precisando de um café. Eu estou feliz. Eu sou feliz. Eu tenho o cara que sempre desejei ter. Mesmo depois de tudo o que ele me fez. Era isso que eu queria: tê-lo comigo, arrependido, me amando.

Meus passos ficam cada vez mais rápidos enquanto minha cabeça quase explode em pensamentos. Eu só preciso tê-lo mais perto. E isso vai acontecer naturalmente. A verdade é que estamos nos readaptando um ao outro.

Ah, meu Deus! Passei do café! Paro e coloco a mão na testa ao ver que já estou distante. Estou, estranhamente, quase em frente ao prédio de Igor. Eu poderia subir. Aproximo-me da entrada, mas paro, hesitante.

O que há? Eu fiz isso tantas vezes! O porteiro até já me deixava entrar sem anunciar. Mas agora, não consigo dar um passo a mais. Ah, quer saber? Forço-me a subir os degraus até a guarita.

Não. E se ele estiver com ela? Dou meia-volta.

— Boa noite! — ouço o barulhinho da entrada sendo liberada.

— Oi! Boa noite! — respondo.

— Seu Igor está em casa. Pode subir — o porteiro avisa.

— Ah, certo. Eu vou — entro no prédio.

O elevador chega e aperto o doze. À medida que os andares mudam no monitor, penso sobre o que devo dizer ao aparecer depois das 10 no apartamento dele. Isso é ridículo, porque já apareci aqui tantas vezes até depois da meia-noite só para conversar bobagens.

Eu deveria ter perguntado se ele estava sozinho.

Paro no hall bem decorado do prédio e hesito. Minhas mãos estão suadas. Que bobagem é essa? É só Igor. Não é o Presidente da República. Aperto o botão da campainha e espero.

Olho para os lados e para cima. Eu deveria ter algo nas mãos para dizer que estava passando porque fui comprar pão, por exemplo. É melhor eu ir embora. Dou um passo para o elevador quando a porta se abre.

— Sarah? — ele pergunta, surpreso.

Eu me viro.

— Ei! Eu estava passando e... — dou um sorrisinho sem graça. — Está ocupado?

— Não. Entra — ele diz.

A sala de Igor é impecável. Ele tem sofás brancos e macios e uma TV gigante pendurada em um painel de madeira de demolição. Aliás, Igor tem muitos móveis em madeira de demolição. A coleção de revistas Marvel está devidamente empilhada em caixas com estampa de filmes em preto e branco. Nem faz tanto tempo assim que vim aqui, mas parece um sonho bom em que encontro todas as coisas familiares.

— Você está bem? — ele pergunta ao me ver admirando o lugar.

— Estou — digo e me volto para ele. — É só que faz tanto tempo que não venho aqui...

— É verdade — ele concorda. — Quer beber alguma coisa? — pergunta dirigindo-se à cozinha.

— Oh, meu Deus! — eu quase grito. — Sua cozinha! — surpreendo-me ao vê-la toda reformada.

— É. Eu reformei — ele diz meio sem graça.

— E você colocou a ilha com *cooktop*! — eu ponho a mão na boca. — Ficou lindo! Muito mesmo! Olha! Panelas de bronze penduradas! — eu me aproximo e as toco. — Você se lembra de quando fomos ao Casa Cor em Minas? Você quase pirou com as panelas de bronze. Disse que assim que reformasse a cozinha, iria comprá-las. Puxa! — eu suspiro. — Ficou fantástico.

Ele está com uma expressão sorridente. Eu me sento num banco alto e passo a mão sobre o granito da ilha. Agora imagino se ele já cozinhou alguma coisa para Renata aqui. Subitamente lembro daquela conversa na fazenda, quando ele disse que queria casar e cozinhar em uma noite fria.

— E então? Já inventou muitos pratos na cozinha nova? — me pego perguntando quando, na verdade, não sei se estou pronta para ouvir a resposta. Sempre achei que fosse inaugurar a cozinha dos sonhos com ele. Nós até já ficamos horas conversando sobre o prato ideal para a inauguração.

— Ainda não — ele responde. — Que tal...

— *Penne ao pesto*! — eu digo, entusiasmada.

— Como combinamos — ele diz e pisca para mim.

Estou me sentindo tão bem. Por que eu não vim aqui antes? Por que eu não deixei de picuinhas e continuei nossa amizade normalmente?

Igor está cortando cebolas no balcão novo e eu me ofereço para ajudá-lo.

— Posso?

— Não precisa. Vá se sentar ali e deixe tudo comigo — ele diz e dá uma fungada.

— Vovó diz que se colocar um palito de fósforo por detrás da orelha, a cebola não te faz chorar — eu rio. — Não sei de onde ela tira essas coisas mirabolantes.

— Acho que sua avó é muito sábia — ele diz e retira da gaveta uma caixa de fósforos.

— Não acredito! — eu rio ao vê-lo colocar um palito atrás da orelha.

— Não custa tentar. Melhor que chorar na sua frente.

— Ah, que besteira! — eu me aproximo. — Isso não funciona! — tiro o palito dele.

Estamos um ao lado do outro e ele me encara, sério.

— Igor... Eu sinto muito por hoje à tarde — começo a dizer. — Eu não quis dizer aquilo, sabe? Sobre você ser apenas meu colega de trabalho — sinto meu rosto queimar.

— Não estou entendendo você, Sarah — ele diz e me sinto mal.

— Nem eu me entendo... Você me desculpa?

— Claro, sua tonta — ele vem mexer nos meus cabelos e eu me afasto.

— Ops! Não com as mãos de cebola! — eu digo e nós dois rimos.

Depois que ele prepara o jantar, coloco dois pratos na mesa.

— Aceita? — ele levanta uma garrafa de vinho tinto.

— Aham. Ei! Você é expert em vinho!

Acabo de ter uma ideia.

— Nem tanto... — ele diz.

— Para com isso! Você é sim! E pode me ajudar numa coisa...

— Em quê? — ele serve nossas taças.

Conto a história de Fátima e ele concorda em ajudá-la. Estamos sentados à mesa, comendo o melhor *Penne ao pesto* do mundo e eu respiro fundo.

— O que foi? — ele pergunta.

Diga, Sarah! Diga a verdade.

— Eu senti sua falta... — quase sussurro.

Igor aperta os lábios e traz o tronco para perto, tocando meu rosto.

— Sarah, eu... — ele está dizendo quando meu celular toca e levo um susto.

É Bruno.

Droga.

Tenho que atender.

— Desculpe... Me dá um segundo? — peço com um sorriso amarelo.

Ele faz um gesto com a mão e vou até a varanda.

— Oi.

— Cadê você? — sua voz é ríspida.

— Eu... Eu... Onde você está? — reverto a pergunta.

— Estou na sua porta. Diga que você está em casa...

— Não. Não estou — respondo.

— Onde você está, Sarah? — ele parece muito chateado.

— Na casa do Igor.

— Quê? — ele quase grita. — Não acredito que você fez isso comigo! Sabe que horas são? Sabe? — ele diz, nervoso. — Sarah, passa da meia-noite! Eu estou muito cansado da reunião, mas ainda assim, faço o maior esforço para ficar com você. Dirigi até o outro lado da cidade para encontrar uma floricultura 24 horas e quando chego aqui... Putz!

— Bruno...

— Quando chego aqui, descubro que você está na casa desse babaca fazendo sabe-se lá o quê.

— Desculpa! — acabo dizendo. — Eu não achei que você viria mais...

— Ah, então é assim? Se eu não estiver vinte e quatro horas ao seu lado, você corre para outro?

— Não! Claro que não! Não fale assim! Igor é meu amigo. Só isso. Não tem nada a ver nós dois! Não é isso que você está pensando — eu digo, nervosa, quando vejo pelo reflexo do vidro que ele estava parado na porta da varanda.

Merda.

— Estou indo aí. Não saia — eu continuo. — Por favor.

— Não sei... Acho melhor ir embora. Talvez você prefira ficar com seu amiguinho — ele diz em tom sarcástico.

— Não. Quero ficar com você. Me espere — eu peço.

— Ok. Cinco minutos e vou embora.

— Estarei aí.

Entro na sala, envergonhada. Igor já recolheu a louça e está colocando na máquina.

— Me desculpe... — começo a dizer. — Tenho de ir.

Ele bufa.

— Claro. Vai lá encontrar seu namorado.

— Igor...

— Esquece — ele diz. — É só bater a porta.

Penso em abraçá-lo, mas me viro e vou embora.

Bruno está sentado em um degrau da escadaria da entrada do prédio, segurando um buquê de rosas. Ele está cabisbaixo e eu me aproximo.

— Oi — digo com as mãos para trás.

Ele levanta o rosto e me encara.

— Eu não sei se vai dar certo, Sarah — ele diz e começa a andar pela calçada.

— O quê? Do que você está falando?

— Eu não acho que você me ame como antes. Não sinto isso — ele está de costas para mim e eu corro e o abraço, encostando a cabeça nas suas costas.

Sinto o seu perfume e me lembro de como eu adorava ficar abraçada com ele em qualquer lugar.

— Eu amo você! — eu digo com o coração cheio de lembranças boas. — Não pense isso!

Ele se vira e seus olhos estão marejados.

— Mas antes você jamais iria embora sem ter a certeza de que eu não viria vê-la — ele diz.

— Mas Bruno, achei que você não viria. Eu tinha certeza... — argumento. — Além do mais, você disse que ligaria.

— Sun... Você iria gostar que eu estivesse a essa hora da noite na casa de uma amiga?

Eu titubeio. É claro que não. Que pergunta!

— Não — respondo. — Tudo bem... Eu não deveria ter ido — acabo dizendo. — Mas é diferente...

— Diferente por quê? Ele é homem e você é linda. Ou você acha que ele nunca pensou...

— Vamos subir! — pego sua mão.

Tento deixar o assunto de lado. Sento no sofá em uma pose insinuante e sorrio para ele.

— Vem cá, seu bobo — eu digo.

— Não tenho culpa se amo você e não quero nem pensar na possibilidade de perdê-la outra vez.

— Não vai me perder. A não ser que você queira.

Nós nos beijamos e depois nos beijamos mais. Ele me toca nos lugares de sempre. Os lugares que ele sabe que gosto. Coisas que eu gostava antigamente. Mas, de repente, penso que talvez eu goste de tantas outras coisas...

— Bruno — eu o afasto.

— O que foi? — ele continua beijando o meu pescoço.

— Preciso falar com você sobre uma coisa.

— Agora? Não pode ser depois?

— Agora — eu digo e me sento sobre os joelhos.

Ele está aparentemente contrariado.

— Diga — Bruno cruza os braços e se afasta.

— Greta me disse uma coisa hoje — eu começo e ele levanta as sobrancelhas. — Algo sobre você achar arquitetos uns babacas...

Ele dá uma gargalhada.

— Nem todos — ele diz ainda rindo.

Quando percebe que continuo séria, ele se aproxima.

— Princesa... Você não acreditou nisso, né? — ele diz enquanto passa a mão pelo meu cabelo. — Puxa, eu não diria isso jamais. Olha só, vou ser sincero com você. Talvez você se incomode, mas eu e Greta nós meio que já ficamos, entende?

— Ficaram? — franzo a testa.

— É. Já faz tempo. Ela nem é meu tipo... O fato é que ela ficou meio obcecada por mim e, certamente, está com ciúmes de você.

— Mas ela sabe sobre nós? — pergunto, surpresa.

— Não. Mas ela desconfia... Ela sabe que nós já namoramos no passado.

— Você contou?

— Contei há muito tempo. Eu disse que seu nome era Sarah e ela ligou as coisas quando você apareceu lá na agência — ele se levanta, sai andando e ri. — Vocês, mulheres, têm uma coisa de adivinhar que dá medo.

Fico paralisada quando ele diz isso. Foi exatamente assim que comecei a desconfiar sobre ele estar me traindo. Nós estávamos no carro, voltando do cinema e, de repente, tive uma vontade estranha de perguntar se ele namoraria uma mulher mais velha. Ele ficou branco e respondeu que achava que não. Depois, quis saber por que eu estava perguntando e eu disse que não era por nada.

Engulo seco.

— O que foi, minha linda? — ele se aproxima e me abraça.

— Nada, não — respondo e depois ensaio um sorriso. — Ah, tem um evento para irmos amanhã.

— Evento? — ele se afasta.

— Humrum. O lançamento do livro de Igor.

— Ah, não. Você não vai querer que eu vá prestigiar aquele cara, né? — ele se levanta outra vez.

— Puxa! O que ele te fez? — pergunto, chateada.

— Não gosto dele. Não gosto do jeito que ele olha para você — Bruno está andando para um lado e para o outro com os braços cruzados.

— Você é maluco — eu rio. — Que jeito que ele olha para mim? Eu sou como uma irmã pra ele!

— Ah, sai dessa! Você não pode ser tão ingênua assim.

Como assim? Do que ele está falando? Igor nunca olhou para mim diferente. Nós sempre fomos amigos. Além do mais, ele jamais se interessaria por mim. Todas as garotas com quem ele namorou eram tão... Lindas. Imagina! Eu e Igor... Rá, rá.

Eu me aproximo e o abraço, ficando na ponta dos pés para alcançar sua boca.

— Vai, me beija! — eu digo e ele fica imóvel. — Me beija... — eu sussurro e rapidamente nossos lábios estão colados.

— Mas não pense que me convenceu, mocinha — ele diz assim que nos afastamos.

— Droga! — eu bato na parte externa da coxa. — Achei que meu beijo fosse minha maior arma de persuasão.

Ele dá um sorrisinho com o canto da boca e vem me beijar outra vez.

— Vamos pro meu quarto — eu digo, enquanto suas mãos passeiam pelas minhas costas e...

— Putz! — ele diz quando olha para o relógio de pulso.

— Que foi? — eu me desvencilho.

— Preciso ir. Puxa, princesa... Esqueci a chave e Daniel dorme cedo... — ele coça a cabeça, bagunçando os cabelos.

— Ah, dorme aqui — tento abraçá-lo de novo.

— Não dá... Tenho reunião amanhã cedinho.

— Mas amanhã é sábado! — eu estranho.

— Eu sei. Mas é um cliente importante — ele diz e caminha até a porta. — Olha só: amanhã a gente se fala.

— Você vai comigo ao lançamento, né?

Ele bufa.

— Vou tentar. Juro.

29

— **Não, mamãe. Não comprei** um vestido novo — digo ao telefone, diante de sua insistência.

— Mas é um evento importante, Sarah — ela resmunga. — O lançamento de um livro! Seu pai está dizendo que sempre soube que ele se daria bem.

— É. Eu também sempre soube disso.

— Sua avó está querendo falar com você — ela diz e posso imaginar vovó caminhando lentamente de sua cadeira de balanço até o telefone.

Um tempo depois.

— Oi, querida — minha avó diz com sua voz suave e quase consigo sentir seu cheirinho de talco. — E então? Já largou de ser boba e fisgou aquele gato?

Começo a rir.

— Ai, vovó! A senhora não desiste.

— Só quero vê-la feliz.

— Mas eu sou feliz, vó — digo com veemência, como se fosse para que eu mesma acreditasse.

— Tudo bem, querida — ouço-a dizer, mas sinto que é só para não discordar de mim.

Dou mais uma chance para Bruno, antes de sair. Telefono para seu celular, mas ele não atende. Olho para o relógio e já está na hora. Pego minha *clutch* vermelha que combina com os sapatos de salto alto e sigo.

Não estou me sentindo muito bem com esse vestido curto e meio justo. Mas mamãe me deu de presente e disse que fiquei linda nele. Portanto, ergo a cabeça e entro no salão da livraria. Sempre achei que Igor fosse fazer sucesso, mas isso aqui está superando todas as minhas expectativas. Está lotado!

Vou me esgueirando até avistá-lo meio de longe. Nunca tinha percebido o quanto ele fica bem de roupa escura. Igor está sentado em uma mesinha estreita sobre uma espécie de palco coberto com tapete vermelho, usando uma camisa preta e um terno grafite. Seu cabelo curto está bem arrumado e a barba impecavelmente feita. Não está usando óculos e, quando se levanta para tirar uma foto com uma senhora, parece bem mais alto.

Vou andando rápido para falar com ele, quando vejo Renata se aproximar e afagar-lhe os cabelos. Paro e observo os dois. Ela está usando um vestido vermelho de costas nuas. Os cabelos em cascata, sobre os ombros, estão perfeitos. E ela está sorrindo tão genuinamente enquanto o vê distribuir autógrafos que sinto uma coisa estranha.

Só percebo que meu rosto está contraído quando Noeli toca meu ombro.

— Sarah! — ela diz e sorri.

— Oi! Como vai a senhora? — eu me abaixo para abraçá-la.

— Muito bem. Orgulhosa do meu garoto — ela aponta para Igor.

— Eu também estou muito orgulhosa dele — digo. — Mas deve ser bem empolgante para a senhora, que é escritora, vê-lo assim.

— Ah, isso é verdade — ela toca meu ombro. — Vou circular para falar com os amigos.

Eu rio para ela e, quando me viro, encontro Nestor.

— Já foi pegar seu autógrafo? — ele pergunta.

— Não. Ainda não — respondo e olho para a fila que se forma diante dele. — Mas eu vou já, já.

— Sabe, isso é muito bom para nós. Ter um arquiteto de renome é um marketing maravilhoso para o escritório.

— Certamente — eu digo quando Renata se abaixa e dá um beijo demorado na bochecha de Igor.

Será que ela vai ficar assim o evento inteiro?

— Ele é um cara de sorte — Nestor continua. — Uma garota como ela... — ele estreita os olhos. — Muito linda.

Por que ele não vai circular?

— É... Nestor... Acho que aqui é um bom lugar para fazer contatos — eu pisco para ele. — Entende? Conhecer gente, captar clientes.

— Puxa, você tem razão! Que tal se nós dois déssemos uma circulada?

— Hum. Vai indo que eu chego depois. Preciso pegar meu autógrafo — aponto para a fila e dou de ombros.

— Certo.

Ele sai e eu suspiro, aliviada. Agora a fila já diminuiu e eu tomo coragem. Agarro o livro contra o peito e me aproximo. Minha vez está chegando e estou nervosa. Que coisa mais estranha. Renata não sai do lado dele e, agora, está apoiando a mão em seu ombro.

— Você veio — ele diz quando me vê.

Empurro meu exemplar sobre a mesa.

— Claro que vim! Que ideia achar que eu não viria! — sorrio.

Ele começa a rabiscar uma dedicatória e Renata se abaixa para ler.

— Como vai, Sarah? Nunca mais a gente se encontrou, né? — ela diz.

Eu aperto os lábios num sorriso.

— Estou bem — digo.

— Pronto — ele fecha o livro e me devolve.

— Então... Acho que vou circular — me pego dizendo. — Você sabe, fazer contatos e essas coisas — dou uma risadinha forçada. — A gente se encontra por aí — eu me viro. — Ah! Parabéns! Está tudo muito perfeito — aceno e saio o mais rápido possível.

Quero ir embora, mas encontro um lugarzinho discreto e me encosto na parede. Quantas vezes conversamos sobre como seria legal se o livro dele fosse lançado e tudo o mais. Combinamos de sair para jantar em um lugar bem caro depois do evento. Agora, não faço mais parte disso. Ela faz parte de tudo.

Observo do meu cantinho os dois em pé, segurando taças de champanhe, conversando, animados, com os pais dele. Os pais dele que gostavam de mim, que me acolheram em sua fazenda dos sonhos, agora acolhem Renata.

Pego uma taça de champanhe quando o garçom passa e bebo quase tudo de uma vez. Estou prestes a ir embora quando o vejo se aproximar.

— Oi — ele diz.

— Oi, de novo — sorrio.

— Podemos ir? — ele pergunta e eu franzo o cenho, sem compreender.

— Ir aonde?

— Jantar, ué! Você esqueceu? — seu rosto toma uma expressão decepcionada.

— Não. Mas eu achei que...

— Você achou que eu tinha esquecido?

— É. Mais ou menos isso — digo, sem jeito.

Ele passa o braço pelo meu ombro e sinto um tremor estranho. Porque ele já fez isso mil vezes e nunca foi assim.

— Eu não esqueci não — ele diz e vai me conduzindo até a porta.

Estou bem surpresa por ele ter se lembrado, para ser sincera. Especialmente por cumprir o que combinamos, mesmo agora tendo mil motivos para fazer diferente. Mas eu deveria saber que Igor sempre cumpre suas promessas, ao passo que eu...

Ah, essa não!

Não com ela!

— Mãe, pai, a gente se encontra lá — Igor diz. — Sarah, você vai conosco no meu carro?

— Hum. Não — olho para Renata já no banco do carona. — A gente se encontra lá — forço-me a dizer.

— Tá bom. Você sabe chegar, né?

— Onde vai ser? — pergunto.

— Onde a gente combinou — ele diz. — O Ciabatta, lembra?

É claro que me lembro. Só não contava que iríamos todos. Quero dizer, como pude achar que ele iria só comigo?

— Humrum — assinto. — Até lá, então.

Entro no meu carro e mentalizo coisas boas. Ponho o livro no banco do passageiro e saio. No som começa a tocar "Spending my time" e fico cantando alto. Só preciso ignorar o fato de ela existir e continuar a amizade com ele, como antes.

Quero pensar que Igor mudou. Isso justificaria a minha raiva dela. Mas a verdade é que ele continua o mesmo. Quero dizer, acho que mudou um pouco. Mas não, necessariamente, para pior. Pelo contrário. Ele está melhor, eu acho. Ou fui eu que mudei. Isso tudo me leva a pensar que preciso parar de faltar à terapia.

Olho para o banco do carona e vejo o livro de Igor. Estou bem curiosa para ler a dedicatória. Posso fazer isso agora mesmo. Trago-o até mim e abro, quando ouço o barulho ensurdecedor de uma buzina.

Ah, meu Deus! Eu passei no sinal vermelho e quase bati! Melhor fazer isso em casa.

Igor, Renata e os pais dele estão sentados em uma mesa reservada. Digo à *hostess* que estão me esperando e entro. Excepcionalmente dirigi devagar. Talvez por querer adiar o máximo possível esse encontro.

Aceno de longe para eles e ando até lá.

— Finalmente! Achamos que você não viria mais — Renata diz.

Bem que você queria.

— Precisei passar em um lugar antes. Desculpem — eu digo e me sento na ponta da mesa, perto de Igor.

Ele está usando o perfume amadeirado de antes. Não o que Renata deu.

— E aí? Como é a emoção de dar um autógrafo? — pergunto.

— Eu confesso que inicialmente pensei "que loucura! Por que eles querem um autógrafo meu?" — ele ri. — Mas depois entrei no clima e foi legal.

— Você é muito modesto, amor — Renata diz e se joga pra cima dele, agarrando-o pelo pescoço.

— Ele é mesmo — Noeli concorda.

— Eu não sei quanto a vocês — Hilton, pai de Igor, começa. — Mas estou faminto!

— Eu também, Seu Hilton! — Renata diz. — Agora que Sarah chegou, acho que finalmente podemos pedir.

Igor aperta o botãozinho do dispositivo sobre a mesa e o garçom se aproxima.

— Vamos pedir *carpaccio* de entrada — ele diz e sinto um jorro de satisfação por ele estar sendo fiel ao que conversamos.

O clima até que não está tão ruim. Depois pedimos os pratos principais e, enquanto comemos, os pais de Igor, muito agradáveis, conversam sobre tudo, e até sobre como o melhor café do mundo é feito com grãos retirados do cocô de gato.

— Eca! — Renata quase grita. — Nunca mais bebo café na minha vida!

— Você já não bebe mesmo — Igor diz e aperta sua bochecha.

Não sei por que, mas não gosto disso.

— E você, Sarah? Gosta de café? — Noeli pergunta.

— Tanto quanto eu — Igor responde por mim.

— Não é que eu não goste de café... — Renata interrompe. — É que escurece os dentes — ela sorri.

— Quer saber, vale a pena! — Hilton diz. — Olha que sorriso encantador! — ele aponta para ela.

É nesse momento que Igor se vira, observando-a com atenção. Ele sorri para ela, que imediatamente retribui e depois a toca no rosto e lhe dá um beijo.

Um beijo na boca.

Imediatamente viro o rosto. Me sinto péssima. E mais ainda por não entender qual o motivo exato disso tudo. Um dia ele iria namorar e casar, ter filhos. Isso é tão normal. Por que estou reagindo dessa forma?

Preciso de ar.

— Puxa! Já está tarde! — eu digo olhando para o celular. — Gente, foi ótimo. Mas vou ter de acordar cedo amanhã, então...

— Já? Não acredito! — Noeli diz.

— Infelizmente... — abro a carteira e tiro dinheiro.

— Nem pense nisso, filha! — Hilton protesta, segurando meu pulso. — Hoje é por nossa conta.

— Obrigada. — pego a bolsa e vou me levantando.

Inesperadamente, Igor se levanta e me puxa para um abraço.

— Ei, obrigado por ter vindo — ele passa a mão pelas minhas costas rapidamente. — Foi ótimo ter você comigo nesse momento — diz ao meu ouvido.

— De nada — respondo sem jeito, porque, de certa forma, senti meu corpo amolecer ao ouvir. — Até mais — aceno para eles.

O manobrista está trazendo meu carro para a frente do restaurante. Cruzo os braços e me encolho com frio. Se fosse antigamente, Igor teria me acompanhado até aqui.

Vou para casa e me deito no sofá, ouvindo o CD de Roxette de frente para trás e de trás para frente, cantando junto, segurando o controle da tevê como se fosse um microfone. Às vezes a gente precisa sofrer.

30

É domingo de manhã e tem alguém tocando a campainha insistentemente. Quem morreu, afinal? Levanto, cambaleando até a porta e abro sem sequer verificar o olho mágico.

— Você? — digo surpresa e em seguida fito o relógio de parede. — A essa hora...

— Claro que sou eu. Quem mais você estava esperando? — ele entra e larga um pacote de supermercado na mesa.

Passo as mãos pelos cabelos, tentando arrumá-los antes que ele perceba que estou horrível.

— Não gostou da surpresa? — Bruno pergunta.

— Gostei. Claro que gostei. Eu só não esperava.

Ele dispõe um pote de geleia de morango e umas torradas na mesa. Além disso, abre uma caixa de suco de laranja e serve dois copos.

— Sun, eu sinto muito por ontem. Deveria ter ido com você — ele diz de costas para mim.

De certa forma, essa coisa está me irritando. Por que ele não assume de uma vez por todas que não foi porque não quis e que, definitivamente, não sente muito?

— Não se desculpe — respondo friamente.

— O quê? — Bruno se vira para mim, segurando uma torrada.

— Estou cansada disso — levanto as mãos e vou para o banheiro.

— Espere aí, Sarah. Do que você está falando? — ele me segue.

Não é só o fato de ter sido acordada às 7 em pleno domingo, mas, de repente, não aguento mais fingir.

— Qual parte você não entendeu? — ironizo.

— Por que você está me tratando assim?

— Ah, Bruno — estalo a língua. — O que somos nós, afinal?

— Somos namorados — ele se aproxima e tenta me abraçar, mas eu me afasto.

— Que tipo de namorados? Aqueles que só se veem quando você acha conveniente? — não consigo conter as palavras.

— Sarah! Você bebeu? — seus braços me envolvem como um polvo e não fujo dessa vez. — Puxa, vamos ficar aqui juntinhos. A gente tem se dado tão bem... Juro que as coisas vão mudar — ele segura meu rosto. — Olha só, hoje nós vamos ao cinema. Certo?

— Ao cinema? — arqueio as sobrancelhas.

— É! Vamos ver um filme de amor. Daqueles que você adora. Eu aceito. Faço tudo o que você quiser — ele enfia a mão no bolso e tira dois ingressos. — *O noivo da minha melhor amiga* — ele revira os olhos e faz uma voz nasalada quando diz.

Não consigo parar de pensar sobre como as coisas não estão se encaixando. Isso está me enlouquecendo, porque se não está certo, como deveria ser, afinal? Por que fico fingindo ser alguém que não sou? Não me sinto feliz assim. Talvez eu o faça feliz desse jeito, mas ele merece isso?

— Você não precisa fazer o que não quer.

— Sun, eu quero te fazer feliz — ele afaga meus cabelos. — Juro.

Paro por alguns segundos.

— Ok. Vamos ao cinema com uns amigos, então — proponho.

— Quais amigos? — ele se afasta e me encara.

— Igor e Renata.

— Mas achei que você quisesse fazer um programa de namorados. Só nós dois.

— Namorados podem sair com amigos — insisto.

Honestamente, não sei se é uma boa ideia. Nem sei se Igor aceitaria esse encontro. Provavelmente, não.

Bruno anda até a janela, levanta as mãos e as deixa cair, fazendo um barulho quando toca o próprio corpo.

— Certo. Tudo para vê-la feliz — ele finalmente concorda.

Pulo no sofá e agarro o receptor do telefone. Ainda está cedo, mas Igor já deve ter acordado, tomado seu café com leite e chocolate meticulosamente batido e dado sua corrida matinal.

Disco o número e espero.

— Alô? — a voz sonolenta de Renata ressoa do outro lado.

Eles dormiram juntos?

— Quem está falando? — pergunto, ainda que eu saiba exatamente.

— Sarah? — ela reconhece.

— Renata? — replico.

— Oi.

— Posso falar com Igor, por favor? — digo e pigarreio quando Bruno arqueia a sobrancelha e me encara.

— Não dá — ela dá uma risadinha abafada. — Ele está no banho.

— Ah.

— Mas se você quiser falar comigo... Sabe, a gente nunca mais conversou a sós. Eu ainda não tive a oportunidade de agradecer.

— Pelo quê? — surpreendo-me.

— Ué, por você ter juntado nós dois! Ai, ele é tão maravilhoso! Estou completamente apaixonada.

Engulo seco.

— Que bom para você — forço-me a dizer. — E para ele também.

— É. Ei, ele saiu. Vou chamá-lo! — ouço os passos dela no assoalho.
— Amor, telefone! — ela grita.

Posso ouvi-lo perguntar quem é e ela diz que sou eu. "Sarah?", ele se surpreende, como se fosse uma coisa do outro mundo eu telefonar.

— Oi — a voz reconfortante de Igor ressoa pelo aparelho.

— Bom dia — eu digo, sem jeito. — Desculpe por ligar tão cedo — eu olho para Bruno que está sentado à mesa comendo as torradas e lendo um jornal.

— O que houve? Você está bem?

— Estou, estou. Só queria saber se vocês estão a fim de ir ao cinema hoje — eu digo e espero a resposta, que demora a chegar.

— Cinema?

— É. Tipo um programa de casais — eu coço a garganta. — Se não quiser, tudo bem. Eu vou entender — falo baixinho.

— Não, eu vou — ele diz. — A que horas?

Pego os ingressos sobre a mesinha de canto. Deus! Bruno comprou entradas para a sessão das 13 horas! Ninguém vai à sessão do almoço.

— Sarah? — Igor me chama.

— Sim. Estou aqui. Pode ser na sessão das 13h no Cine Première?

— Uma hora da tarde? — ele estranha. — Não vai dar. Tenho um almoço com os pais de Renata.

O quê? Ele vai conhecer os pais dela? A coisa está tão séria assim?

— Acho que pode ser mais tarde — acabo dizendo.

— Pode ser às 18h — ele sugere.

— Certo. Então, até lá.

— Até.

Quando desligo, vou até a mesa em que Bruno lê, concentrado.

— Oi — eu o abraço pelo pescoço. — Acho que você comprou os ingressos para o horário errado.

— Não, não. É isso mesmo.

— Como assim? Na hora do almoço? Quem vai ao cinema na hora do almoço?

— É melhor. Menos cheio daqueles pirralhos insuportáveis.

— Mas eu prefiro a sessão das 18h. Em todo caso, podemos trocar nossas entradas. Isso é simples — argumento.

— Mas Sun...

Eu toco sua boca com o polegar e depois o beijo.

— Você disse que faria tudo... — relembro.

— Ok, princesa.

31

O carro de Bruno está cheirando a batatas chips. É completamente estranho porque ele é louco e obcecado pelo automóvel. Sempre foi. A coisa era tão exagerada que me lembro de uma vez em que saímos e estava chovendo, e quando entrei no carro com os pés sujos de terra molhada, ele quase surtou. Dali em diante, sempre tinha uma escovinha e flanela de limpeza no porta-luvas.

— Isso é batata? — eu pergunto, retirando um farelo recente da fresta entre o banco do carona e do motorista.

— Batata? — ele olha de soslaio.

— É! — eu levo a migalha até seu campo de visão. — O carro está com aroma de batatinhas.

— Não sei como isso foi parar aí — ele diz, sério.

— Ninguém comeu batata aqui?

— Claro que não.

— Mas o cheiro está tão forte... — eu insisto e em seguida, vejo um bonequinho daqueles de guerra caído no tapete. — E isso? — eu o apanho.

— Ah, merda! Daniel! — ele diz, aparentemente consternado.

— O que foi?

— Daniel me pediu o carro emprestado essa semana e estava com o sobrinho pequeno. Só pode ter sido ele. Aquele pestinha — ele bate no volante.

— Puxa, não fale assim — reajo, constrangida. — É só uma criança.

— É. Uma criança idiota.

— Como você pode dizer isso? Um dia você vai ter filhos! Isso é normal. Crianças fazem bagunça — argumento.

Ele fica em silêncio e eu me encolho no banco. Ele não quer ter filhos? Certo. Também não sonho com isso agora, mas no futuro...

Paramos no estacionamento lotado do shopping e quando vou abrir a porta, ele segura meu braço.

— Quero que você saiba que eu não me sinto feliz de ir ao cinema com seu amiguinho.

Abro a boca para argumentar, mas ele coloca a mão sobre os meus lábios.

— Shhhh... Mas eu faço todo sacrifício por você, pra ter você comigo, pra ver você feliz.

Eu esperava estar feliz. Antigamente, não há muito tempo, eu realmente me sentiria nas nuvens ao ouvir algo desse tipo. Agora, estranhamente, sinto um embrulho no estômago.

Assim que ele me solta, abro a porta e saio.

Espero que ele segure a minha mão, mas não o faz. O shopping está lotado e nós estamos atrasados para o filme. Se bem conheço Igor, ele já está na fila com as entradas compradas.

— Sun... Vou precisar ir ao banco tirar dinheiro. Por que você não vai na frente e troca as entradas? — ele diz e dá um largo sorriso.

— Mas por que não fazemos isso depois do filme? — pergunto.

No fundo não quero chegar lá sozinha.

— Quero comprar pipoca para nós e estou sem nada na carteira — ele retorce a boca.

— Não tem problema — reviro os olhos. — Tenho dinheiro aqui.

Ele dá uma risadinha irônica.

— Você acha mesmo que eu vou deixá-la pagar? Vai lá que vamos acabar perdendo a hora — ele diz e já vai entrando no banco.

Diante do atraso, acabo indo sozinha trocar nossas entradas.

Sinto-me estranha quando entro no hall do cinema. O barulho das pessoas e todos os casais e grupos de amigos fazem com que me sinta solitária. Se alguém fizesse uma entrevista comigo e me perguntasse qual o meu maior medo, eu diria que ficar sozinha me deixa em pânico.

Na ponta dos pés busco enxergar ao longe os letreiros luminosos dos guichês. Uns adolescentes passam correndo e quase me derrubam. Por que os adolescentes sempre parecem estar com pressa? Eles têm pressa para crescer, enquanto eu adoraria voltar no tempo e não me importar de usar meu All Star surrado com calça jeans e camiseta e achar que mechas vermelhas nos cabelos são tudo o que há.

Chegando ao guichê, eu me apoio e finjo estar animada.

— Oi! Você pode trocar esses ingressos para mim? — eu os coloco sobre o balcão.

— Desculpe, mas não trocamos depois do horário do filme.

— O quê?

— Você teria que ter vindo antes das 13 horas — ela aponta o horário impresso nas entradas.

— Certo. Tudo bem. Então me veja mais duas para agora.

Enquanto ela digita, observo a fila para entrar. Lá estão eles. Renata na frente, usando uma minissaia jeans com babados e sapatos amarelos. Igor está atrás dela, abraçando-a na altura do peito, apoiando o queixo em sua cabeça.

Não queria admitir, mas eles formam um casal tão... perfeitinho. O estilo de casal que você olha e diz coisas do tipo "nossa, imagine os filhos desses dois!". Olho para trás e nem sinal de Bruno. A entrada é liberada e a fila começa a andar. Pego o celular e ligo para ele, mas só faz chamar.

Não acredito!

— Sarah! — olho para a fila e vejo Renata acenando, animada.

Aceno de volta, tentando, de alguma forma, exprimir alegria. Maldita hora em que resolvi marcar esse programa. Caminho até os dois. Preciso encarar.

— Olá! — eu digo e forço um sorriso.

— Cadê seu namorado? — Renata pergunta.

— Foi ao banco tirar dinheiro — respondo e olho, mais uma vez, para a multidão, tentando encontrá-lo.

Discretamente, disco seu número e dessa vez cai na caixa de mensagens. Não acredito que ele vai fazer isso comigo.

As pessoas atrás de nós começam a pressionar a entrada.

— E então? Vamos entrar ou esperar por ele aqui fora? — Renata pergunta.

Hesito por um momento. Eu poderia dizer que iria esperar, mas aí eles ficariam também. E se ele não aparecer?

— Vamos entrar! — finjo estar bem. — Não quero perder esse filme por nada.

Igor franze a testa e em seguida faz um carinho no cabelo de Renata.

— Vamos — ele diz.

Quando eles já estão lá na frente, dou uma vasculhada no local. Vou matar Bruno quando o encontrar! Essa era a pior coisa que ele poderia ter feito comigo.

Igor escolhe umas poltronas lá de trás. Daquelas em que você pode levantar o apoio para braço e transformar em uma "namoradeira". Eles se acomodam e eu fico ao lado, bufando por dentro.

Os comerciais já estão passando na tela e ninguém toca no assunto Bruno, graças a Deus. Enquanto isso, eu falo como uma matraca, comentando qualquer coisa sobre as propagandas locais.

— Amor, tô a fim de comer pipoca! — Renata diz toda melosa.

Por que ela não disse isso lá fora?

— Ok. Vou lá comprar — ele se levanta. — Você vai querer refrigerante?

— Não. Só água, por favor — ela segura sua mão e sorri.

— Quer alguma coisa, Sarah? — ele pergunta.

— Não, obrigada — respondo, tensa.

Quando ele desaparece, eu me remexo, desconfortável. Nós duas estamos caladas quando ouço um suspiro que precede a fala.

— Eu estava querendo ficar a sós com você — ela diz e começo a ficar nervosa, porque não faço ideia do que vem pela frente.

Franzo as sobrancelhas e balanço a cabeça, demonstrando não entender.

— Queria te pedir desculpas — ela começa.

— Desculpas?

— É, Sarah. Não tratei você bem naquele dia no restaurante. Lembra? Quando eu disse que você estava namorando Bruno...

É óbvio que me lembro. Eu quis trucidá-la.

— Nem lembrava mais daquilo — minto.

— Jura? Puxa, eu fiquei esse tempo todo remoendo. Eu estava tão insegura por tudo, que acabei agindo daquela forma — ela está aparentemente desconfortável, passando as mãos pelos cabelos.

— Insegura por quê? — pergunto.

— Porque sempre achei que Igor fosse apaixonado por você — ela ri nervosamente. — Eu sei, não tem nada a ver. Mas acabei sendo detestável.

Não diga isso. Em escala de detestabilidade, acho que deixo você no chinelo.

— Estou tão feliz com o Igor, como nunca fui antes. E preciso do seu apoio — ela continua. — É importante pra ele que você aprove.

Ah, não! Aí é pedir demais!

— Sarah? — ela diz, diante do meu silêncio e eu a encaro. — Você pode fazer isso? Eu juro que vou fazê-lo feliz. Você pode me ajudar?

Faço que sim com a cabeça. Embora não saiba exatamente o que isso signifique. Ajudar seria não atrapalhar?

Ela segura minha mão e dá um sorriso genuíno e eu me sinto um monstro. Aí a tela fica escura e depois acende novamente. Igor está subindo as escadas, segurando um saco enorme de pipoca e uma garrafinha d'água.

Ele se senta e ela retira o braço da cadeira, colocando a pipoca no colo e encostando-se nele. Olho de relance e depois volto para a tela.

Verifico meu celular e não há mensagens. Tiro o som e o deixo à vista. O filme está rolando e, por um momento, eu me esqueço de tudo, enquanto presto atenção à história.

Algumas vezes olho para o lado e os vejo trocando carinhos. Renata coloca pipoca na boca de Igor e ele, por sua vez, lhe dá beijinhos carinhosos no rosto.

Quando já tinha perdido as esperanças, vejo Bruno parado no meio da escadaria, tentando, no escuro, me encontrar. Eu aceno e o cara de trás reclama porque meu braço tirou sua visão por dois segundos.

Como guardei seu lugar com minha bolsa, ele se senta ao meu lado.

— Onde você estava? — sussurro entre dentes.

— Tive uma emergência — ele diz ao meu ouvido.

— Que tipo de emergência? — tento parecer calma.

— Daniel... O carro dele quebrou no meio da BR. Tive que ir socorrê-lo.

— Por que ele não chamou um reboque? — falo mais alto do que tinha planejado e o cara de trás reclama.

Viro para o filme. Tento salvar pelo menos alguma coisa dessa noite fatídica. Agora, além de tudo, ainda prometi ajudar Renata a ficar cada vez melhor com Igor.

Assim que o filme termina, me levanto e desço as escadas, rápido, desviando das pessoas, até sair da sala. Olho para trás para ter certeza de que eles não estão me vendo e entro no banheiro, me trancando em um reservado.

Meus olhos queimam e a garganta está seca. Não consigo me controlar e me deixo cair sentada no vaso, enquanto as lágrimas escorrem, quentes, sobre minhas bochechas.

Não era para ser assim. Por que as coisas não podem ser como eu quero? Demoro um pouco para me recompor. Penso em uma algo muito engraçado, mas não funciona. Melhor! Penso em uma grande tragédia mundial. Assim, sinto que minha vida nem é tão desgraçada, no fim das contas.

Quando saio do banheiro, Bruno está andando pelo hall. Eu me aproximo.

— Cadê eles? — pergunto.

— Sei lá! Devem ter ido embora — ele diz e me puxa.

Mas ainda não consigo. Estiro os braços sobre o seu peito e o afasto.

— Ei, princesa. Você não está com raiva de mim, está? — ele tenta me agarrar de novo.

— Vamos embora — são as únicas palavras que digo até chegarmos em casa.

32

Eu, Sarah Albuquerque, prometo nunca mais faltar às sessões de terapia. Escrevo na minha agenda enquanto Nestor fala alguma coisa sobre como deveríamos firmar contrato com grandes construtoras, agora que a construção civil está a todo vapor.

— O que você acha, Sarah? — ouço sua voz distante.

— Oi? — eu digo, atordoada.

— Você gostaria de fazer esse trabalho de prospecção? — Nestor pergunta e bate com a caneta na mesa.

— Han... É... Talvez — respondo e dou fim ao meu café.

Ele continua a falar, dessa vez mostrando números em uma tela projetada. Estou olhando para a minha agenda e desenhando florzinhas ao redor da data quando Igor empurra um bilhetinho para mim.

Você está bem?

Estou.

Tem Certeza?

Sim. Na verdade, estou com sono.

Até quando vou dizer que estou com sono em vez de dizer que estou triste?

Gostou do filme?

É. Foi bom. Vocês sumiram no final...

Você saiu correndo e a gente acabou se desencontrando. Depois Renata quis tomar um milkshake...

Ah, vocês foram ao Grand Café...

Entro em choque, em uma espécie de horror mental quando penso nisso. Eles dois no nosso lugar.

Não. Lá não.

Sinto um alívio esquisito. Porque, honestamente, não posso — não devo — querê-lo exclusivamente para mim.

Nem ele. Nem o Grand Café.

Mas ainda assim, não contenho um sorriso.

— Que tal se vocês compartilharem conosco esse assunto tão interessante? — Nestor diz, irritado, olhando para nós dois.

— Eu estava dizendo para ela — Igor começa. — Talvez seja uma boa nós irmos a uma feira de imóveis. Li no jornal que vai ter uma no próximo final de semana.

Eu rio. Especialmente por vê-lo mentindo. Ele nunca se arriscaria assim antes. Pisco o olho para ele, que, meio sem graça diante do que acabara de fazer, ajeita os óculos. Nunca tinha percebido como ele ficava charmoso ao fazer isso.

Coloco o bilhetinho no bolso quando a reunião acaba e vou pegar minha bolsa para ir à terapia. Preciso desabafar com alguém. Alguém que não me julgue, nem me diga o que fazer. Porque sinto que estou prestes a encontrar a solução. Só preciso que acendam a luz do quarto e me tranquem lá dentro.

Flora parece se alegrar ao me ver. Ela dá um telefonema e avisa Glória que cheguei.

— Daqui a pouco você entra, tá? — ela diz. — Ah, aceita um bombom? — Flora aponta uma cestinha cheia de chocolates sobre a mesinha de centro.

— Obrigada — eu pego um, abro e depois fecho a embalagem. Comerei depois. Acho que vou precisar.

Enfio a mão no bolso da calça e tiro o bilhetinho de Igor. Estou relendo e rindo. O que está acontecendo comigo?

— Já pode entrar, Sarah — ela diz e eu dobro o papel com cuidado e o guardo na bolsa.

Assim que abro a porta, sinto o cheiro peculiar de lavanda do consultório. Glória está impecável, com uma blusa branca de um tipo de renda e seus cabelos estão mais curtos e modernos. Ela se levanta e vem apertar minha mão.

— Como vai, Sarah? — ela sorri.

— Hum... Confusa — respondo e caminho até o divã.

Ela se senta em sua poltrona confortável, cruza as pernas e coloca as mãos sobre os joelhos. Olho para o teto branco, com cortes iluminados no gesso, que já contei e recontei várias vezes em outras consultas.

— Então, você estava dizendo que se sente confusa... — ela dá o pontapé inicial.

— Tanta coisa aconteceu desde a última vez que vim aqui — dou um longo suspiro. — Eu voltei, definitivamente, com meu ex-namorado. Sempre me imaginei feliz voltando para ele, sabe? Feliz como eu era antigamente. Ou, pelo menos, como pensava que era — encolho as pernas, desconfortável.

Eu era realizada quando estava com ele. É assim que me vejo quando olho para trás.

— Mas talvez eu não fosse tão feliz assim — espanto-me quando penso. — Será que criei uma imagem falsa de mim mesma? Será que nesse tempo todo alimentei uma ilusão sobre como eu me sentia antes?

— Então, me fala sobre como seria essa Sarah feliz — ela diz e eu preciso parar e pensar.

— Como eu seria feliz? Ah, seria feliz tendo o meu namorado carinhoso, me dando atenção... Talvez fazendo coisas banais, como discutir um episódio de *Sex and the city*, e depois brincar de adivinhar o que o outro está pensando — me pego dizendo. — Acho que a Sarah feliz teria a segurança de poder dividir o pensamento mais bizarro ou uma atitude inimaginável com essa pessoa sem ser criticada.

Entro em choque quando me dou conta de que eu nunca, mas nunca mesmo, tive isso com Bruno. Nem antes, nem hoje. E isso se torna mais horrível porque, agora, constato que a Sarah feliz nunca existiu.

Será que o que sinto por ele é só uma expectativa de como eu poderia ser? É mais uma maneira de achar que a felicidade está ali próxima e palpável?

Fico em silêncio, olhando para o teto. É tão estranho e ao mesmo tempo animador sentir que estou me descobrindo.

Quando saio, não deixo de pensar sobre como agora me sinto livre. Criei tantos padrões para minha vida, que agora é como se eu conseguisse me desamarrar. Preciso ficar cara a cara com ele e me mostrar de verdade. Não quero mais fingir ser o que não sou. Preciso ser feliz.

Observo algumas chamadas perdidas no meu celular. Duas delas são de Fátima. Ah, meu Deus! Eu marquei com ela para irmos ao marceneiro. Mas antes, obrigo-me a ligar para Greta. A parte das ferragens e vidros já está ok e preciso informá-la. A construtora já está lá executando a obra e acredito que em pouco tempo tudo estará pronto.

Depois de chamar algumas vezes...

— Greta, bom dia. Sou eu, Sarah. Estou ligando para informar que boa parte do material estrutural já chegou — uso meu tom mais profissional.

— É, eu vi. Se você estivesse aqui na obra — ela enfatiza essa última palavra — saberia que eu já vi e não precisaria telefonar.

Meu Deus! Como ela é intragável.

— Se você tivesse lido nosso contrato, saberia que não está escrito que eu tenho que passar o dia inteiro no seu galpão — digo, impaciente.

E se você fosse um pouquinho menos mal amada, não falaria assim com as pessoas.

— Você se acha muito esperta, não é mesmo? — sua voz está cheia de sarcasmo. — Ah, deixa para lá! — ela começa a rir.

Quero perguntar do que ela está falando, mas não farei isso. De jeito nenhum!

— Bem, era só isso que eu tinha a dizer. Tenha um bom dia, querida — eu digo.

Desligo antes que ela o faça. Estou farta desse tipo de coisa. Aliás, estou farta de um monte de coisas.

33

Fátima é a minha cliente mais legal de todos os tempos. Assim que saímos do encontro com o marceneiro, ela me convoca para tomar um café com cupcakes na Mamma Bakery.

Isso é tão legal! Apesar da nossa diferença de idade, ela é tão jovial e positiva que me sinto como quando saía para a lanchonete da esquina com minhas colegas de escola. A gente ria alto e comia besteiras sem se importar com o que os outros iriam pensar.

— Ai, Sarah... Quando nós terminarmos a reforma, ainda poderemos ser amigas, não é? — ela alisa a toalha xadrez da mesa, olhando para o infinito.

— Claro que sim! — eu digo e bato no seu ombro.

— Você tem idade para ser minha sobrinha! — ela diz e eu rio. — Mas nem parece. Quero dizer, obviamente você tem cara de bebê, mas é tão madura.

Madura? Eu?

— Não sou nada — retorço a boca ao admitir.

— Ah, mas parece ser. Você transmite segurança! — ela mexe o café e acrescenta quadradinhos de chocolate branco. — Eu sou tão insegura... Estou morrendo de medo de um evento social para o qual fui convidada.

— Medo? — enfio um bolinho na boca e limpo um pouco de chantilly que ficou no queixo.

— Vai ser a hora de me mostrar, entende? Dependendo disso, eu posso conseguir, finalmente, fazer parte do grupo.

— Que grupo? — digo, ainda de boca cheia.

— O grupo da alta sociedade — ela revira os olhos. — É tão difícil entrar, Sarah... Não é só ter dinheiro. Na verdade, é preciso muito mais um sobrenome — ela dá de ombros. — Mas se eu conseguisse ser fina...

Eu posso ajudá-la. Embora não entenda por que ela quer tanto fazer parte disso.

— Eu te ajudo! — me pego dizendo.

— O quê? — ela arregala os olhos com entusiasmo.

— Posso ajudar você a ser mais... fina. Não que você não seja — contemporizo. — Mas tenho umas dicas.

— Jura? Sério mesmo? Oh, Sarah! — vejo seus olhos marejarem. — Muito obrigada!

— Quando é o evento?

— No próximo final de semana. Dá tempo? — sua expressão se torna preocupada.

— Aham — respondo.

Como mais uns minibolos de chocolate com avelã e depois vou ao supermercado.

Um festival de páprica se amontoa em uma mesa. São tão bonitas, cheias de vida e de cor, que sinto uma vontade súbita e maluca de comer os famosos sanduíches da minha mãe.

Páprica, cebola e queijo. Acho que eu tinha 9 anos quando me apaixonei pela primeira vez. Era um garoto da escola. O mais bonito. Aquele por quem todas as meninas caíam de amores. Todos os dias, antes de entrar, a professora mandava ficarmos enfileirados com a mão no ombro do outro, como se fôssemos nos perder dali para a sala de aula. Aí eu corria e ficava na frente dele. Porque não ousaria tocá-lo, mas sempre ficava com o coração quicando quando ele repousava a mão sobre o meu ombro.

Isso se repetiu por quase um bimestre inteiro, até que, achando-me íntima o suficiente para oferecer-lhe alguma coisa, resolvi convidá-lo para lanchar comigo no recreio. Quando ele disse que iria, comecei a tremer. Não consegui prestar atenção à aula. A sirene tocou e nós saímos. Ele caminhou ao meu lado em silêncio, até chegarmos embaixo do carvalho. Aí abri a minha lancheira, segurei o sanduíche de páprica, cebola e queijo, partindo-o ao meio, e lhe entreguei o maior pedaço.

Ele enfiou todo na boca e, na mesma hora, eu pensei *"como ele faz isso na minha frente?"*. Tudo bem, eu poderia suportar. Garotos são assim mesmo: meio destrambelhados. Mas bastou ele mastigar e "blergh", cuspiu tudo em cima de mim, e depois:"O que é isso? É nojento!". Eu quis morrer. Fechei minha lancheira e saí correndo. Nunca mais fiquei perto dele na fila.

Mas agora, diante de tanta páprica, tenho vontade de encher uma sacola e levar para casa e fazer um monte de sanduíches. Talvez papai os deteste, mas sempre que mamãe faz, ele come e repete só para vê-la feliz. Um dia a minha avó me disse que quando a gente ama, só quer fazer o outro se sentir bem. Por isso, ela não implicava com a estranha mania do vovô de deixar gavetas abertas. Ela simplesmente as fechava.

Não comprei páprica, nem nada disso. Mas assim que chego em casa, decido telefonar para Bruno.

— Precisamos conversar — eu digo.

— Oi. Desculpe, mas talvez seja melhor na reunião, mais tarde — ele diz, frio.

— Do que você está falando?

— É sobre a reforma? — ele pergunta.

— Não. É sobre nós. Você pode vir aqui agora? — cruzo as pernas, nervosa.

— Não. Pode ser mais tarde?

— Ok. Está com cliente? — imagino.

— Isso...

— Ok. Então mais tarde aqui em casa. Que tal vermos um filme? — sugiro, impaciente.

— Tudo bem.

— Então tá. Um beijo...

— Até mais.

Uma das coisas que não vou mais admitir depois dessa conversa de hoje à noite vai ser esconder nosso relacionamento das pessoas. Ninguém vai nos demitir por isso, pelo amor de Deus! Além do mais, já acabei o projeto da agência de Bruno e, muito mais importante: quero levá-lo para a casa dos meus pais.

É tão bonito ver como Igor cuida de Renata... Da mesma forma, os pais dele a aceitam bem e, juntos, eles parecem tão felizes. Eu também posso ter isso. Namorar é assim! Um cuida do outro e todo mundo fica feliz.

Ao mesmo tempo, é tão horrível vê-lo cuidando tão bem dela... É como se aquilo tudo tivesse que ser para mim e ela estivesse roubando. Isso é tão feio de sentir. Principalmente porque ele parece tão bem com ela... Eu me sinto uma bruxa com vontade de fazer um vodu da Renata e encher de alfinetinhos.

Abro uma lata de creme de leite para preparar um estrogonofe. Igor adora estrogonofe. Sempre prometi fazer para ele, mas nunca fiz. Na verdade, ainda preciso aprender.

Lembro-me do dia em que nos conhecemos... Nós assistimos à primeira aula na faculdade e ele sentou lá na frente, todo nerd. Acho que a primeira coisa que pensei quando o vi foi sobre como ele era bonito e sério. Observei que ele não anotava nada do que o professor dizia, enquanto eu lutava para que minha mão escrevesse rápido o bastante.

Prestei atenção ao nome dele na lista de chamada. Igor Straub. Assim que cheguei em casa, procurei no Orkut. Mas não adicionei. Sei lá o que ele iria pensar. No dia seguinte, sentei lá na frente, perto dele. Gente, como ele conseguia não anotar nada?

Pensei em puxar assunto, mas ele parecia tão metido, que desisti. No meio de uma aula chata, deixei cair minha caneta e, quando me abaixei para pegar, encontrei sua mão. Agradeci e dei um sorriso de canto de boca. Mas quando fui escrever, ela não funcionava mais.

Droga! Eu sussurrei e olhei para o lado. Ele estava sorrindo. Abaixei a cabeça, envergonhada quando vi, de soslaio, sua mão que estendia uma caneta para mim.

"*Obrigada*", eu disse e continuei fazendo minhas milhares de anotações. Assim que terminou a aula, guardei minhas coisas na bolsa. Eu ia falar com ele e me apresentar, mas nem deu tempo. Rapidinho ele desapareceu. *Cara estranho,* pensei.

Mas à noite, enquanto eu ficava entre o MSN e o Orkut, vi uma solicitação de amizade que me deixou surpresa.

"Oi, menina que gosta de escrever."

E eu respondi: "Oi, menino que não gosta de escrever, mas que salvou uma pobre garota sem caneta. Rsrs."

E depois disso ficamos batendo papo pelo MSN e depois telefone, e nunca mais nos desgrudamos. Quero dizer, até eu começar a namorar Bruno alguns meses depois.

Todos os ingredientes estão separados. O filé já está temperado — conforme manda um site de receitas da internet. Jogo o alho no azeite e começo a cozinhar. Se Igor estivesse aqui, ele teria um surto porque, segundo ele, a cebola deve ir ao fogo primeiro.

Acho que Bruno nunca comeu nada feito por mim. E a conversa de hoje merece isso. Ele precisa me ver como eu sou de verdade, e talvez isso inclua uma comida mais ou menos.

Estou esfregando as mãos com limão, freneticamente, para me livrar do cheiro insuportável de alho. Como é que as pessoas dos filmes conseguem conquistar alguém cozinhando em casa?

Meu vestido rosa antigo todo cheio de rendinhas parece ter sido feito para mim. Viro de costas para o espelho. Igor adora esse vestido. Ele diz que pareço uma boneca, que depois vai ter que me guardar na caixa. Sempre reviro os olhos e ele bagunça meu cabelo ou aperta meu nariz. Ele me irritava, mas agora, sinto tanta falta... Por que ele mudou?

Disponho os pratos na mesa, acendo umas velas e apago a luz. Como se fosse sincronizado, Bruno toca a campainha e corro para a porta.

— Oi — digo e coloco as mãos para trás.

Ele enfia a cabeça para dentro, como se estranhasse o fato de estar escuro.

— Hum... Meia-luz? — e já me empurra para a parede e passa a língua pelo meu queixo, como se fosse uma espécie de cachorro.

Eu me afasto e saio andando.

— Precisamos conversar, lembra? — eu fico o mais longe possível.

— Ah, certo — ele diz se aproximando e tentando me agarrar.

Passo por debaixo de seu braço.

— Olha — aponto a mesa toda elegante. — Fiz para nós.

— Legal. Depois do que a gente fizer hoje, vou mesmo querer comer — Bruno se abaixa, abraça minhas pernas e vai beijando meu joelho.

— Para! — eu quase grito e ele se afasta, assustado.

— O que foi? — ele abre os braços e encolhe os ombros, sem entender.

— Você não pensa em outra coisa? — reviro os olhos e bato com as mãos no quadril. — Eu preparei esse jantar pra nós dois. Pensei em vermos um filme, como um casal de namorados normal!

Ele parece ofendido e abaixa os olhos.

— Puxa, princesa... Achei que... — ele para por alguns segundos. — Ah, vem cá — e me puxa para um abraço. — Isso, isso, isso... Shhhhh, shhhhh... — e depois me embala como se eu fosse um bebezinho.

Deus, Sarah! É Bruno. Seu ex-namorado! Foi com ele que você sonhou por quatro anos. Quatro anos, ouviu? Não foram quatro dias. Foi por causa dele que você, han, emagreceu e virou um palito com peitos e depois quis se afogar numa banheira... Se você ao menos tivesse uma.

— Ok. Vamos jantar — desvencilho-me e corro para a cozinha. — Fiz estrogonofe! — digo de lá.

Enquanto arrumo a salada na travessa, observo Bruno de longe. Ele está sentado no sofá. Na verdade, está deitado, segurando o controle da televisão, que exibe um programa de luta livre. Tenho uma súbita vontade de rir porque me lembro de Igor dizendo que homens que assistem à luta livre são extremamente suspeitos.

— Você não acha melhor desligar a Tv? — pergunto, sutil.

Mas ele sequer presta atenção.

— Ei, que tal desligar isso? — insisto.

— Han? — ele se vira de perfil e me olha.

De repente, percebo que seu nariz é tão anguloso que até me lembra um passarinho. Como nunca vi isso antes? Eu já o idolatrei de todos os ângulos! Como pude nunca...

— O jantar está pronto — acabo dizendo e me sento.

Ele se senta à minha frente e acaricia meu queixo com o polegar.

— Você fez tudo isso sozinha? — ele arqueia uma sobrancelha.

— Claro — respondo e sirvo nossas taças de vinho.

Ele me encara e arqueia mais ainda as sobrancelhas.

— O quê? Você está duvidando de mim? É isso? — irrito-me.

— Fala sério, Sarah! Você é incapaz de fritar um ovo! — ele começa a rir e quando me vê séria, quase engasga. — Desculpe, princesa. Eu só não imaginava você cozinhando como sua vovozinha.

Ele falou da minha avó em tom sarcástico?

— Não fale assim da minha avó! — eu me levanto e jogo o guardanapo na mesa.

— Ei, calma! — ele se levanta e vem atrás de mim. — Eu só estava brincando, princesa. Perdão! Perdão! — e se ajoelha agarrando meus joelhos. — Você só me surpreendeu. É difícil mulheres tão lindas como você... — ele coça a garganta. — Saberem cozinhar. Isso só torna você mais perfeita. Vamos voltar, venha.

Bruno segura minha mão e eu reluto um pouco até sentar novamente e servir os pratos.

Nós jantamos em silêncio. Quero dizer, eu fico em silêncio e ele fala um monte de coisas nas quais não prestei muita atenção.

— Ah, conheci uma cliente tão legal! — começo a dizer. — Ela é toda extravagante, sabe? Mas...

— Sun! — ele fala em tom reprovador. — Lembra da nossa regrinha? Nada de assunto chato de trabalho.

— Não, mas esse é legal. Ela...

Ele me interrompe outra vez. Agora colocando o dedo na minha boca para que eu me cale.

— Que tal se a gente fosse ali pro seu quarto? — ele sugere e pisca o olho para mim e isso soa tão...

— Não — respondo firme.

— Não? — ele estreita os olhos, incrédulo.

— Não! — respondo, enfática.

Ele fica atônito. Talvez nunca tenha recebido um "não" na vida.

— O que você tem? — ele vai andando atordoado, remexendo os cabelos que tomam um jeito bagunçado e estranho.

— Não é isso que eu quero — suspiro e depois relaxo os ombros. — Quero um namorado que se sente comigo e veja filmes por horas seguidas. Que elogie minha comida, por mais que eu tenha exagerado no sal. Quero alguém que queira escutar o que tenho a dizer e não só... — percebo que estou prestes a chorar. — Sexo.

— Meu amor... — ele se aproxima me olhando com certa ternura ou pena, ou sei lá o quê. — Meu Deus! Eu te fiz achar que era só sexo? Sou terrível! Sou um idiota!

Fico olhando para ele. Não sei... Parecem apenas palavras e mais palavras. Onde está a emoção disso tudo?

— Sun! — ele me chama e eu o encaro em silêncio. — Eu preciso que você me diga.

— Dizer o quê?

— Como eu tenho que ser para merecer o seu amor — isso soa sincero de alguma forma.

O problema é que eu não deveria ter que dizer.

— Deixa para lá — dou de ombros e sento no sofá.

— Não, meu amor. Diga! — ele senta ao meu lado, segura minhas mãos e eu vejo certo desespero em seu olhar.

— Sei lá — solto. — Vamos ver o filme.

É simples. Preciso pensar. E só vou conseguir isso em silêncio. Poderia mandá-lo embora. Até queria fazer isso, mas ele me parece tão frágil agora, me encarando como se eu pudesse despedaçá-o a qualquer momento. E eu bem que poderia fazer isso. Seria a minha grande chance de fazê-lo se sentir como eu me senti há quatro anos. Em vez disso, coloco o DVD de *Harry & Sally* que Igor esqueceu aqui, mas antes de iniciar, vou até a cozinha e preparo um balde de pipoca. Obviamente eu deixo queimar. E quando chego à sala com meu balde...

— Você não vai comer isso, vai? — ele tapa o nariz.

— Claro que vou! — digo e chego mais perto. — Quer? — jogo o balde para o seu lado.

— Tira isso daqui! — ele empurra. — Você não vai querer ficar com os dentes cheios de casca de milho.

— Eu não me importo — sorrio. — Você se importa?

Ele fica me olhando e, visivelmente desconfortável, dá um sorriso amarelo.

— Não. Pode comer.

O filme está bem interessante. Eles se irritam durante boa parte dele, mas ao mesmo tempo a gente vê que são perfeitos um para o outro. Eles foram feitos um para o outro.

— Sun — Bruno interrompe. — Eu preciso ir — ele diz, olhando o relógio.

— Claro. Reunião amanhã cedo? — pergunto, irônica.

Mas ele nem percebe.

— Pois é, princesa — ele franze os lábios.

— Vai lá! — digo sem tirar os olhos da tela.

Ele se aproxima e eu permaneço parada. Então ele me beija a testa.

— Tchau.

Ele bate a porta e eu me sinto estranha. Não por estar sozinha, mas exatamente pelo contrário. Por não me importar com sua ausência.

Então, me aconchego nas almofadas e como a última pipoca queimada do balde. Harry e Sally são ótimos juntos. Como eles não percebiam isso? Pego o telefone e, sem hesitar, ligo para Igor.

— Alô? — ele diz com voz sonolenta.

— É perfeito! — eu grito, empolgada. — É lindo! Adorei! Puxa, acabei de devorar um balde de pipoca. Queimada, obviamente. Você é o único que faz uma pipoca boa.

— Sarah?

— Claro! Quem mais te acorda no meio da noite? — brinco. Mas agora que ele tem namorada, talvez eu não seja a única a fazer isso.

Ele ri baixinho.

— Oi... — ele diz e eu quase posso vê-lo esfregando os olhos e segurando o despertador. — Mas do que você está falando? — pergunta.

— *Harry & Sally*! Você esqueceu aqui e eu resolvi assistir à parte em que dormi — digo, envergonhada.

— Ah... Então... Você está bem?

— Estou — respondo, mas no fundo não sinto isso.

É como se eu tivesse um buraco gigante no meu estômago. E esse buraco só aumenta e aumenta. Como se minha vida fosse perfeita, mas com uma lacuna que grita para ser preenchida e eu não sei como fazer exatamente.

Nós dois ficamos em silêncio. Se estivéssemos frente a frente, eu provavelmente jogaria alguma coisa nele, ou lhe daria um soco no ombro e nós riríamos, quebrando o gelo.

— Eu ri tanto naquela parte em que eles... — pigarreio. — Quando ela chora dizendo que vai fazer 40 anos e ele pergunta "quando?". Aí ela responde: "Um dia!" — eu começo a rir e Igor também. — E depois eles meio que... Você sabe.

— E aquela parte em que eles estão no carro e ele cospe a uva no vidro da porta? — ele parece animado.

— Ah, eu ri muito também! — suspiro. — Bem que você poderia vir aqui pra a gente discutir o filme e comer uma pizza! Lembra de quando fizemos isso depois de *O último pesadelo*? Eu fiquei sem dormir direito por uma semana! — sento na cama e agarro as pernas.

— Lembro, claro! Você insistiu para ver esse filme e eu sabia que você não iria conseguir dormir depois. Você teve medo em *A fuga das galinhas*!

— Não tive medo em *A fuga das galinhas*! Só achei que era um tipo de suspense infantil! — eu rio. — E então? Uma pizza?

Por alguns segundos, não há resposta. Fico tão ansiosa que minhas mãos começam a suar.

— Não dá... Desculpe — ele diz.

— Tudo bem. Tem razão. Já é tarde... — digo, nervosa.

Igor não diz nada e, como em um paradoxo, seu silêncio me ataca como se mil agulhas perfurassem o meu corpo. Isso está me matando. Onde foi que a gente se perdeu?

— Igor?

— Oi. Tô aqui.

— Nós não somos mais os mesmos. Não é? — deixo escapar.

— Não sei — ele responde e me sinto terrível.

Eu esperava que ele dissesse que nós ainda éramos os mesmos e que isso por que estamos passando é só uma fase ruim.

— Sinto falta de como éramos antes... — minha voz falha.

— Eu também, Sarah — ele respira fundo. — Eu também.

— Desculpe por ligar a essa hora — coço a garganta e enxugo uma lágrima que escorre pelo canto do olho.

— Para com isso. Você sabe que pode me ligar a hora que quiser.

— Tá bom. Então até amanhã, no trabalho — forço uma voz mais animada.

— Até.

Desligo todas as luzes e vou para a cama. De repente me dou conta de que telefonar para ele não foi uma boa ideia. Como se fosse melhor ficar imaginando que as coisas estavam bem e que amanhã nós iríamos tomar um milkshake no Grand Café e depois brigar durante o caminho de volta porque eu não largava o smartphone.

34

— **Quantas vezes vou ter de repetir** que conversas paralelas estão proibidas? — Nestor está dizendo na reunião matinal. — E quantas vezes terei de dizer que acessar blogs, Twitter, Facebook e afins também está terminantemente proibido? — ele anda para um lado e para o outro, chateado e com os lábios tremendo. — Será que vou mesmo ter de bloquear o acesso a certas coisas? Vocês não são adultos o suficiente para seguir ordens?

Nestor tem as sobrancelhas bem grossas e usa uns óculos de armação moderninha com uns detalhes em amarelo. Ele é todo sério, mas, no fundo, acho que não quer ser. Por isso, sempre que está dando sermão, sinto vontade de rir.

Enquanto ele fala, risco um papel, fazendo círculos contínuos, transformando-os em um grande borrão. Igor está ao meu lado e empurra um papel dobrado.

Estremeço e desdobro o papel com cuidado. Mas não é um bilhetinho para mim, e sim uma tabela de harmonização de vinhos e alimentos. Tento esconder minha decepção, sorrindo para ele. Pego um papelzinho e escrevo:

"Obrigada!"

E empurro para o seu lado.

"Por nada. Espero que ajude."

Ele me devolve.

Estou prestes a escrever mais alguma coisa, quando ouço o bip do celular. Droga! Esqueci de colocar no silencioso.

— Desculpe — eu digo sob o olhar irritado de Nestor.

Mas não consigo mais me concentrar na reunião, porque o visor do celular fica piscando o tempo todo com uma ligação de minha mãe.

Começo a me remexer na cadeira, desconfortável. Mamãe não vive ligando para mim e está insistindo tanto que parece estranho.

— Com licença, Nestor — eu digo quando vejo a quinta chamada. — Preciso atender uma ligação.

Ele assente e eu saio. Assim que chego à minha mesa, ligo para mamãe.

— Sarah! Finalmente! — ela diz e eu começo a me preocupar. — Sua avó...

— O que tem a vovó? — meu coração acelera.

— Ela sofreu um infarto — deixo-me cair na cadeira e ao mesmo tempo minha voz se torna trêmula. — Mamãe... Ela está...? — não consigo completar a frase.

— Ela foi submetida a uma cirurgia de urgência e agora está na UTI porque teve um probleminha. — sua voz parece arrasada.

Sei que mamãe está se fazendo de forte para não me preocupar. E isso é o que me preocupa. Talvez a situação seja bem mais grave do que aparenta.

— Onde ela está? — pergunto, ansiosa.

— No Hospital do Coração — ela diz.

— Estou indo pra lá — digo, enquanto agarro minha bolsa, sem sequer desligar o computador.

— Algum problema? — ouço Igor perguntar.

— Vovó... — respiro fundo enquanto procuro a chave do carro. — Está no hospital — eu digo.

— O que houve? — ele se aproxima.

— Um infarto — eu jogo as coisas de dentro da bolsa em cima da minha mesa. — Droga! Cadê a porcaria da chave! — resmungo, estressada.

— Aonde você pensa que vai dirigindo? — ele segura meu pulso e depois começa a juntar minhas coisas e enfiar na bolsa. — Vamos no meu carro.

— Obrigada.

Dessa vez ele dirige mais rápido. Não consigo parar de pensar que alguma coisa ruim pode acontecer.

— Vai ficar tudo bem — ele diz com uma voz reconfortante.

— Não quero nem imaginar o que pode acontecer, Igor... — estou tão nervosa que minhas pernas ficam se mexendo, sem achar posição.

— Tente se acalmar, Sarah — ele passa a mão pelo meu joelho. — A gente já vai chegar e você vai ver que está tudo bem.

Dessa vez Igor dirige bem mais rápido, chega a costurar os carros à nossa frente. Logo chegamos ao hospital.

— Espera um pouco que vou desmarcar com um cliente e vou lá com você — ele avisa ao estacionar.

— Não, Igor! Você está falando do cliente novo da Clínica Médica?

— É, mas posso ir lá depois — ele concorda e começa a digitar um número no celular.

Seguro seu pulso.

— É sério. Não precisa. Esses clientes nunca têm tempo e você não pode perdê-los. Eu telefono dando notícias. Muito obrigada mesmo.

— Tem certeza? Posso pedir a Nestor para ir no meu lugar — insiste.

— Tenho, sim. Vá lá. Ela está bem. Tudo vai ficar bem — finjo ser forte.

Ele toca meu ombro e arqueia os lábios para baixo.

— Qualquer coisa, ligue, certo? Prometa que vai ligar — ele me encara.

— Prometo.

Mamãe está debruçada sobre o balcão da recepção e, assim que me vê, larga o papel que estava preenchendo e se aproxima.

— Sarah... — ela me abraça.

Ah, meu Deus! O pior aconteceu! Eu sei!

— Foi tão horrível! — ela diz e começa a chorar.

Ficamos abraçadas por um tempo. Imagino o quanto está sendo difícil para ela se mostrar fragilizada para mim. Minha mãe sempre se faz de forte. Nunca quer que a gente se preocupe com nada e agora...

— Onde ela está, mãe? — eu a seguro pelos ombros.

— Na UTI. Ninguém pode entrar por enquanto — ela diz e papai aparece equilibrando dois copos de café e uns sanduíches.

— Querida... — ele diz e me abraça.

— Quando aconteceu? —pergunto, ainda incrédula.

— De madrugada — papai responde.

— De madrugada? E só agora me avisaram? — reclamo, estressada.

— Nós queríamos contar quando ela estivesse fora de perigo — ele diz.

— Tudo bem — todo mundo está meio estressado. Meus pais já estão aqui faz um bom tempo. — Vão para casa descansar. Eu fico.

— Não, filha. De jeito nenhum — mamãe diz e caminha até o cesto de lixo para jogar o copo descartável quando sente uma espécie de tontura e se segura na parede.

Papai corre para ampará-la.

— Viu? Vocês precisam descansar um pouco. Vão tranquilos. Eu fico aqui e mando notícias.

— Nós iremos. Mas só para tomar um banho e trazer umas coisas para ela — ela diz.

— Sarah, qualquer coisa não hesite em nos avisar, ok? — papai acrescenta.

— Não se preocupem — digo e coloco minha bolsa sobre o sofá de couro sintético e desconfortável do corredor.

Quando eles vão embora, deixo-me cair sentada e passo as mãos pelos cabelos, esticando-os para trás e respirando fundo.

— Senhora? — ajeito-me ao ver o médico se aproximar. — A senhora é parente de Dona Stella?

Hesito em responder. A verdade é que a minha voz não sai. Tenho tanto medo do que ele pode dizer que faço que sim com a cabeça.

— Eu sou Ernesto, o médico-residente que acompanhou a cirurgia — ele se aproxima para me cumprimentar e eu me levanto.

— Ela está bem, não é? — consigo perguntar.

— Está. Na medida do possível. Como já é de seu conhecimento, foi uma cirurgia complicada para a idade dela. Vai ser preciso um acompanhamento mais intenso.

— Posso vê-la agora?

— Ela está na UTI, mas você pode ver pelo vidro — ele diz e aponta para o final do corredor.

— Certo. Eu vou.

Caminho tão ansiosa que mal respiro. Não gosto de pensar em vê-la assim, fragilizada. Vovó que sempre foi tão ativa e alegre...

Sigo as placas, passo por uma catraca e pego um crachá com a recepcionista. Depois paro diante da vidraça de onde posso ver vovó em uma cama de frente para mim. É terrível. Ela está entubada, parecendo ausente.

A possibilidade de perdê-la sem antes dizer o quanto ela é importante para mim me angustia de uma forma tão intensa que não consigo explicar. Agora, penso em todas as vezes em que decidi ficar em casa vendo um seriado na tevê em vez de ir ao programa de domingo em família. Penso em como sempre prometia levá-la para jantar no meu apartamento e nunca o fiz. E, ainda assim ela ainda sorria e dizia "tudo bem, querida, posso levar a sobremesa" quando eu prometia de novo.

De repente vejo minha imagem refletida no vidro. Que tipo de pessoa eu sou, afinal? Fito meus próprios olhos. Eu não cuido tão bem das pessoas que me rodeiam. Não saio para fazer compras com mamãe há anos e sei como ela adora a minha opinião sobre roupas. Papai vive me convidando para seus recitais de poesia e eu sempre invento uma desculpa para não ir. Como se o mundo pudesse parar e ficar me esperando. Como se eles fossem ficar ali para sempre até que eu resolvesse ter tempo.

Estou parada com os olhos cheios de lágrimas. Os braços caídos ao lado do corpo. Eu me sinto tão mal por tudo. Principalmente por ter sido preciso acontecer uma coisa dessas para que eu enxergasse ao meu redor.

Estou tão compenetrada, olhando para dentro de mim mesma que não o vejo se aproximar. Sinto sua mão segurando a minha e uma onda de calor reconfortante me inunda.

Olho para Igor refletido ao meu lado... Dou de ombros. Ele dá um sorriso de canto de boca, como se conseguisse ler meus pensamentos. Volto meu olhar para vovó e ali ficamos parados, de mãos dadas, pelo que me pareceu uma eternidade.

35

Vovó está bem melhor. Depois de alguns dias no hospital, os médicos a liberaram para ficar em casa recebendo os cuidados da família. Mamãe está bem obcecada com a alimentação agora e está inventando cada vez mais receitas light.

Bato na porta do quarto e abro devagar.

— Entre, querida! — vovó diz, deitada na cama.

Sorrio para ela e me aproximo.

— Está se comportando bem, Dona Stella? — eu digo e sento à beira da cama.

— Claro! Com exceção das noites de dança e bebedeira... — ela ri.

Meneio a cabeça. Só a minha avó para achar que um infarto não é nada demais.

— Mas tem que se cuidar, vovó. Nada de fazer extravagâncias! — pisco para ela.

— Nem tem como! Sua mãe se transformou em uma verdadeira ditadora! Nem um bolinho ela quer me deixar bater!

— Oh, vó... — eu me sento mais perto e acaricio seus cabelos branco-

-azulados. — É só por um tempinho...

— É. Eu sei — ela segura minha mão e beija. — Mas conte-me sobre você. Por que está triste?

Afasto-me um pouco. Como ela pode saber?

— Eu não estou triste! — meneio a cabeça. — Que ideia!

Vovó bate com a mão na cama pedindo que eu me aproxime. Obedeço.

— Querida, por que você não se deixa viver? Eu a vejo sempre morna. Ah, essa mania dos jovens de achar que a vida é muito longa... Se eles soubessem... — ela está dizendo e eu me remexo, desconfortável. — Deixe-se levar! Seja quente ou até fria, mas morna... Morna não.

Sinto-me estranha.

— Pegue uma coisa para mim — ela aponta para o armário.

Levanto e vou até lá.

— Onde? — pergunto diante das portas.

— Aí no meio. Na parte de baixo — ela diz. — Essa caixa.

É uma caixa de madeira, antiga, coberta com tecido.

— Pronto — coloco em cima da cama.

— Abra, por favor — ela diz e dá um bocejo. — Ah, esses remédios me deixam tão sonolenta.

Olho para a caixa coberta com um tecido floral, levanto o ferrolho e abro. Vovó está se ajeitando na cama. Tem um monte de fotografias e papéis. Seguro uma foto em preto e branco — a maioria delas é assim — em que ela está vestida de noiva, segurando um buquê de margaridas e vovô está ao seu lado, sorrindo. Eles têm no rosto aquela mesma expressão que vi em Fátima quando falava sobre seu marido. A mesma expressão que o casal da mesa ao lado exibia enquanto conversava. A expressão do amor.

— Seu vestido estava lindo, vovó — digo e olho para ela que já está ressonando.

Puxo mais uma foto. Nela vovô está segurando uma lagartixa e vovó parece horrorizada. Não era comum tirarem fotos assim antes. A maioria era cheia de pose. Mas me lembro de que uma vez ela me disse que vovô tinha a fotografia como um hobby e que juntou meses de dinheiro para comprar aquela câmera.

Por isso, encontro mais e mais fotos ao natural. Como uma foto de mamãe com uns 5 anos de idade, vestindo um avental e mexendo uma panela em cima de uma cadeira. Depois, retiro um diário com as páginas amareladas de tão velho.

Domingo, 11 de agosto de 1946

Querido diário,

Hoje eu nem estava com vontade de ir à missa, mas papai me obrigou. Estava quente e ainda assim tive que usar aquele vestido horroroso e cheio de laços que mamãe comprou no ateliê de Dona Arminda Sanchez.

Doutor Tavares estava lá com seu filho. Ah, como Jorge Almir é irritante com aquele paletó todo engomadinho e cheirando a perfume francês.

Mas papai quer que nossa família seja amiga da família do Doutor Tavares e vou ter que aguentar isso. Mamãe faz com que eu e Nara nos vistamos igual às moças da alta sociedade e eu detesto isso. Eu queria usar calças!

Depois do almoço, Jorge Almir disse que seria um grande advogado e ficaria mais rico que o pai. Eu disse a ele que eu é que seria. Aí ele deu uma gargalhada e disse que mulheres não iam para a faculdade. Eu quis jogar sobremesa na camisa engomadinha dele, mas me levantei e vim para o meu quarto.Pois papai me jogaria numa masmorra se eu fizesse isso.

Eu rio e abro outra página mais para frente.

Quarta-feira, 24 de dezembro de 1947

Querido diário,

Nara e eu fomos ao ateliê de Dona Arminda buscar nossos vestidos de Natal. Nós fomos convidados para a ceia na casa do Doutor Tavares. Meu vestido estava lindo, marcando a cintura e os seios — coisa que papai não aprovou muito — e tinha uma ampla saia rodada. Jorge disse que eu estava parecendo uma boneca, mas não gostei. Eu queria parecer uma mulher, não uma boneca!

Depois da ceia, o Sr. Hildegard foi ao piano, como sempre. E tocou o sucesso de Nat King Cole, 'I love you for sentimental reasons' e Jorge Almir me convidou para dançar. Eu disse que não sabia. Estava com vergonha. E também acho que papai não iria gostar muito, apesar de ser tão amigo da família Tavares. Aí ele saiu e convidou Amelinha, a moça que eu mais detesto nesse mundo todo, e ela aceitou.

Foi extremamente deselegante da parte dele. Deveria ter sido mais educado e não ter dançado com ninguém. Depois, veio falar comigo, mas fingi que estava com dor de cabeça e pedi à mamãe para irmos embora.

Nunca mais quero falar com Jorge Almir! Eu o odeio!

Quarta-feira, 28 de junho de 1950

Querido Diário,

Sei que tenho abandonado você, mas hoje preciso escrever. Já faz seis meses que Jorge Almir viajou para o Rio de Janeiro e acabei de escutar Dona Gilda Tavares dizer que ele está vindo para as férias de julho. Nunca pensei que fosse sentir tanta falta dele. Eu nem gostava daquele seu jeito todo engomadinho!

Mas desde que ele foi embora, tenho me sentido triste. Nem as partidas de gamão têm sido as mesmas. Aliás, nem tenho mais vontade de jogar.

Quando Jorge Almir foi embora, nossa família foi até a rodoviária para se despedir. Eu estava segurando a vontade de chorar, mas quando vi todas as malas sendo guardadas, senti uma lágrima escorrer e logo cocei o olho, fingindo ter entrado poeira.

Ele cumprimentou todo mundo e eu fiquei por último. Aí ele se aproximou, beijou minha mão e me deu um abraço. Foi então que a coisa mais assustadora aconteceu. Por uma fração de segundos senti vontade de beijá-lo. E como se não bastasse, sempre que fecho os olhos e penso nisso, a vontade volta. O que será?

— Vovó! — eu digo quando percebo que ela está acordada, olhando para mim. — Desculpe. Eu acabei lendo... — levanto o diário.

— Não tem problema, querida — ela sorri e bebe um pouco da água que está na mesinha de cabeceira.

— Eu sempre achei que a senhora tivesse conhecido o vovô em um baile...

— Não. Foi no baile de formatura que ele me pediu em casamento. Quer dizer, eu pedi! Eu me declarei para ele — ela pede a caixa e eu a entrego. — Olha como ele era todo engomadinho! — ela diz, retirando uma foto dos dois. — Foi nesse dia que eu disse que gostava dele e que sabia que ele gostava de mim. E que se ele não aceitasse se casar comigo, eu iria para o convento das freiras carmelitas.

— Que intimação! — digo, surpresa.

— Hora da sopa! — mamãe interrompe, entrando no quarto com uma bandeja.

— Droga! — vovó bufa.

— Bom, eu preciso ir agora — me levanto. — Tenho um compromisso inadiável!

36

Assim que entro na Le Lis Blanc, avisto Fátima segurando um vestido estampado bem colorido. Aceno para ela, que vem, animada, em minha direção.

— Oh, Sarah! Obrigada por ter vindo! — ela diz com seu modo extravagante, me dando um abraço e beijinhos.

— Não há o que agradecer. É um prazer — respondo.

— Gostei de umas coisinhas. Quero te mostrar! — ela diz e me puxa para as araras. — Esse... — ela segura um vestido azul-turquesa todo colado, com mangas bufantes. Vai combinar com meu chapéu de plumas de pavão! — acrescenta.

Eu rio. Fátima só pode estar brincando. Chapéu de plumas de pavão?

— Mas Fátima... Essa festa... Você vai usar chapéu? — estranho.

— Sim! — ela diz, entusiasmada.

— Mas não é à noite?

— É. Mas o tema da festa é a realeza britânica! Vai ter até encenação do casamento real.

Quero rir. Essa alta sociedade tem cada uma...

Ela abre a bolsa e retira, com cuidado, um envelope de dentro de um saquinho plástico.

— Veja... — e me mostra o convite. — As damas devem usar chapéu ou *fascinator* — ela lê em voz alta.

— Ok. Entendido! — bato continência. — Vamos encontrar o vestido mais lindo para você homenagear a família real! — eu rio e toco seu ombro.

Caminho até a arara dos beges e ela coloca a mão na testa.

— Lá vem você com essa mania de bege!

— Você quer ser a mulher mais chique da noite? — pergunto.

— Tá bom! — ela fala alto e dá uma risada exagerada. — Pode escolher.

— Vamos escolher em conjunto, tá?

Encontramos uns vestidos bonitos e discretos. Eu, particularmente, gosto mais de um azul-marinho em seda e renda francesa.

— Acho esse perfeito, Fátima! — digo quando ela sai do provador. — Caiu tão bem no seu corpo...

— Você acha mesmo? — ela dá um giro diante do espelho.

— Sim. Está lindo em você! — digo sinceramente.

— Então vai ser este! — ela avisa a vendedora, sem sequer dar uma olhada na etiqueta com o preço.

Depois, como de costume, vamos tomar um café.

— Já decorei a tabela — Fátima diz depois de dar um gole no seu descafeinado.

— Tabela?

— Sim! A tabela do seu amigo. Dos vinhos! — ela diz. — Argh! Essa coisa não tem gosto — seu rosto se retorce em uma careta e ela afasta a xícara.

— E por que você está tomando? — pergunto.

— Ah, vi numa revista que uma atriz famosa só toma descafeinado. Deve ser chique, né? — ela fala alto.

— Bobagem... Elas também dizem que são a favor do parto normal, mas quando sentem a primeira contração, não hesitam em pedir uma cesárea.

— Eu quero tanto me sair bem nesse evento, Sarah... — ela murmura com os olhos suplicantes.

— Fátima, você vai se sair bem — tento animá-la, mas não tenho certeza disso. — Olha, tem uma coisa... — começo a dizer. — Eu, particularmente, acho que as pessoas deveriam demonstrar sua alegria e tudo o mais. Mas as mulheres da alta sociedade acham chique falar de forma mais suave, entende?

Fátima franze a testa, processando a mensagem.

— Hum... Mais suave assim? — ela faz uma voz de telessexo e eu quase engasgo.

— Não exatamente. Vamos ver... Diga algo como: que festa magnífica! — faço a voz mais suave possível.

— Que festa magnífica! — ela diz alto e sorrindo, gesticulando, balançando os braços para o alto.

— O que eu quero dizer é que essas pessoas preferem se conter, entende, Fátima? Fazem uma cara do tipo sem mexer muito os músculos da face. Um sorriso assim... — arqueio os lábios levemente. — Sem mexer os braços. Tente segurar a bolsa e, no máximo, pouse a mão levemente sobre o peito.

— Ah! — ela parece ter entendido. — Que festa magnífica... — Fátima diz da forma mais delicada que consegue. — Entendi, Sarah! Tem que sorrir sem mostrar os dentes!

— Isso! — junto as mãos e bato palmas sem fazer barulho.

Fátima repete o gesto.

— Vou anotar isso — ela tira da bolsa um bloquinho Louis Vuitton. — Não pode bater palmas fazendo barulho.

Estou sorrindo. Que aluna aplicada ela é. Até me esqueci do tempo e vejo que estou atrasada para o trabalho. Eu disse a Nestor que estava visitando um cliente. Não deixa de ser verdade.

Igor está concentrado em seu computador. Largo minha bolsa na mesa e vou até sua baia para dizer que a tabela que ele fez para Fátima deu certo. Estou tão eufórica que chego sorrindo.

— Você não faz ideia do quanto me diverti agora há pouco... — começo a dizer quando percebo que ele não estava trabalhando.

Igor está vendo um e-mail sobre um cruzeiro para Fernando de Noronha.

— Um cruzeiro? — estranho.

— Ah, é... Um cruzeiro. Renata tem muita vontade de ir a Fernando de Noronha... Ela mandou o e-mail.

Estreito os olhos.

— Mas você enjoa em navio! — argumento.

Ele fica em silêncio. Não acredito que ele vai viajar de navio com ela. Qual é? Ela quer que ele se transforme em outra pessoa. Será que ele não vê?

— Posso tomar alguma coisa para o estômago — ele diz.

Tento esconder minha indignação.

— Mas, de todo o jeito, esses navios não são muito confiáveis. Lembra daquele caso que passou um dia desses na televisão? Um navio ficou sem energia por três dias e foi um caos total — lembro.

— A probabilidade de isso acontecer é mínima. De quantos casos como esse você já ouviu falar?

Titubeio.

— É... Na verdade... Não estou bem lembrada — volto para a minha mesa.

— Ei, mas o que você ia me dizer antes? — ele se levanta e se apoia na divisória baixa entre nossas mesas.

— Hã? Nada demais.

Não consigo parar de pensar nesse cruzeiro. Não entendo por que estou tão preocupada. Eles são namorados e casais fazem coisas idiotas do tipo cruzeiros românticos. Estranhamente, percebo que o que me incomoda é o fato de ele abrir mão de uma coisa em favor dela.

"Você ficaria surpresa com as coisas que a paixão faz", Harry disse para Sally em *Harry & Sally*. Então, Igor está apaixonado por Renata?

37

A secretária de Bruno disse que ele voltaria hoje. Por isso, resolvo telefonar. Não dá para manter as coisas como estão.

— Onde você está? — pergunto, incisiva.

— Sun... Eu quase morri de saudades... — ele começa.

É maluco, mas isso não me comove mais. Há algum tempo eu tremeria ao ouvir.

— Onde você está? — insisto.

— Em casa. Por quê? — posso vê-lo desarrumar os cabelos. — Você está bem? Olha, desculpe por aquele dia. Eu deveria ter ficado até o final do filme, mas...

— Ok. Não se desculpe. Vou até aí agora para conversarmos — digo, ansiosa.

— Não! — ele diz prontamente e depois pigarreia. — Não dá. Você sabe... O Daniel... Temos um acordo. Eu adoraria tê-la aqui, sabia? Já tive até umas fantasias sobre nós dois... na mesa da cozinha...

Meu Deus! O que está acontecendo comigo? Antigamente eu adoraria estar com ele na mesa da cozinha ou em qualquer outro lugar esdrúxulo. Mas agora eu só penso sobre como ele é clichê!

— Bruno... Então vamos sair e conversar — tento ser paciente.

— Princesa... Agora não posso. Nós estamos discutindo um projeto novo de um cliente importante. Além do mais, hoje é aniversário do filho dele. É o tempo que nós temos para trabalhar um pouco, sabe? — ele diz, baixinho.

— A que horas poderemos?

— Hoje à noite passarei na sua casa. Sem falta. Eu juro!

— Ok — digo, chateada.

Flora confirmou minha consulta de hoje. Tem tantas coisas embaralhadas na minha cabeça que não sei se vou conseguir algum sucesso com Glória. Mas, ainda assim, pego a bolsa e saio.

É sempre difícil encontrar vaga para estacionar por perto, o que, algumas vezes, acaba me fazendo desistir da consulta. Mas hoje, especialmente, há uma vaga na frente da clínica. Como se fosse uma coisa predestinada a acontecer.

— Oi, Flora — eu digo quando entro e me sento, buscando logo uma revista para passar as folhas sem sequer olhar.

— Oi, Sarah! Vou avisar que você chegou — ela diz e faz uma ligação. — Prontinho. Daqui a pouco ela vem te buscar.

Ela vem me buscar para não ter o perigo de eu fugir?

— Humrum — assinto.

Mal dá tempo de passar uma revista inteira, Glória aparece.

— Vamos? — ela diz e dá um sorriso tranquilizador.

Eu me levanto e a sigo para a famosa "sala do destrinchamento de mistérios do meu eu confuso".

— Como você está? — ela pergunta e eu vou deitando no divã.

— Argh... — passo as mãos pelo meu rosto, puxando a pele ao redor dos olhos para baixo. — Confusa!

Ela faz um gesto com a boca, esticando os cantos, esperando que me explique melhor.

— Criei um mundo fantástico e feliz bem pertinho de mim — começo. — Nesse mundo tinha um príncipe que virou... — eu bufo. — Virou um sapo! Mas não enxerguei por tanto tempo!

— Você chegou a essa conclusão agora...

— Não exatamente. Acho que já faz um tempo — hesito em dizer. — Eu é que não quis enxergar. Ficava fechando os olhos para as coisas. Achava que o amava. Mas não sei mais se o amor é assim, entende?

Glória assente com a cabeça.

— Sempre achei que o amor fosse instigador, e não tranquilizador — me pego dizendo. — Achava que amar era sempre sentir que faltava alguma coisa, sabe? Tipo você achar que é feliz, sentir frio na barriga e tudo mais, mas nunca deixar de ter aquela pontinha de insegurança. Como se aquela pessoa fosse desaparecer a qualquer momento e você precisasse estar o tempo todo correndo atrás dela, fazendo coisas para segurá-la.

— Então, agora que você chegou a essa conclusão...

— Agora eu estou completamente perdida! — roo as unhas. — Construí um mundo feliz que não existe. Nunca vai existir assim. Não sei o que fazer. Eu poderia tentar transformá-lo nisso, mas acho que não vou conseguir porque... — paro por alguns segundos. — Porque o sapo é incompatível com esse mundo.

Bruno nunca vai se encaixar na minha nova definição de amor. Ele não me deixa tranquila, não gosta das coisas que eu gosto, não me deixa segura. Ele nunca vai fazer coisas por mim sem que eu tenha certeza de que não é um grande sacrifício. Com ele nunca vou sentir que minha padaria preferida não vai mudar de padeiro, como vovó disse. Nunca terei a certeza de que amanhã as coisas estarão bem... De que haverá amanhã...

— Acho que podemos discutir melhor isso na próxima sessão — Glória diz e olho para o relógio de parede com a surpresa de sempre.

Já acabou.

Antes de voltar para o trabalho, vou à CandyCandy encontrar Fátima. Hoje é o grande dia e ela está meio nervosa. Quando aponto na porta, fico totalmente surpresa. Fátima está sentada, mexendo um café. Está vestindo um terninho rosa chá e suas unhas, geralmente pintadas de vermelho, estão clarinhas. Em vez de brincos e colares exagerados, ela usa pérolas e uma gargantilha fininha com um pontinho de luz.

Eu me aproximo, gesticulando com a boca um "uau" e ela sorri, mas não é a gargalhada de sempre.

— Nossa! Você está ótima! — eu digo quando chego à mesa.

— Oh, obrigada — ela leva a mão ao peito e diz com uma voz suave.

— Aprendeu direitinho, hein?

— Estou tremendo por dentro! Será que vão me achar natural? — ela pergunta.

— Você está ótima. Juro! — estou dizendo quando vejo Daniel entrar, indo direto ao balcão. — Ah, meu deus.

— Que foi? — Fátima estranha.

— Espere um segundo — eu me levanto e vou até lá.

Daniel está segurando uma sacola da Brinquedolândia.

— Oi, Daniel — cumprimento.

— Ah, oi! Há quanto tempo! — ele diz e estende a mão. — Você está à frente do projeto da nossa agência, não é?

— Sim! Estou! Bruno disse? Nunca vi você por lá...

— Na verdade, Greta me disse — ele paga os bolinhos e a moça vai preparar a embalagem. — Acho que nunca nos vemos porque estou morando fora. Estamos abrindo uma filial em Salvador.

Como assim ele não mora aqui? Ele e Bruno não dividem apartamento?

—Ah... — solto, constrangida. — Entendo... Então você está aqui para o aniversário do seu filho... — olho para a sacola de presente.

Ele a levanta.

— Meu filho? Não, não! — ele ri. — Não tenho filhos. Esse daqui é para Breninho. Não sei se você sabe... Filho do Bruno.

Filho do Bruno? Filho do Bruno? Quê?

— Acho que você não sabia ainda, né? — ele continua. — A situação entre vocês durante esse projeto deve ter sido bem tensa.

Ainda não consigo dizer nada. Estou chocada. Paralisada.

— Desculpe, preciso ir. Estou atrasado — ele se despede.

— Tudo bem — forço-me a dizer.

Daniel sai da loja e eu caminho lentamente até a mesa onde Fátima ainda me espera. Não posso acreditar que fui enganada outra vez! Um filho? Isso é muito pior do que qualquer coisa que eu pudesse imaginar!

— O que houve? Você está pálida! — ela diz, preocupada. — Querida, sente-se. Vou pedir uma água.

— Não. Não posso sentar — digo, pensativa. — Preciso seguir aquele cara.

— Como assim? — ela estranha.

— Preciso segui-lo — pego minha bolsa e vou correndo.

— Calma! Vou com você! — ela joga umas notas em cima da mesa e me segue.

Vejo Daniel entrar em um Jipe branco e aponto.

— É aquele!

— Entre no meu carro! Você não tem condições de dirigir — ela diz e aciona o botão que libera as travas.

É como em um filme. Fátima abre o porta-luvas e tira uns óculos Prada enormes.

— Use isto! — ordena. — Temos que fazer direito.

Eu a obedeço e nós o seguimos. Durante o percurso, conto toda a história e Fátima diz que se eu precisar de ajuda para dar uma surra nele, ela poderá usar os seus saltos afiados. Daniel para na entrada de um condomínio horizontal, em um bairro distante do centro. Ele se identifica e entra.

— E agora? — pergunto. — Como vamos entrar?

— Deixe comigo! — ela diz e, depois de alguns minutos, nos aproximamos. Fátima abre o vidro.

— Olá, amigo!

— Opa! — o porteiro coloca a cabeça para fora da guarita e admira o carro.

— Viemos ver o imóvel que está à venda— Fátima mostra uma casa com placa de imobiliária. — Minha corretora disse que não vou me arrepender. Será? — ela aponta o indicador para mim.

— Ah, certo doutora! — ele diz e abre os portões. — É uma casa linda mesmo.

Fátima dá um sorriso resplandecente para ele e em segundos estamos no condomínio. Ela não é o máximo?

—Você é ótima, Fátima! — eu rio, ainda que por dentro esteja muito nervosa.

— Que é isso, querida! Você tem me ajudado tanto... Não foi nada.

Fátima dirige pelas ruas do condomínio procurando o jipe de Daniel.

— Ali! — ela aponta e eu estremeço.

Além do carro de Daniel, há muitos outros estacionados na frente de uma casa de estilo moderno, sem muros e com um gramado perfeito. Fátima para um pouco distante e ficamos observando algumas crianças correndo por perto.

— Acho que é uma festa infantil — ela diz e dirige até a rua perpendicular de onde podemos avistar o quintal.

Há mesas decoradas com bolas do Homem-Aranha, um pula-pula e a mesa do bolo.

— Ah, meu Deus... — coloco as mãos no rosto sem querer acreditar.

De repente vejo Bruno com um garotinho fantasiado de Homem-Aranha nos braços. Como ele pode mentir tanto? Como pude acreditar nele outra vez? Eu deveria saber que todas aquelas desculpas esfarrapadas escondiam uma coisa horrível. E a pobre esposa dele, provavelmente, acha que está casada com um santo. Ah, que ódio!

— Olha lá! Acho que vão cantar os parabéns — Fátima diz.

E é aí que vejo que, na verdade, a pobre esposa é a fulana com quem ele me traiu no passado. Fico atordoada. Eles estão casados?

— Você está passando mal? — ela pergunta.

— Estou atordoada com isso tudo. Como ele foi capaz de tanta canalhice? — meneio a cabeça, incrédula. — Essa mulher era a amante dele quando nós namoramos no passado.

— Cachorro! — Fátima diz com seu jeito naturalmente exagerado, deixando de lado toda a suavidade aprendida. — Vamos lá falar com ele! — ela tira a chave da ignição.

— Não! — grito. — Não... — seguro seu pulso e tento me acalmar. — Acho que não conseguirei falar com ele agora.

— Mas ele tem que saber que você viu tudo! Você tem que dar o flagrante! — ela bate no volante, indignada.

Olho para eles novamente. Agora as pessoas se acumulam em volta da mesa e ele, a mulher e o garoto se abraçam ao som de parabéns pra você.

Fátima dirige para mais próximo.

— Fátima! Não tão perto! — digo, assustada.

— Bobagem. Eles estão muito ocupados para perceber — ela diz. — Puxa, como ele pode trair você com essa mulher? Ela é ridícula. Parece um chihuahua com fome!

— Só você para me fazer rir numa hora dessas.

— Olha! Um Audi TTS! — Um garoto de uns 11anos grita e, de repente, outros se aglomeram ao redor do carro de Fátima, passando as mãozinhas sujas de brigadeiro e batendo na lataria, chamando a atenção de todo mundo.

— Sai daqui, Fátima! Rápido! — eu grito, nervosa, e ela liga o carro.

— Não dá! Eles estão na frente! — ela baixa o vidro. — Ei, seus pirralhos! Saiam da frente!

Ah, meu Deus! Ah, meu Deus! Encolho-me no banco, mas é tarde demais.

— Sarah? — ouço a voz de Bruno. — O que você está fazendo aqui? — ele pergunta, notadamente irritado.

Finalmente Fátima dá uma arrancada e saímos.

— Querida, mil desculpas. A culpa foi toda minha... — ela segura minha mão.

Respiro fundo, sentindo um turbilhão de coisas ruins. Angústia misturada com raiva.

Passamos pela guarita. Tento segurar as lágrimas, mas é inútil.

Fátima olha para mim, compadecida.

— Eu sinto tanto, Sarah. Você não merecia isso — ela diz e passa a mão pelo meu braço. — Vamos para algum lugar onde você possa se distrair.

— Não, Fátima. Obrigada, mas não precisa. Vou ficar bem. Além do mais, hoje é seu grande dia! Quero que você vá lá e arrase! — tento me animar.

Sinto o alerta vibratório do celular dentro da bolsa. Não posso acreditar. É Bruno, aquele idiota! Desligo.

— É ele? — ela pergunta.

— É...

— Cretino! — ela diz.

Bruno deixa diversas mensagens no celular, pedindo para que eu atenda. Mas eu chego em casa, tomo um banho demorado e me tranco no quarto. A campainha toca várias vezes, sei que é ele e não atendo.

Sun, pelo amor de Deus! Eu posso explicar.
Bruno

Aposto como pode.

38

É impossível esconder minhas olheiras. Telefono para Nestor e digo que não estou me sentindo bem para trabalhar. É verdade. Estranhamente, estou me sentindo pior do que na primeira vez em que Bruno me magoou. Não por ter sido uma sacanagem ainda maior, mas, principalmente, por eu ter me deixado enganar outra vez.

O fato de ter sido alertada só me deixa mais angustiada. É como se eu fosse uma criança que gostasse de brincar no bosque e caísse em um buraco, me quebrando toda. Depois de um longa recuperação, e por mais que as pessoas me avisassem, voltasse a brincar no mesmo lugar e caísse de novo no mesmo buraco.

Ligo a televisão e deito no sofá. Mas ainda que eu me interesse por algum seriado, não consigo deixar de juntar as peças do meu quebra-cabeça doloroso. Todas aquelas vezes em que Bruno dizia estar em reunião, ele estava com ela. Por isso, também, ele marcou a sessão de cinema na hora do almoço. É tão óbvio! Ninguém vai ao cinema nesse horário. Isso diminuiria o risco de sermos vistos.

Mas o que mais me dói, e essa é a parte mais difícil de admitir, é que eu me permiti passar por isso tudo por uma ilusão. Como quando Sally disse sobre Joe: "Eu gosto do que ele representa". É só isso. Eu achava que gostava de Bruno por ele representar algo que eu não podia ter. E agora eu não sei para onde ir. Como se eu estivesse no meio do arco-íris em busca do meu pote de ouro e escorreguei, caí e descobri que não existe tesouro algum.

A campainha toca. Não acredito que seja ele. Recolho os lenços de papel espalhados pelo sofá e jogo no lixo. Mas quando cambaleio até a porta e verifico pelo olho mágico, vejo que é Igor e não Bruno.

Corro para o banheiro e passo uma água no rosto. Depois penteio rapidamente os cabelos, sem entender por que, afinal, estou fazendo isso. É Igor! Ele já me viu nos meus piores dias.

— Oi — finjo estar bem.

— Oi — ele responde com os braços para trás.

— O que você tem? — ele vê meus olhos inchados e vermelhos.

Eu baixo a cabeça e me viro.

— Resfriado. Entra.

Nos sentamos no sofá e ficamos olhando para a Tv, embora eu não esteja prestando a mínima atenção. Olho para ele de soslaio. Eu nunca tinha percebido como seu maxilar se harmoniza perfeitamente com o formato do nariz.

— Você não está resfriada, está? — ele pergunta.

— Não — respondo sem encará-lo.

— Foi ele, não foi? — ele pergunta entredentes.

— Ah — dou um suspiro. — Não quero falar sobre isso.

— Eu sabia... — ele se levanta. — Eu sabia que ele iria fazer você sofrer de novo!

— É! Você sabia! Ok. Você sempre sabe de tudo — levanto, chateada. — Satisfeito agora? Você acertou!

Igor caminha até a janela e seu rosto toma uma expressão incrédula.

— Você acha que estou feliz de vê-la assim? — ele me encara.

Pisco os olhos freneticamente.

— Estou mal. Nesse momento, a última coisa que eu gostaria de ouvir é "eu sabia".

— Acho que é melhor eu ir embora — ele diz e vai até a porta.

— Vai... Vai lá pra sua vidinha perfeita. Vai brincar de casal feliz no navio — eu digo e me arrependo na mesma hora.

Mas quando consigo reagir já é tarde. Ele bate a porta e vai embora. Vou até a janela e o vejo caminhar até o outro lado da rua para pegar o carro. Bobo.

Já é fim de tarde e não fiz outra coisa que não remoer momentos ruins. Pensando bem, chego à conclusão de que sou a grande culpada. Eu sempre dou um jeito de estragar tudo. E, definitivamente, não é me trancando aqui em casa que as coisas vão melhorar.

Por isso, tomo um banho, visto uma roupa confortável e saio para tomar um café. E quando chego à frente do prédio, vejo Bruno sentado na calçada.

— Sun! — ele diz e se levanta.

— Ah, não! — eu dou meia-volta.

— Espera — ele segura meu braço e eu me solto bruscamente.

— Sai de perto de mim! — reajo cheia de raiva.

— Por favor... Eu preciso me explicar — ele insiste.

— Você quer explicar o que não tem explicação — solto uma risada irônica.

— Vamos entrar — ele segura meu cotovelo e eu faço outro movimento brusco e me solto. — Não vamos ficar discutindo no meio da rua.

— Por que não? Ah, é... Alguém pode ver a gente e ir correndo contar para sua mulherzinha.

Bruno está bem nervoso e passa as mãos pelos cabelos, afastando-os para trás e revelando uma calvície.

— Sun, por favor...

— Não me chame mais por esse apelido idiota — protesto.

Percebo que o porteiro está olhando, abismado, e que algumas pessoas estão se acumulando na rua ao nosso redor.

— Ok — bufo de raiva. — Vamos.

Nós subimos e, por sorte, há uma senhora no elevador. Seria terrível ficar com ele dentro de um cubículo por doze andares.

Abro a porta e faço um gesto com a mão para que ele entre.

— Pronto. Pode falar — digo, impaciente, e me posiciono do outro lado da sala, de braços cruzados.

— Sun... — ele estala a língua. — Sarah. Eu fui um idiota — ele diz, encolhendo os ombros e relaxando em seguida.

— Certo. Agora, por favor, conte uma novidade.

— Porra! Você não dá trégua! — ele diz, irritado.

— Você não merece trégua, Bruno! Deixei você subir e até agora você não me disse nada que eu já não soubesse. Aliás... — prendo os cabelos em um coque. — Não há nada que eu já não saiba.

— Ela engravidou naquele tempo... Há quatro anos... Não tive escolha. Eu vivo um inferno desde então.

— Ok. Acabou?

— Sun... Eu vou me separar dela. É você que eu amo. Vai ficar tudo bem, juro. E você me ama também. Eu sei.

Eu não o amo. Agora tenho certeza. Como pude achar que...

— Você está chateada. Eu entendo. Mas, por favor, me perdoe. Eu juro que esta foi a última vez em que menti para você.

— Tem razão. Esta será a última vez em que você mente para mim — vou até a janela.

— Que bom, minha princesa... Vou te fazer a mulher mais feliz deste mundo — ele se aproxima, todo meloso, e não consigo deixar de achá-lo um babaca.

— Impossível — eu digo, firme. — Nós não vamos ficar juntos. E você está errado: eu não o amo.

— O quê? — ele coça a cabeça atordoado.

— Eu não amo você — digo, olhando para o infinito.

— Você está fora de si! Eu compreendo — ele tenta me abraçar. — Vem cá que vou te mostrar o quanto damos certo juntos.

— Para com isso! — eu o afasto. — Eu idealizei você! Criei uma imagem de um cara perfeito pra mim, mas, na verdade, você nunca teve nada dele. Só isso.

Ele estreita os olhos sem entender e, de repente, todo os seus gestos se tornam tão ridículos que eu tento buscar na minha memória algum momento do passado em que as coisas foram diferentes, mas não consigo.

— Você queria se vingar de mim. É isso? — ele dá um soco na parede.

— Eu admito que pensei nisso antes... Mas agora... Definitivamente, nem me importo — dou de ombros.

Abro a porta e faço sinal para que ele saia. Ele aperta os lábios, muito irritado, se aproxima lentamente e antes de sair olha para mim e diz, com os lábios tremendo:

— Você ainda vai se arrepender disso, sua patricinha melosa!

Vai sonhando.

Ele bate a porta e sai.

39

— **Preciso que vocês selecionem** as melhores fotos de projetos nossos para o portfólio de final de ano — Nestor está dizendo para mim e Igor.

— Estou atolado, Nestor. Não dá para passar para outra pessoa? — Igor pergunta.

Ele não quer ficar perto de mim. Eu sei. Fui uma idiota dizendo aquelas coisas ontem e estou me sentindo péssima desde então. Já escrevi vários bilhetinhos de desculpas, mas nenhum parece digno dele. E nós mal nos olhamos hoje.

— Não. Preciso que você participe. Você sabe que confio muito na sua avaliação — Nestor responde.

— Ok — Igor concorda a contragosto.

— Então, vão para a sala de reunião que eu já pedi para Magda deixar as caixas com as fotos lá. Mas vão agora! Preciso disso com urgência.

Desligo o computador e me levanto. Estou tão nervosa que sinto o corpo tremer por dentro. Nem sei como começar. Isso vai ser bem difícil.

A sala está gelada e lamento por não ter trazido meu casaco. Sento no lugar de sempre e começo a mexer nas fotos. Igor ainda não chegou. Acho que vai dar um jeito de não vir.

Estou separando as fotos por estilo arquitetônico quando ouço o ranger da porta. Meu coração acelera. Ele passa por mim e sinto seu perfume. Mas, em vez de sentar ao meu lado, como de costume, ele se senta de frente para mim.

Percebo que se eu não começar a falar, ficaremos a manhã inteira em silêncio.

— Estou separando por estilo arquitetônico — aponto para os montes na mesa. — O que você acha? Tem alguma outra ideia? — puxo assunto.

— Pode ser assim — ele diz, frio.

Olho nos seus olhos, mas ele desvia e começa a tirar fotos da caixa e colocar nos montes. Ficamos assim por alguns minutos. Isso está me matando.

— Lembra dessa? — mostro a foto de uma mansão. — O cara queria colocar ouro em todo canto. Lembra que ele nos fez pesquisar sobre torneiras folheadas?

— Humrum — ele responde sem me encarar.

Encho os pulmões de ar e depois solto.

— Olha, eu ensaiei mil coisas para dizer a você... Mil maneiras de pedir desculpas... Mas a verdade é que nada do que eu possa dizer vai mostrar como realmente me sinto — desabafo.

Ele solta as fotos sobre a mesa e olha para mim.

— Eu agi como uma idiota. Disse aquelas coisas para você e fiz parecer que me sinto mal por você estar feliz. Não é nada disso. Só estava muito chateada e, quando você disse que já sabia que eu iria quebrar a cara, me senti muito mal. Você estava certo o tempo todo. E não estou aguentando mais ficar nesse clima — sinto as lágrimas brotarem. — Você é meu melhor amigo. Desculpe... — minha voz sai embargada e não me importo de chorar de verdade.

— Sarah... — ele se levanta e vem para o meu lado, se abaixando para me abraçar, enlaçando meus ombros e encostando o queixo na minha cabeça. — É claro que eu te desculpo — ele diz, encostando o rosto no meu e me fazendo sentir uma coisa estranha. — Agora, para de chorar, sua boba — ele me beija na bochecha — eu viro meu rosto de leve e fito sua boca.

O que está acontecendo comigo? Estou com vontade de beijá-lo. Nós estamos tão perto e seu perfume está me deixando tonta. Mas é Igor. Nós somos amigos. Minha consciência grita. Meu coração dá cambalhotas. Minha cabeça gira. Sinto borboletas fazendo zum-zum-zum no estômago, a boca seca, as mãos suadas, a respiração curta.

Ele se afasta.

— Vamos continuar? — Igor diz e caio em mim, como se acordasse de um sonho. Um sonho bom.

Ele vai separando as fotos e eu o observo. A maneira como ele mexe a boca quando está concentrado, a ruga que se forma em sua testa quando está em dúvida, o jeito como apoia o cotovelo sobre a mesa e, com a mão, mexe no queixo quando está avaliando, isso tudo parece tão diferente. Mas diferente de um jeito encantador. Porque eu já o vi fazer isso mil vezes antes, mas nunca dessa forma. Como se eu usasse antes uma espécie de lente embaçada e agora o enxergasse de verdade.

— O que foi? — ele pergunta a me ver segurando a mesma foto há um bom tempo.

— Hã? Nada — eu rio. — Só estava pensando sobre como, às vezes, a gente vê as coisas de um jeito e depois tudo muda.

— É verdade. Como é que pudemos usar franjas nos sofás um dia? — ele mostra uma foto. — Isso é horrível! — e a joga para o lado como se fosse um bumerangue.

— E então? Como está a seleção? — Nestor entra na sala.— Nossa! Não fazia ideia de que fossem tantas — ele exclama ao observar as caixas repletas de fotos.

— Pois é — Igor diz. — Mas já temos alguma coisa.

Nestor se empolga e fica conosco até a hora do almoço.

Já passa de meio-dia quando Fátima aparece na frente do escritório. Sua aparência é ótima. Ela acena e eu entro no carro.

— Como você está, querida? — ela pergunta assim que me sento.

— Estou bem. Aliviada seria a melhor definição.

Mas, ao mesmo tempo, me sinto confusa. Não por causa de Bruno, mas por causa do que senti há pouco quando estava com Igor.

— Que bom! — ela dá a partida.

— Ei, mas me conta! Como foi a festa? — pergunto, curiosa. — Pela sua cara, aposto que foi ótima!

— Sucesso total! — ela solta a direção e faz uma comemoração com as mãos.

Ah, meu Deus!

— Eu fiz direitinho. Como você disse. Ah, meu vestido ficou perfeito! Eu quis tirar fotos com o celular para mostrar a você, mas achei que seria meio brega — ela diz e eu rio.

— Imagino que deva ter sido bem legal.

— E sabe o que mais? A anfitriã, Carmélia Aranha, você sabe, a *socialite* mais badalada da cidade, sugeriu que marcássemos um chá para que ela e as outras conhecessem a minha casa. Você precisa me ajudar! — ela quase grita, histérica. — A casa vai ficar totalmente pronta na próxima semana, não é?

— Sim. Semana que vem o marceneiro vai instalar os móveis e, por fim, aplicaremos o papel de parede.

— Ótimo! Seria pedir muito que você me ajudasse nos detalhes do chá? — ela cora as bochechas.

— Vai ser um prazer! — respondo.

Fátima pede uma salada com anchovas e eu a acompanho. Ela me conta detalhes da festa e de como está animada por conseguir, finalmente, entrar para a alta sociedade.

— Foi tão bom me sentir fazendo parte do grupo, sabe? Antes eu me sentia como o patinho feio entre elas. Agora é diferente. Elas me olham nos olhos, puxam assunto, riem das minhas piadas.

Enquanto ela fala, eu me lembro do que senti na sala de reunião. E quando faço isso, sinto a mesma taquicardia e o mesmo zum-zum-zum de borboletas no estômago.

— Você não acha? Sarah?

— Oi?

— Querida... No que você estava pensando?

— Eu? Em nada. Por quê? — pergunto quando percebo que preciso me esforçar para tirar o sorriso do rosto.

— Não sei, mas você parecia estar pensando em uma coisa muito boa — ela para e me analisa. — Você parecia... apaixonada.

Apaixonada? Não. Não deve ser isso. Imagina! Eu apaixonada por Igor? Ah, meu Deus... Será?

— Hum... Essa salada está uma delícia! — eu enfio o garfo na boca.

Fátima sorri e continua a comer. Nós terminamos e volto para o escritório. Fico ansiosa para encontrar Igor. Ansiosa por saber se sentirei a mesma coisa fora do clima da sala de reunião. Mas quando chego lá, ele não está.

Não consigo conter a decepção. Ligo meu computador e tento focar em um projeto novo, mas passo a tarde inteira verificando a entrada cada vez que alguém abre a porta. E, quando o faço, sinto como se houvesse um elevador dentro de mim.

— Está esperando alguém? — Magda pergunta quando eu me viro pela milésima vez.

— Hã? — digo, atônita.

— Você não tira o olho da porta — ela fala pronunciando as sílabas devagar.

— Ah... É só um pouco de dor no pescoço — giro-o para os lados.

— Sei. Quer um relaxante muscular?

— Quero. Obrigada — acho que estou precisando mesmo. Estou meio tensa com tudo isso.

Já é noite quando afasto a persiana para olhar pela janela. Igor não voltou e, pelo jeito, não virá mais hoje.

— O que houve, Sarah? — Nestor se aproxima. — Você nunca fica até tão tarde. Algum problema?

— Não! — quase guincho. — Problema nenhum! Queria terminar logo esse projeto — digo mostrando a tela do computador. — O da livraria.

— Certo — ele diz e se vira para sair.

— Nestor?

— Sim?

— Você sabe se... o Igor ainda volta hoje? — pergunto, nervosa.

É como se houvesse um letreiro em neon na minha testa dizendo "Eu acho que estou apaixonada pelo meu melhor amigo!".

Ele franze as sobrancelhas grossas e ajeita os óculos, retorcendo o nariz.

— Não. Ele pediu a tarde de folga. Precisava resolver alguma coisa sobre uma viagem com a namorada.

O quê?

— Ah! Certo. Só perguntei por que estava com uma dúvida no projeto — invento. — Mas tudo bem. Depois converso com ele — continuo a falar sem me controlar.

— Dúvida? Vamos lá! Eu posso te ajudar — ele apoia os cotovelos na minha mesa, fitando o projeto.

Merda!

Invento uma coisa sobre disposição das mesinhas do café e Nestor ainda diz que a resposta é tão óbvia que eu só posso estar muito cansada para não ver.

— Tem razão — pego minha bolsa e desligo o computador. — Amanhã eu continuo.

— Até mais, Sarah.

— Até.

40

Estou há mais de meia hora jogando roupas em cima da cama e não consigo escolher nada. Isso não é natural para mim. Normalmente não tenho dificuldades para me vestir. Sou extremamente básica.

O fato é que estou uma pilha. Não consegui dormir essa noite porque fiquei pensando sobre o que aconteceu na manhã passada. Relutei contra o que senti, argumentei e contra-argumentei comigo mesma. Não é possível que eu esteja apaixonada por ele. Nós convivemos por todos esses anos e só agora veio acontecer?

Pensando bem, nós sempre tivemos tantas coisas em comum... Somos arquitetos. Tá bom, isso não vale. Mas preferimos montanha à praia. Não gostamos de espaguete porque é nojenta a possibilidade de ficar com um fio de macarrão pendurado no canto da boca. Adoramos ver filme comendo pipoca e, para nós, café é tão essencial quanto passar o fio dental nos dentes depois de comer churrasco. Moramos no décimo segundo andar e, por causa disso, brincamos com a música "All Star", de Nando Reis.

Falando nisso, temos a mania de tentar decifrar o que há por trás das letras de música. Adoramos discutir filmes enquanto comemos pizza.

Nós dois já quebramos o braço direito aos 7 anos e achamos o máximo colocar o gesso. Flocos é o nosso sabor preferido de sorvete e odiamos passas e frutas cristalizadas. Ah, nós também odiamos panetone e peru, embora o Natal seja nossa festividade favorita.

Eu paro, chocada, diante do espelho. *Eu o amo. Ah, meu Deus! Como isso foi acontecer?* Por isso eu sentia um buraco no estômago sempre que o via com Renata. Por isso senti tanta falta de coisas que eu achava irritantes, como aquela mania de dirigir feito uma tartaruga.

Igor se encaixa em todas as coisas que eu, hoje, penso sobre amor. Ele é tranquilidade, segurança. E gosto de conversar com ele mais que tudo! Vovó disse que é assim que a gente sabe que encontrou alguém para toda a vida. Igor é a certeza de que a padaria da esquina nunca vai mudar de padeiro. Era ele o tempo todo e eu não via! Como pude ser tão cega?

Escolho, enfim, uma roupa e faço uma maquiagem mais legal. Estou me sentindo uma colegial, tentando ficar mais bonita para chamar a atenção do garoto ao lado.

De repente, minha agitação dá lugar a uma sensação de vazio. Ele está com Renata, e eles vão fazer um cruzeiro juntos. Isso me deixa completamente atordoada. Por que só agora chego à conclusão de que as coisas não são tão simples quanto eu havia pensado?

Dirijo lentamente até o escritório, sem me importar com as buzinas atrás de mim. Tem uma coisa martelando na minha cabeça: Renata, no cinema, disse que sempre achou que Igor fosse apaixonado por mim. Ela não diria isso do nada. Penso em todas as coisas que ele fazia por mim. Coisas de que hoje sinto tanta falta. Coisas que hoje ele faz por ela.

Ah, meu Deus! Freio, bruscamente, quase causando um acidente. Ele gostava de mim! Por que eu não percebi? De repente algumas situações fazem sentido, como o porta-retratos com a nossa foto em sua cabeceira, a maneira como ele ficava irritado quando eu falava sobre Bruno, sua paciência para assistir a *Sex and the city* comigo, mesmo sem gostar muito. Além do mais, sempre deixava que eu escolhesse o prato que iríamos comer no restaurante e não se importava em me escutar durante horas de madrugada quando eu ficava com insônia.

— Sua louca, vai aprender a dirigir! — alguém grita na rua.

Mas e agora? Agora que as coisas parecem tão claras, o que devo fazer? Será que é tarde demais? Ele tem namorada. Por mais que eu saiba que ela não é a pessoa certa para ele — nunca foi —, acho que não posso atrapalhar. É isso. Vou tentar me conter.

Não é irônico? Sempre achei que um dia, quando eu realmente soubesse quem era a pessoa certa, as coisas simplesmente aconteceriam como se fosse mágica. Mas agora que sei, é tudo tão complicado. Se ao menos eles estivessem mal, mas não. Estão planejando um cruzeiro romântico. Talvez ele realmente não sinta mais nada por mim.

Meu coração acelera à medida que os andares aparecem no monitor do elevador. Inspiro e expiro, tentando me acalmar. É isso. Eu consigo. Mas a minha pouca calma se esvai assim que entro no escritório e o vejo sentado à sua mesa.

Ah, meu Deus! Dou meia volta.

— Sarah! — ele me chama e eu paro.

Minhas bochechas estão vermelhas. Tenho certeza.

— Oi — eu me viro e sorrio, tentando esconder o nervosismo.

— Vamos continuar a seleção das fotos?

— Ah — eu me aproximo e largo minha bolsa na cadeira. — É, vamos.

— Espero você na sala de reunião — ele diz e sai.

Vou ao banheiro e levo um susto quando me vejo no espelho. Parece que fui picada por um enxame de abelhas. Minhas bochechas estão cheias de pontinhos vermelhos. Isso acontece sempre que fico muito estressada. Droga! Abro o meu estojo de pó e dou batidinhas com a esponja até que a vermelhidão diminua.

Depois, paro diante da sala de reunião e, ansiosa, giro o trinco da porta.

— Ei! Finalmente! — ele diz, rodeado de fotografias.

Dessa vez está sentado no lugar habitual, ao lado de onde costumo sentar. Afasto a cadeira um pouco e me sento, mas ainda dá para sentir bem o seu perfume e todas aquelas sensações vêm à tona.

Começo a mexer nas fotos em silêncio, quando ele toca meu queixo, virando meu rosto para si.

— O que houve com seu rosto? — pergunta. — Está vermelho.

Droga! Eu sabia que aquele pó era barato demais para ser bom.

— Acho que é alguma alergia.

— Hum — ele se volta para as fotos.

Quero me concentrar no trabalho, mas está quase impossível. Passo um bom tempo comparando duas fotos e não chego a nenhuma conclusão sobre qual é a melhor.

— Algum problema? — Igor me encara com a testa vincada.

Sim. Um grande problema. Estou completamente apaixonada por você e é bem difícil ficar ao seu lado e fingir que nada está acontecendo.

— Não — respondo e forço um sorriso. — Acho que preciso de umas boas horas de sono.

— Por quê? Não dormiu bem?

— É... Digamos que dona insônia me pegou essa noite — brinco.

Ele fica em silêncio, olhando para duas fotos. Depois me encara.

— Por causa dele? — e desvia o olhar.

Por sua causa, seu bobo! Por você ser perfeito para mim. E, especialmente, por eu não saber o que devo fazer agora que descobri isso.

— Não. Não foi por causa dele. E então... Ansioso para viajar de navio?

Ele dá um sorriso com o canto da boca.

— Ainda estamos avaliando a viagem — responde sem me encarar.

Sinto uma coisa ruim quando o ouço falar como se eles fossem um casal. Certo. Eles são um casal. Imediatamente, uma fala de *Harry & Sally* me vem à mente:

"O homem certo pode estar lá fora agora. Se não o pegar, alguém o fará. Vai passar o resto da vida sabendo que alguém está casada com o seu marido." Jess disse para Sally.

O homem certo estava ao meu lado o tempo todo. Mas eu insisti em não ver. Renata o pegou. Agora eu tremo só de pensar que podemos nunca ficar juntos. E vou passar o resto da vida pensando em como teria sido.

— Igor... — não me contenho.

— Oi? — ele se vira e eu sinto uma vontade absurda de abraçá-lo, beijá-lo e dizer que o amo de uma maneira que nunca pensei que pudesse amar alguém.

— Preciso te dizer uma coisa — crio coragem.

Mas, quando vou dizer, o celular dele começa a vibrar em cima da mesa, fazendo um barulho horroroso, cortando todo o clima.

— Espera um segundo? — ele diz ao verificar o nome no visor.

Retorço a boca.

— Oi, Natinha — ouço-o dizer enquanto caminha para a extremidade da sala. — Claro que posso — ela diz alguma coisa que o faz rir. — Eu também quero... Daqui a pouco eu saio para pegar você, tá?

De repente, percebo como estou sendo idiota. Eles parecem tão bem conectados que me sinto uma intrusa.

Ele se despede e volta a sentar.

— Você dizia... — ele começa.

— Nada, não — digo rapidamente. — Acho que vou continuar depois — largo as fotos.

— Sério?

— É... Sinto que vem uma enxaqueca por aí — esfrego os olhos.

— Melhor tomar logo um daqueles seus comprimidos mágicos — ele diz.

Queria um comprimido mágico que me fizesse desaparecer.

Começo a juntar as fotos para guardar.

— Deixa isso comigo — ele segura meu pulso. —Vá descansar. Eu falo com Nestor.

— Obrigada.

41

Vovó já está podendo sair de casa e decidi, finalmente, trazê-la para jantar comigo. Papai e mamãe estão animadíssimos, especialmente porque, para eles, convidá-los para a minha casa e servir qualquer coisa comestível significa que eu cresci.

Enquanto preparo a mesa, não consigo deixar de me lembrar de como me senti hoje de manhã ao ouvir Igor todo carinhoso com Renata ao telefone. Sabe como quando as coisas parecem ir bem, de certa forma, mas de repente vai tudo por água abaixo? Como se eu fosse a bruxa malvada que quisesse separar o príncipe da princesa. Como se eu tivesse direito adquirido sobre ele.

Estou sentindo uma inquietação gigante. Parece que meu coração está sendo espremido, torcido e retorcido. E só o nome dele fica ecoando na minha cabeça. Igual a uma obsessão. Eu o vejo em todos os lugares. No miniquadro negro pendurado na cozinha, que ele trouxe para que eu anotasse as coisas que estavam faltando. No DVD de *Harry & Sally* que está sobre a mesinha de centro, no livro de artes de sua autoria, que — ah, meu Deus — ainda não li a dedicatória.

Corro para o sofá e o agarro. Quem sabe não encontro a solução para os meus problemas... Mas na primeira página não tem nada escrito. Que estranho! Lembro-me perfeitamente de vê-lo escrever alguma coisa. Passo para a página seguinte e sinto um alívio.

À minha querida amiga,
Você sabe que faz parte disso tudo, não é?
Obrigado por estar aqui hoje.
Com carinho
Igor

Leio mais uma vez. Ok. Ele não disse que me ama. Honestamente, foi bem longe disso. Foi, na verdade, uma coisa muito de amigo e só. Mas, também, o que eu esperava? Ele estava ao lado da namorada. Talvez ele nem goste mais de mim mesmo.

É isso. Ele não gosta mais de mim e só me vê como amiga. E vou ter de lidar com isso. Vou ter de encontrar uma maneira de tirá-lo do meu coração e da minha cabeça. Preciso encontrar uma forma de desfazer essa coisa toda. É só voltar a ser como antes.

Mas como posso fazer isso?

Coloco o último talher sobre a mesa quando a campainha toca. Dá para ouvi-los antes mesmo de abrir.

— Nossa filha nos convidando para jantar... — ouço mamãe dizer. — Não é engraçado? Há alguns dias ela era só uma bebezinha que brincava de construir escadarias com nossas enciclopédias!

— Que simpático esse prédio, não é mesmo? — vovó diz.

— Olá! — abro a porta e os vejo sorridentes e perfumados.

— Olha o que eu trouxe! — papai empunha uma garrafa de vinho. — Da minha coleção especial — acrescenta.

— Obrigada, papai — pego a garrafa e lhe dou um abraço.

— Querida, você não tem um porta-sacos, não é? — mamãe pergunta já na cozinha, e quando vejo, já está pendurando um "puxa-saco" pintado à mão que não combina em nada com a minha decoração. Mas que importa? São meus pais e eu os amo. Eles só querem o meu bem.

— Vovó! Que bom vê-la de pé novamente! — eu digo e ela me beija a bochecha.

— Não fui eu que bati — ela me entrega um prato com um bolo. — Sua mãe não deixou. Mas espero que esteja bom. É o seu preferido: chocolate com coco.

— Ela não bateu, mas deu todas as ordens! — mamãe grita da cozinha, enquanto enfia minhas sacolas no porta-sacos.

— Obrigada, vovó! — sorrio.

— E então? Vamos jantar? — faço um gesto com a mão, mostrando a mesa que arrumei.

— Vou abrir o vinho! — papai diz.

Nos sentamos à mesa e eu sirvo o jantar. Eles parecem tão felizes que me pego pensando em por que não fiz isso antes.

Depois, mamãe serve o bolo e preparo um café. Vamos para o sofá e ligo a TV no jornal, porque papai gosta.

— Vai começar a novela... — mamãe sinaliza.

— Nem pensar! Essa reportagem é importante — papai retruca.

— Mas hoje é o casamento! — ela continua.

— Casamento? — pergunto.

— Na novela! — ela diz.

— Shhhh! — papai pede silêncio e se senta na ponta do sofá, apoiando os cotovelos nos joelhos.

— Não sei pra que ficar vendo essas desgraças! — ela diz e tenta roubar o controle remoto.

— Tá! Vamos entrar em um acordo — papai começa. — Só mais quinze minutos e eu coloco na novela.

— Nada feito. O casamento vai ser a primeira cena — ela faz um muxoxo.

Vovó está sentada em uma poltrona, vendo uma revista de arquitetura.

Eu me afasto da briga e vou lavar a louça. Enquanto isso, os observo de longe. Como eles podem implicar tanto um com o outro? Lavo primeiro as travessas e jogo os talheres em uma vasilha com água para ajudar a soltar a comida. Mamãe conseguiu colocar na novela e papai, agora, está ao seu lado, segurando sua mão.

— Eles parecem crianças — é vovó ao meu lado.

— Vovó! Nem vi a senhora se aproximar — eu digo.

Ela está segurando o livro de Igor e sorrindo.

— Querida, que bonito ele ter dedicado a você...

— O quê? — pergunto, sem entender.

— O livro! Ele dedicou a você! — ela repete.

— Ah, ele dedica a todo mundo que compra, entende? É na hora dos autógrafos. Ele aproveita e faz uma breve dedicatória para as pessoas — explico.

— Não estou falando disso — ela diz e franze a sobrancelha.

Do que ela está falando, então? Aperto os olhos, curiosa. Vovó se aproxima e abre o livro na página da dedicatória, antes dos agradecimentos.

— Veja — ela aponta. — Está aqui embaixo.

Leio pela primeira vez. Imaginei que fosse ter algo do tipo "Dedico este livro à minha família", mas não.

Seria mentira dizer que estas palavras não pertencem a
Alguém que me fez sorrir, sonhar, saber...
Rir... Viver... Estas palavras são de
Alguém que me fez amar...
Hoje, amanhã e sempre...

Fico parada por um segundo. Penso sobre o que ele quis dizer com aquilo. De quem são essas palavras?

Vovó está me encarando, perplexa. Como se eu não visse o que está óbvio, gritando em neon.

— Querida?

— Oi — olho para ela, tentando decifrar o enigma.

— Você não vê que você é essa pessoa de quem ele fala? — ela pergunta, incrédula.

— Por que a senhora diz isso? Ele não deixa claro! — respondo, querendo, com todas as minhas forças, que ela me mostre que estou errada.

— Olhe... — ela faz um risco vertical com o indicador sobre as iniciais das frases. — Você vê agora? S-A-R-A-H.

Meu Deus! Ela está certa! Releio o texto. Sou eu! Ele fez para mim!

— A senhora é um gênio! — exclamo tão empolgada que papai e mamãe se viram sem entender.

— Do que você está falando, filha? — papai pergunta.

— Vovó... É um gênio da culinária! — respondo.

— Isso é uma coisa que nós fazíamos muito! Chama-se acróstico. Seu avô vivia escrevendo coisas com as minhas iniciais — ela olha para o infinito, relembrando. — Eu sempre disse que você deveria dar uma chance a esse rapaz — vovó continua. — Ele é um pão!

Eu rio para ela. *Ah, como eu quero dar uma chance para nós dois...*

Assim que eles vão embora, pego o telefone e, nervosa, ligo para ele.

— Alô? — ele diz e meu coração começa a pular.

— Igor! — minha voz sai esganiçada. — Oi — eu respiro fundo e tento manter a calma, mas fico rindo feito uma louca.

— Oi, Sarah. Tudo bem?

— É. Tá tudo bem — eu digo. — Você... Você está em casa?

Ele ri.

— É claro que estou. Para onde você está ligando?

Ah, meu Deus! Que idiota que sou! Eu liguei para o fixo. Claro que ele estava em casa. Estou tremendo.

— Ah, é. Claro — rio de nervoso.

— E então... — ele diz, esperando que eu explique o motivo da ligação.

— Então... Estava pensando em passar aí para... — pigarreio. — Para devolver seu DVD!

— Meu DVD?

— *Harry & Sally.*

— Ah, não se preocupe.

— Não estou preocupada! Só pensei que a gente podia aproveitar e conversar um pouco.

— Tudo bem. Você vem agora?

— Por quê? Você está ocupado com... alguém? — pergunto e sinto o buraco do meu estômago aumentar de uma forma absurda.

— Não, não. É só que... Você vem de carro, não é? Eu sei que é perto, mas é meio perigoso vir a pé a essa hora — ele diz, preocupado.

— Hum. Tem razão. Vou de carro.

— Então, até já — Igor diz.

— Até...

Isso é muito difícil! Não sei por onde começar. Eu poderia chegar e dizer que descobri que o amo e que deveríamos ficar juntos. Mas não deve ser a melhor forma. Ele me ama. Vovó viu a coisa das letrinhas e disse que vovô brincava disso com ela e eles se amavam, então...

Estaciono da pior forma possível na frente do prédio de Igor. Não estou funcionando bem. Glória diria que preciso elaborar melhor essa ideia antes de tomar qualquer atitude, mas tenho pressa.

Entro no prédio e paro diante do elevador. Hesito antes de apertar o doze, mas um homem entra com seu bulldog e tenho pavor de cachorro, por isso, aperto o botão rapidamente e rezo para que chegue logo.

Fico tamborilando no DVD antes de tocar a campainha. "Você vai passar o resto da sua vida pensando que alguém está casada com o seu marido". Lembro de *Harry & Sally*.

Ding, dong.

— Ei! — Igor abre a porta e sorri.

Balanço o DVD e entro. Ele está usando uma camisa preta da Marvel e calças de moletom. Sua barba começa a despontar e eu o acho incrível assim.

— Quer beber alguma coisa? — ele vai andando para a cozinha.

Eu poderia beber alguma coisa que me desse coragem para falar.

— Pode ser. Vinho? — dou de ombros.

— Vinho não. Seus remédios para enxaqueca não combinam com vinho — ele diz.

Droga. Tinha me esquecido da enxaqueca inventada.

— Ah, é! A enxaqueca! — coloco a mão na cabeça. — Como pude esquecer? — eu rio.

— Um refrigerante? — ele pergunta.

— Humrum — aceito.

Não estou conseguindo me concentrar para pensar no que dizer, porque só consigo escutar o tum, tum, tum do meu coração.

Igor abre a geladeira, pega uma lata de refrigerante e serve dois copos. Depois, ele se aproxima e eu estremeço.

— E então? Ainda tem muitas fotos para analisarmos? Para o portfólio — eu pergunto e me sento no sofá.

— Acabei separando quase tudo e agora só falta a análise final. Fiquei meio que obsessivo por terminar logo.

Por que ele queria terminar logo?

— Ah. Nestor está todo empolgado com esse portfólio. Posso vê-lo todo feliz, levando para a gráfica — rio.

— É, ele está mesmo — Igor diz.

— Hoje meus pais e vovó jantaram lá em casa — mudo de assunto.

A verdade é que não consigo encontrar uma maneira de falar sobre nós dois. Não deveria ser tão complicado assim. Nós sempre falamos com naturalidade sobre um zilhão de coisas.

— Sério? E você cozinhou o quê? — ele se senta mais perto de mim, interessado.

— Penne! — eu digo e nós rimos. — Você se lembra da nossa fase "faça você mesmo"? Quer dizer, essa fase foi totalmente sua. Eu fui só a cobaia.

— Nada disso! Você fez questão de cortar as bolinhas da massa do nhoque e ainda quis fazer ondulações, que não deram certo, para ficar igual ao industrializado — ele corrige.

— A gente fez uma lambança na cozinha. Acho que encontrei massa de nhoque por lá uma semana depois.

— E quando a gente decidiu colocar papel de parede no seu quarto? Lembra disso? — Igor toca meu joelho rapidamente e parece que levei um choque elétrico.

— Claro que lembro! Quando começou a enrugar, eu chorei e você deu um jeito com o rodo. No final, ficou perfeito... Como tudo o que você faz — eu digo e ele para, me encarando.

Ah, meu Deus! Pode ser agora! Vou falar!

Igor está me olhando com um sorriso singelo no rosto. Ele está receptivo e essa é a melhor hora. Eu me levanto e ando até a porta da varanda.

— Igor... — começo. Parece que meu peito vai explodir. O sangue parece se acumular nas minhas extremidades e meu pescoço está pulsando forte.

— Oi?

— Eu preciso te contar uma coisa — respiro fundo, tentando me acalmar. — É uma história, na verdade.

Viro para olhar para ele, que está sentado no sofá, me encarando, sem entender.

— É uma história sobre uma garota que era muito feliz com as coisas que tinha ao seu redor, mas... Mas ela não sabia disso — paro e viro de costas outra vez. — Essa garota achava que a felicidade dela estava muito distante, em uma montanha de difícil acesso e cheia de perigos ao redor.

Viro para ele novamente. Sua expressão é de perplexidade total. Acho que ele está entendendo minha analogia, mas talvez não. Isso me deixa tão insegura... Por que não digo logo a verdade, sem artifícios?

— A garota descobre que a segurança dela estava tão perto e... — isso não está dando certo. — Não sou boa com histórias — esfrego os olhos. — Ah, Igor... A verdade é que eu amo você. Agora eu sei!

Ele se levanta e me olha como se nunca tivesse me visto.

— O quê? — ele aperta os olhos, sem acreditar.

— Eu... amo você... — digo, sem jeito. — Nós fomos feitos um para o outro! Nós combinamos em tudo. E quando você está perto eu fico sem conseguir respirar direito e meu coração quer saltar pela boca e fico querendo beijar e abraçar você para sempre! — quase perco o fôlego.

Ele se vira e anda até a porta, passando as mãos pelos cabelos. Depois ele quase volta, mas desiste. Na minha cabeça, ele iria correr e me beijar, como no cinema, mas a vida não é um filme.

Por favor, diga alguma coisa! Sinto que vou me transformar em pó se você não disser algo em dois segundos.

— Sarah... — ele diz, finalmente, quando somos surpreendidos pela campainha e ficamos em silêncio, nos encarando.

Igor abre a porta relutante após verificar o olho mágico. E, de repente, ela entra sorrindo, sacudindo os cabelos, como se fosse uma adaga fulminante cortando todo o clima.

— Amor! — ela se agarra a ele e lhe dá um beijo. — Ah, Sarah! Você estava aí! — e depois vem me cumprimentar.

Estou congelada. Igor também parece estar. Como se alguém tivesse dado pausa na cena e só Renata se mexesse, como uma intrusa.

— E aí? O que estavam fazendo? — ela pergunta.

— Eu já estava de saída — digo e vou até a porta, passando por Igor e sentindo a tensão ao seu redor.

Renata olha para nós dois sem entender.

— Tchau — me despeço sem olhar para trás.

O caminho para casa foi feito como se eu estivesse ligada no piloto automático. Sem pensar em nada, só sentindo a fenda no estômago crescer e doer.

Ele não disse nada. Isso não sai da minha cabeça agora que estou na minha cama, olhando para o teto.

42

Uma madrugada inteira se passou sem que eu conseguisse dormir. Igor não telefonou. Será que ele dormiu? Será que foi como se eu não tivesse dito nada e ele e Renata passaram uma noite romântica juntos? Essa possibilidade me deixa arrasada.

Eu poderia dizer a Nestor que minha enxaqueca piorou e não ir trabalhar. Mas não posso fugir para sempre. Aliás, preciso de uma resposta.

Ele me ama. Se escreveu aquelas coisas para mim, é porque me ama. Ele só ficou chocado por eu sentir o mesmo e, conhecendo-o como conheço, sei que ele pensaria sobre o assunto para só depois falar comigo. Igor não é impulsivo. Planeja tudo nos mínimos detalhes. Aquele metódico, irritante e perfeito.

Quando entro no escritório, as sensações de tremor e taquicardia que me acompanhavam desde cedo se intensificam. Ele está sentado diante do computador, mas posso ver que não está trabalhando. Eu me sinto estranha e ao mesmo tempo aliviada agora que ele sabe.

— Bom dia — eu digo e me sento.

— Bom dia — ele e Magda e o cara que conserta computadores respondem.

Guardo a bolsa no armário, preparo um café, ligo o computador, abro a caixa de e-mails, ajeito as canetas no copo, arrumo os papéis sobre a mesa, empilhando-os sem sequer olhar direito. Risco um borrão, obsessivamente, fazendo aqueles palitinhos dos antigos testes psicotécnicos. Faço várias linhas até que ouço um plinplin de mensagem instantânea e olho para o monitor.

Precisamos conversar. Mas não aqui (Igor).

Sinto um elevador subindo e descendo dentro de mim. Abro o serviço de mensagens e digito:

Pode ser no Grand Café...

Tamborilo na mesa e plinplin.

Ok. Encontro você lá na hora do almoço. Vou sair para encontrar um cliente."

Digito:

Certo. Até lá.

O resto da manhã foi só ansiedade. Imaginei um monte de coisas sobre como seria depois que estivéssemos, definitivamente, juntos. Pensei em Renata também. Como ele diria a ela? Como ela vai me ver depois disso? Mas depois pensei que eles não seriam felizes nunca, porque sou eu quem ele ama, e não ela.

Antes de sair, passo no banheiro, escovo os cabelos e retoco a maquiagem. Mas não sei se estou pronta para receber um não. E tremo só de pensar nessa possibilidade. Olho o meu reflexo no espelho. Será que daqui a alguns minutos eu serei a mesma?

Igor ainda não chegou. Então eu sento à nossa mesa de sempre, que fica de frente para a vitrine de cupcakes e da máquina de chocolate quente que ninguém nunca usa e peço meu milkshake de baunilha e um café expresso para ele.

— Espere! — digo ao garçom. — Vou mudar o pedido. Em vez do café expresso, traga um *cappuccino*.

Quero alguma coisa que o faça degustar e não beber rapidinho.

Fico estalando os dedos, nervosa. Quando ele aparece na porta, eu me sinto arrebatada. Como se estivesse em uma montanha russa que acaba de dar partida, me jogando para trás sem dó.

Ele vem meio sem jeito, meio rindo, meio sério. Nervoso, com certeza. Aí se aproxima para me cumprimentar e eu me levanto, mas é estranho. Minhas pernas estão tremendo e ele está tão tenso que a gente fica sem saber como fazer e o beijinho, que deveria ser na bochecha, acaba se atrapalhando e escorregando para o canto bem próximo da boca.

Depois ele se senta soltando o ar de uma vez.

— Já fiz os pedidos — tento quebrar o gelo.

— Fez? Obrigado — ele diz e recolhe as mãos para perto de si. — Sarah...

— Oi! — digo nervosa e ansiosa.

— Não consegui dormir essa noite — ele diz.

— Eu também não.

— Tudo o que você me disse ontem...

— Eu sei. Você não esperava — completo.

— Não. Não nesse momento.Por que você fez isso? — ele me encara.

—Como assim? Fiz porque você tinha de saber — respondo.

— Por tanto tempo... — ele passa as mãos pelos cabelos e olha para o teto. — Você não faz ideia do quanto eu esperei ouvir aquilo.

Fico parada, sentindo a tensão em meus ombros, aguardando que ele continue.

— Sempre esperei que você me visse como mais que um amigo, que você me... — ele dá um longo suspiro. — Mas agora... — ele parece atordoado.

Continuo olhando para Igor em silêncio, tentando decifrar em seus olhos alguma coisa além da decepção.

— Agora que eu já toquei a minha vida, você chega e diz que...

O garçom se aproxima com nossos pedidos e eu sequer provo do milkshake. A conversa está tomando um rumo totalmente desconhecido e inesperado.

— Você diz que descobriu que eu sou o cara certo?

— Você quer dizer que... — digo incrédula.

— Sarah, as coisas não são tão simples como você imagina. Tem outras pessoas envolvidas.

— Você não ama Renata! — eu digo, subitamente.

— E você? Será que me ama mesmo ou é só ciúme bobo?

— Do que você está falando? Não acredito que você acha que isso é um capricho meu!

— Então me diz — ele cruza os braços sobre a mesa. — Por que só agora? — seu maxilar treme.

Titubeio.

— Eu estava cega — assumo.

— Por que você descobriu que seu namorado não era perfeito? — Igor pergunta e eu me afasto na cadeira.

— Não só isso. Porque o que eu descobri ser amor não era o que eu tinha com ele! Não chegava nem perto. O conceito que eu tenho sobre amor, hoje, é o que sinto por você.

Ele fica em silêncio e eu o observo ansiosa. Sua expressão não me mostra exatamente o que vem a seguir e isso me deixa completamente desnorteada.

— Igor, desculpe...

— Não há do que se desculpar. Eu lutei tanto contra o que eu sentia... Quis tantas vezes te dizer, mas, sempre que eu tentava, você jogava um balde de água fria.

— Quando?

— Ah, Sarah... Pelo amor de Deus! — ele revira os olhos.

— Quando? — insisto.

— Na fazenda... Eu perguntei se ele se encaixava no seu perfil e você disse que sim.

Como fui tão idiota? Lembro exatamente da cena.

— Você disse à minha mãe que nós éramos como irmãos. Isso me matou por dentro — sua expressão se torna tão triste que tenho vontade de desaparecer pelo que fiz.

— Igor...

— Você acha que foi fácil para mim ouvir você chorar por um cara que nem a merecia? E ficar do seu lado, te dizendo que tudo ia ficar bem, quando, na verdade, queria que vocês dois nunca mais fizessem as pazes — ele explode. — E agora... Agora que eu já coloquei as coisas em ordem de novo, você chega do nada e diz isso tudo... O que você espera? Que eu simplesmente olhe para você e diga "meu amor, vamos casar?" — sua voz está cheia de ironia.

Eu nunca o vi falar assim antes.

De repente as cortinas se abrem e vejo claramente todos os elementos da cena. Estou desnuda, diante do público e sou tomada por uma onda de vergonha por ter, realmente, pensado que no meu mundo cor-de-rosa ele deixaria tudo para trás e ficaria comigo.

— Nós poderíamos ser felizes juntos — acabo dizendo.

Ele fica em silêncio. Nem tocou na xícara. Eu nunca tive tanto medo do que viria pela frente. *Por favor, diga que há uma possibilidade*. Quero gritar.

— É tarde — ele diz por fim.

— Você quer dizer que nós... Não... Vamos...? — pergunto, soletrando as palavras devagar.

Ele me olhou nos olhos e, por um instante hesitou, desviando o olhar. Mas, logo em seguida, me encarou e fez que sim com a cabeça.

— Desculpe, mas não dá — seus olhos estão marejados e eu também sinto que as lágrimas estão rolando pelo meu rosto.

Não era para ser assim. Estou chorando no meio do Grand Café.

— Sarah... — ele estala a língua nos dentes e toca minha mão.

Afasto-me abruptamente, levanto e enxugo o rosto.

— Acho que vamos nos atrasar — abro a bolsa, tirando o dinheiro.

Igor segura meu pulso.

— Deixe isso comigo.

Engulo seco.

— Não precisa — deixo o dinheiro sobre a mesa e saio sem olhar para trás.

43

A sensação que tive durante o resto do dia foi de impotência. Por um momento nós estivemos tão conectados que cheguei a pensar que as coisas dariam certo. Mas foi naquele segundo, naquele instantezinho como em uma pausa para respirar, que o trenzinho descarrilou.

E o que me deixa mais arrasada com relação a isso tudo é não saber. Não saber como seria se aquele instante não tivesse existido.

Agora a única coisa que posso fazer é tocar minha vida. Igor fez isso. Eu também posso. Não vou ficar me lamentando como uma garota boba. Eu descobri o amor. E isso foi maravilhoso, apesar de tudo. Não tem jeito. Um dia ele vai bater à sua porta e, por mais que você não abra ou queira fugir, quando menos esperar, ele vai alcançar você.

É uma questão de *timing*. Cheguei atrasada à estação e perdi o trem. Agora preciso mudar meu roteiro para chegar ao mesmo destino: a felicidade.

E ainda que as coisas não tenham saído como eu esperava, não matei o amor dentro de mim. Ele está aqui, impregnado. Correndo pelas minhas veias e fazendo meu coração quicar e sacolejar.

Assim que entro no escritório, procuro Nestor em sua sala. Tomei uma decisão: vou investir mais em mim e na minha carreira.

— Bom dia — eu digo. — Preciso conversar com você.

— O que houve? — ele faz sinal para que eu me sente.

— Nestor, estive pensando... É sobre aquele trabalho de prospecção nas construtoras. Na verdade, estava querendo fazê-lo.

— Sério? — ele pergunta, incrédulo.

— É. Acho que preciso desse desafio — sorrio.

— Sarah, isso é muito bom. Acho que isso abre para nós um leque de possibilidades — ele está sorrindo e as sobrancelhas grossas me parecem mais sutis. — Então... Quando você quer começar?

— Agora mesmo — respondo.

— Ok. Tenho uma lista de contatos aqui. Tem endereço, telefone e tudo o mais — ele abre uma pasta e retira um papel.

— Ótimo! — eu o pego e saio, evitando olhar para a mesa de Igor.

Terei de conviver com ele. Isso é fato. Mas não consigo, nesse momento, fingir que nada aconteceu. E, embora eu queira que ele seja feliz, confesso que ainda não me sinto pronta para assistir a isso de camarote. Preciso desse tempo para pôr a casa em ordem, como ele diria.

Antes de começar a visitar as construtoras, passo na casa de Fátima para acompanhar a aplicação do papel de parede. Ela está eufórica.

— Querida! — ela deixa de lado todas as aulas sobre como ser fina e grita da sala assim que me vê. — Está ficando lindo! — ela abre os braços e gira.

— Que bom que você está feliz — respondo.

— E o bege até que ficou bom, sabe? Assim, não enjoo facilmente — ela diz e estala os dedos. — Ah, você precisa me ajudar com uma coisa — Fátima segura minha mão e me leva até o escritório. — Estou em dúvida sobre o cardápio do chá.

— O que você está pensando servir? — pergunto.

— Sente-se! — ela aponta a poltrona Egg escolhida por nós. — Eu tinha pensado em vários tipos de biscoito e bolo. Você acha que eu deveria servir jantar?

— Não! É só um chá da tarde, não é? Acho que bolos, biscoitos finos, chocolate quente... Hum! Eu conheço um buffet muito bom.

— Oba! Então eu quero! Estou tão ansiosa para isso! Você precisa participar. Faço questão! — ela segura minha mão com força.

Dou um sorriso para ela, mas por dentro estou destroçada.

— O que houve com você? — pergunta.

— Acho que estou cansada.

— Não é só isso... Tem uma coisa nos seus olhos — ela diz e me encara como se estivesse me analisando. — Na verdade, falta uma coisa nos seus olhos. Cadê o brilho que estava aí da última vez em que nos vimos?

Fico estática, enquanto ela me decifra. *Como ela consegue?*

— O que aconteceu? Foi aquele canalha? Olha, se você quiser, a gente pode quebrar as pernas dele e fazer parecer acidente. Que tal? — ela arregala os olhos e dá um sorriso de dentes cerrados.

— Não é sobre ele — relaxo os ombros.

— Não? É sobre o seu amigo bonitão?

— Ei, como você pode saber? — estranho.

— Ah... É que eu sou muito... digamos... perceptiva — ela responde. — De qualquer maneira, acho que vocês formam um belo casal.

— Eu também acho. Mas ele não — dou uma risada irônica.

— Como não? Ele olhava para você de um jeito tão amoroso...

— Mas é tarde demais — dou de ombros.

— Nunca é tarde, querida! — ela tenta me animar.

Mas eu sei que é. Igor disse que era.

— Mas vamos falar sobre o seu chá! — mudo de assunto. — Você já fez os convites?

— Oh! — ela tapa a boca. — Não pensei nisso! Como pude não pensar nos convites?

— Isso a gente resolve rapidinho. Conheço uma gráfica muito boa. Eles fazem no mesmo dia — eu a tranquilizo.

— Então, o que mais?

— Já chamou uma revista para cobrir o evento? — pergunto, mas pela cara que ela faz, já sei que não.

— Não são eles que virão me procurar?

— Que nada! Você solicita. Além do mais, você precisa pagar para que eles publiquem algumas fotos.

— Pagar? — ela estranha. — Não é por causa do dinheiro, mas eu achava que as *socialites* fossem como celebridades.

Eu rio.

Depois que organizamos algumas coisas sobre o chá, verifico as horas.

— Fátima, preciso ir. Hoje começarei um trabalho bem cansativo de prospecção.

— Oh, tudo bem. Desculpe por ter-lhe prendido aqui — ela segura as minhas mãos.

— Não se preocupe. Eu estava trabalhando, lembra? — aponto para o papel de parede da sala. — Agora tenho mesmo que sair.

— Só uma coisa! Você sabe que pode contar comigo para o que der e vier, não sabe?

Quando ela diz isso, fico tão emocionada que preciso me segurar para não chorar.

— Conte comigo, sempre, também — digo e me aproximo para abraçá-la.

— Eu sempre me senti tão sozinha nesse mundo novo — ela ergue as mãos, olhando ao redor. — Agora tenho você. Uma grande amiga.

Agora estou chorando de verdade.

— Obrigada por me deixar fazer parte da sua vida. É muito bom ter você como amiga — eu digo e me vou.

44

Tenho feito uma média de cinco visitas por dia. O que tem deixado Nestor nas nuvens e me mantido afastada do escritório a maior parte do tempo. Não tenho visto Igor, porque quando apareço por lá, geralmente na hora do almoço, vou direto à sala de Nestor mostrar os números.

Ele se surpreendeu com a quantidade de contratos que fechamos e, como bônus, está me deixando livre de projetos. Estou completamente mergulhada no trabalho e, cada vez mais, ávida por mostrar resultados.

Abro minha pasta com os novos contratos e os entrego a Nestor.

— Estou surpreso! — ele diz e franze os lábios.

— Surpreso? — ele não achava que eu seria capaz?

— Sim. Acho que descobri uma nova faceta sua — ele me encara e bate com a caneta na mesa. — Você é uma excelente negociadora!

Não consigo controlar o sorriso que se forma em meu rosto.

— Puxa vida! Você já parou para calcular o quanto nós iremos ganhar com todos esses contratos? Estou até pensando em contratar outros arquitetos. Você é boa nisso, garota! — ele diz e eu me sinto muito bem. Especialmente porque não foi uma descoberta só dele, mas minha também.

— Que tal mantermos você na parte negocial do escritório? — sugere.

— Fechado! — eu digo e lhe estendo a mão.

Nestor a aperta com força, quase esmigalhando meus ossos. Pego a minha pasta e saio para encontrar um novo cliente.

Mas quando estou saindo, dou de cara com Igor. Durante esses dias em que estivemos distantes, pensei se quando o visse novamente, os sentimentos ainda estariam lá, intocados.

— Oi — ele diz, meio sem graça.

Sorrio com o canto da boca.

— Como vai? — pergunto.

— Tudo bem, e você?

— Tudo ótimo.

O silêncio toma conta de nós e ele olha dentro dos meus olhos como se procurasse vestígios. Mas talvez seja só impressão.

— Estou atrasada — eu digo e dou um passo à frente, passando por ele, ficando com a certeza de que o que sinto ainda é muito vivo.

— Sarah? — ele diz e eu me viro. — Nós não somos mais os mesmos, não é?

— Não. Acho que não — respondo e saio sem olhar para trás.

Definitivamente, nós não somos mais os mesmos. É como se existisse uma faixa limítrofe invisível para mudar as coisas para sempre. Nós cruzamos a faixa e agora não tem mais volta. É só uma questão de aceitar e seguir em frente. Porque por mais que se tente voltar atrás e fazer igual, ficam lacunas impossíveis de serem preenchidas.

Fátima agora faz parte da alta sociedade. O chá foi seu passaporte e suas fotos saíram em umas cinco revistas.

— Será que alguém vai me reconhecer? — ela pergunta, ajeitando os óculos no rosto. Depois dá um nó mais apertado no lenço sobre a cabeça.

— Não entendo por que você precisa se disfarçar para ir ao supermercado — eu digo.

— As garotas disseram que isso é coisa de classe média — ela diz, referindo-se às novas amigas *socialites*.

Elas se tratam por "garotas", apesar de terem, em média, mais de 50 anos. E ditam regras absurdas, como nos clubinhos de adolescentes.

Eu bufo.

— Ah, eu adoro esse cheiro! — ela leva um buquê de salsinha até o nariz e fecha os olhos de prazer. — Então... Como andam as coisas no trabalho?

— Bem. Nestor quer que eu fique mais na área de negócios agora.

— Não estou falando disso — ela apalpa uns tomates. — Você sabe... Como está a situação entre vocês?

— Ah... — percebo que ela está se referindo a Igor. — Hoje ele falou comigo pela primeira vez depois daquela conversa.

— E como foi? — ela me encara, cheia de expectativas.

— Achei que tivesse superado — olho para o infinito. — Quero dizer, eu sabia que não, mas sentir tudo outra vez foi doloroso.

— Você vai conseguir — ela diz. — Eu poderia apresentá-la ao meu advogado!

— Advogado? — estranho.

— É. Ele é jovem, bonito, solteiro... — ela sorri e balança a cabeça quando diz essa última palavra.

— Não — interrompo, enfática. — Tudo o que eu não preciso nesse momento é de um pretendente.

— Ai, eu adoro jaca! — Fátima se abaixa e pega uma bandejinha com os gomos. — Hum... — ela cheira e fecha os olhos. Em seguida, devolve a fruta à prateleira.

— Não vai levar? — estranho.

— Não posso...

— Por quê? Alergia?

— Não, querida. As garotas dizem que jaca é totalmente pobre. Imagine o que elas diriam se soubessem que tem jaca na minha geladeira!

— E quem diria a elas? — pergunto, incrédula.

— Minha governanta.

— Sua o quê?

— É... As garotas disseram que todo mundo da elite tem uma governanta. É ela quem coordena os empregados, faz as compras de supermercado, decide o que vamos comer no jantar, recebe a correspondência... Essas coisas.

Estou olhando para ela, perplexa.

— Você tem uma espécie de terrorista dentro de casa e ainda paga por isso?

— Não é tão ruim assim.

— Você só pode estar brincando — franzo a testa. — Fátima... — eu a seguro pelos ombros. — Você está feliz? Olhe só para você. Fantasiada, cheirando frutas e verduras no supermercado.

Ela fica em silêncio por alguns segundos.

— Vocês estão na fila? — uma mulher grávida pergunta.

— Não. Pode passar — eu digo e me afasto do caixa. — E então, Fátima? Não vai me responder?

— Eu... Eu não sei.

45

O escritório está barulhento, com todo mundo em pé e sorrindo. O que está acontecendo? Nestor, no meio da sala, ergue uma taça de champanhe.

— Proponho um brinde! — ele diz.

Ah, meu Deus! Igor está segurando uma taça e as pessoas estão sorrindo para ele e dando os parabéns. *Então eles vão se casar... Não posso ficar aqui.* Dou um passo atrás e me viro quando Nestor me vê.

— Sarah! — ele grita. — Você precisa vir aqui.

Hesito, mas agora é tarde. Todo mundo já me viu e vai ser estranho não participar.

— Parabéns, Sarah! — as pessoas vão dizendo enquanto caminho até o centro. Não estou entendendo nada.

— Sei que estou perdendo dois grandes talentos — Nestor começa uma espécie de discurso. — E digo mais: esses dois se completam. Se eles abrirem um escritório na Itália, não vai ter pra ninguém! Igor no operacional e Sarah nos negócios. Que dupla!

Escritório na Itália? Ah! Como não pensei nisso antes? A pós-graduação. Fomos aprovados? Como assim? Nós dois juntos na Itália?

Todo mundo está fazendo fila para nos cumprimentar e eu ainda nem consegui absorver a ideia direito. Essa pós era a última coisa de que eu me lembrava. Talvez a última coisa de que eu precisasse agora.

Penso em sair para respirar e raciocinar um pouco, mas, em vez disso, fico parada, recebendo abraços e beijinhos do pessoal e dizendo "obrigada" como um robô. Igor está ao lado, fazendo a mesma coisa. Quando, finalmente, a fila termina, ouço alguém dizer:

— Vocês não vão se abraçar?

Sinto todos os olhares sobre nós. É a situação mais constrangedora pela qual eu poderia passar após aquela conversa. Igor se aproxima e me encara, mas o que eu vejo em seus olhos é um vazio angustiante. Talvez, se eu pudesse me encarar, perceberia que os meus também estão assim.

Então, de uma forma totalmente sem jeito, segue-se um desencontro de mãos e braços, facilmente notado por qualquer pessoa, eu creio, até que nos abraçamos. É um abraço rápido e tenso, como se, na nossa mente, alguns segundos a mais pudessem causar o apocalipse ou algo assim.

— Sabe do que vou sentir falta? — Nestor diz. — De reclamar do mau uso da internet. Ah, malditos blogs! — ele diz e dá uma gargalhada.

Acho que Nestor bebeu além da conta para um dia de trabalho. Aliás, todo mundo está bebendo o bastante para não conseguir trabalhar mais hoje. Exceto eu e Igor.

— Parabéns — ele diz. — Eu sabia que você iria conseguir.

Forço um sorriso. A verdade é que não acho que isso dará certo. Nunca foi um sonho totalmente meu. Isso era coisa dele e fui entrando na onda, sem imaginar que seria selecionada. Agora me vejo diante de um problema.

— Parabéns a você também — digo e tento sorrir, mas meus lábios estão tão tensos quanto o resto do meu corpo.

Preciso de ar!

— Acho que ninguém mais vai trabalhar hoje — aponto para a algazarra que se forma no escritório.

— É... — ele meneia a cabeça.

E enquanto ele observa os outros, aproveito e saio sem dizer nada.

O parquinho perto de casa é um lugar bom para pensar. Já é de tardezinha e, sentada em um banco, eu olho as copas das árvores, iluminadas pelo restinho de sol que ainda aparece.

Quando nós nos inscrevemos nessa pós, tudo era diferente. Planejamos cada passo baseado em nós dois. Dividiríamos um apartamento, aprenderíamos a fazer compras de supermercado juntos, descobriríamos lugares interessantes e aperfeiçoaríamos nosso italiano precário.

Mas, e agora? Agora não somos mais "nós"... Igor tem Renata e é com ela que ele vai dividir as coisas. Não estou pronta para isso. Definitivamente, não estou. Estou prestes a tomar a decisão que mudará, provavelmente, para sempre o rumo da minha vida.

Chego em casa quando já escureceu. Verifico no celular várias mensagens de Fátima.

Tenho uma notícia maravilhosa! Que tal jantarmos aqui em casa?

Ótimo. Estou mesmo precisando ouvir notícias boas.

Assim que toco a campainha, uma senhora de terno cinza-escuro e blusa de seda com um laço no pescoço aparece.

— Boa noite. A senhora Fátima a espera na varanda — ela diz toda cheia de pompa.

Deve ser a tal governanta.

Entro e, sempre seguida pela mulher, como se fosse uma sombra, vejo Fátima sentada em uma espreguiçadeira, com uma taça de vinho na mão.

— Sarah! — ela se levanta lentamente e me cumprimenta de forma sutil.

— Ai, adorei esse convite — desabafo. — Aconteceu uma coisa hoje...

— Sente-se, vamos — Fátima faz um gesto parecido com uma reverência à espreguiçadeira ao lado e eu não contenho o riso. — Teodora, pode se recolher — diz à governanta.

Depois que a mulher desaparece na penumbra, Fátima me puxa pela mão e seu rosto se transforma, tomando uma expressão exageradamente empolgada.

— Ai, conta logo, que o que tenho para contar é bombástico! — ela diz, falando alto, do seu jeito mais natural.

— O que há com essa Teodora? — pergunto, notando que as coisas parecem estranhas.

— Ai, nem me fale! Tenho que ficar fingindo ser fina o tempo todo em que ela está por perto! — ela bufa. — Elas têm uma rede de conexão muito eficiente, entende?

Franzo a testa. Parece até que estamos falando de uma espécie de conspiração das governantas.

— Fátima... Só você mesma...

— O quê? Você duvida? Uma das garotas brigou com o marido e comeu sozinha uma panela de brigadeiro, lambendo os dedos no final — ela diz, olhando para os lados, perturbada. — Sabe o que aconteceu?

— Nem imagino.

— A rede foi conectada e todo mundo soube — ela tapa a boca com a mão, assustada. — Oi, Teodora! — ela diz, em seu tom refinado.

— Com licença... — a governanta se aproxima. — O senhor Arnaldo pediu para avisar que o voo foi adiantado e que, por isso, ele chegará esta madrugada.

— Ah, muito obrigada. Agora pode se recolher. Não precisarei mais dos seus serviços hoje — Fátima diz.

Observo a mulher desaparecer novamente. Tomo um gole do vinho.

— Enfim... Hoje recebi a notícia de que passei na seleção para uma pós-graduação na Itália — conto.

Fátima abre bem os olhos e me encara.

— Na Itália? Ah, meu Deus! Que chique! — ela está balançando os braços, perplexa. — Nossa! Parabéns!

Aperto os lábios, angustiada.

— O que foi? Você não está feliz? — ela se aproxima e examina meu rosto.

— Não exatamente — respondo. — Eu... Eu não sei se vou.

— O quê? Por que não? — ela me olha como se eu fosse louca.

— Eu iria com ele... Igor — levanto e começo a andar para lá e para cá. — Estava tudo organizado envolvendo nós dois e agora não está mais. Nem era um sonho meu — continuo a falar sem parar. — Tá bom, seria uma grande chance profissional e de desenvolvimento pessoal, admito. Mas era, além de tudo, uma aventura nossa, e era isso que me atraia.

Fátima está me observando andar, com uma expressão de incredulidade, mas ao mesmo tempo de compreensão.

— Mas ele não vai mais? Quero dizer, antes vocês iriam como amigos, não é?

— Iríamos. Eu sei. Mas agora não dá mais — solto o ar com força e me deixo cair na cadeira. — Não vou suportar assistir aos dois lá. Você sabe... Ele e Renata.

Fátima se aproxima e me abraça sem dizer nada. Quando percebo, meu rosto está encharcado. Começo a enxugar as lágrimas, mas logo desisto. Às vezes é bom não tentar se fazer de forte.

— A gente se abraçou e foi tão difícil... — eu digo assim que me sento e pego minha taça. — Eu ainda sinto tudo... Estar perto dele é uma necessidade que chega a ser quase insuportável — eu pisco os olhos e abano a cabeça. — Como pode ser isso? Será que algum dia vai passar?

— Querida... — Fátima afaga minha mão. — Vai sim. Sempre passa — ela diz.

Mas não sei se ela mesma acredita.

— Se você não se sente bem em ir para a Itália nessas condições, não vá — ela diz. — Você tem um mundo de possibilidades aqui. É sobre isso que eu queria falar com você — sua expressão é de empolgação.

— As garotas adoraram a minha casa.

— Ah, que bom — digo, me sentindo mais calma.

— Você sabe o que isso significa?

Franzo a testa.

— Elas querem contratar você para reformar as casas delas também. Não é ótimo? Você vai ficar famosa! — ela diz, animada.

É quando encontro mais uma desculpa para ficar.

46

Chego mais cedo ao escritório. Não tem ninguém e as persianas estão abertas, revelando o céu cinzento. Somente o barulho do ar-condicionado corta o silêncio.

Ligo meu computador e olho a estação à minha frente. Já tomei minha decisão e isso me deixa muito saudosa. Penso sobre como vai ser olhar para a baia à minha frente e não ver Igor lá. Será mais difícil do que está sendo vê-lo ultimamente? Como vai ser não ouvir, nunca mais, o plinplin das mensagens instantâneas? Será que ele estando do outro lado do oceano vai doer menos?

Esfrego os olhos e apoio o queixo nas mãos. Ouço a porta bater e dou um pulo de susto.

— Já? — é Nestor.

— É... Tenho que organizar umas coisas — digo.

— Sim, tem razão. Você tem pouco tempo... Uma semana para se apresentar lá? — ele pergunta, apoiando o braço na impressora.

— Nestor, na verdade, eu preciso conversar com você sobre isso — levanto.

— Certo. Vamos para a minha sala — ele sai e eu o sigo.

Cruzo as pernas quando me sento. Estou certa da minha decisão.

— Então... — ele começa.

— Eu não vou — digo, firme.

— O que você disse? — ele abana a cabeça, surpreso.

— Não vou para a Itália.

— Não? — Nestor parece não acreditar. Ele joga o corpo para trás e coloca as mãos na mesa. — Por que não?

— Tenho outras prioridades no momento. Vou continuar o trabalho com as construtoras. Se você quiser, posso pegar os projetos, e surgiu uma oportunidade de fechar contrato com as amigas de uma cliente... — explico.

— Mas, Sarah... — ele diz, atônito. — Você tem certeza?

Descruzo as pernas e apoio os braços sobre a mesa.

— Absoluta.

Volto à minha estação de trabalho e verifico meus e-mails. Congelo ao ver que tem uma mensagem de Igor na caixa de entrada. A sensação de queimação no rosto e frio na barriga toma conta de mim e, trêmula, clico em abrir.

De: arquiteto_igor@hotmail.com
Para: sunsarah@hotmail.com

Assunto: Procedimentos para adquirir visto de estudante — Itália
Oi, Sarah...
Segue arquivo com procedimento para matrícula no curso em Milão.
Qualquer dúvida...
Igor

Tenho umas dúvidas. Algumas coisas ficam martelando na minha cabeça desde que tomei a decisão de não ir. Será que ele vai se importar? Será que também vai sentir minha falta até os ossos doerem?

Não clico em responder. Em vez disso, pego minha pasta e saio para mais uma visita. Dessa vez foi uma das "garotas", amiga de Fátima, que ligou bem cedo, pedindo que eu fosse encontrá-la.

Estaciono em frente a uma casa relativamente grande com fachada de pedra cinza — que horror — e grades de ferro na entrada. Toco a campainha e logo uma senhora do mesmo porte de Teodora, vestindo o mesmo terninho cinza-escuro com blusa de seda e laço no pescoço, aparece.

— Bom dia. Sou Sarah. A senhora Abigail está me aguardando.

— Oh, claro. Pode entrar. Siga-me, por favor. A senhora Abigail está na sala íntima.

Entro no que parece uma versão tosca de castelo medieval com direito a tochas nos corredores e tapete de pele de ovelha jogado sobre o sofá. Há também um quadro com a pintura de uma mulher, um homem e duas crianças, usando roupas de época. Estremeço diante de tanto mau gosto. A casa não é tão grande, mas encheram-na de cômodos minúsculos, com portas altas e pesadas, arqueadas e cheirando a óleo lustra-móveis.

Abigail é extremamente magra, com uma cabeça desproporcional ao corpo. Diferença acentuada pelo penteado alto e cheio de laquê. Os cabelos são castanhos com mechas marcadas e loiras e a maquiagem é pesada nos olhos e na boca. É a mulher do quadro.

Quando me vê, ela se levanta e anda lentamente, exibindo um sorriso forçado, mostrando todos os dentes e, assim que estamos frente a frente, abre os braços.

— Querida... — sua voz é tão suave que mal posso ouvi-la.

Ela inclina o corpo para frente e solta dois beijinhos no ar, fazendo um barulho do tipo muah, muah. Retribuo.

— Sente-se, por favor — ela aponta um sofá roxo medonho. — Preciso dizer que fiquei encantada com seu trabalho. E gostaria de contratá-la para reformar minha casa — ela faz um gesto com a mão, mostrando ao redor. — Como você pode ver, sou uma pessoa muito... exigente. Tudo o que tem aqui foi escolhido pessoalmente por mim.

Meu Deus!

— Então, espero de você algo que me surpreenda, mas que não fuja do meu estilo sofisticado — acrescenta. — Nós temos vários cômodos porque valorizo muito o conforto.

— Compreendo. Mas o que a senhora gostaria de mudar, exatamente? — pergunto.

— Sei que vai parecer exagero, porque, honestamente, qualquer um veria que não tem nada a mudar. Mas quero dar novos ares à casa. Aliás, quero que você me diga. O que você acha que eu deveria mudar?

Engulo seco.

— Acho que isso teria que partir do cliente. Vamos fazer um briefing — tiro o laptop da bolsa.

Ela se ajeita no sofá, cruzando as pernas.

— Quais são os cômodos mais importantes da casa? — pergunto.

— Todos! — ela diz.

— Eu percebi que há vários cômodos pequenos — começo a dizer.

— Temos dez quartos! — ela diz, orgulhosa.

— Aqui mora a senhora, seu marido...

— A governanta, a cozinheira, uma empregada e meus dois filhos.

— Certo... Talvez pudéssemos diminuir o número de quartos e...

— Não! — ela se altera. — Não — e logo retoma a suavidade e o sorriso. — Acontece que diminuir o número de cômodos está fora de cogitação.

— Tudo bem — digito no laptop "não mexer no número de cômodos".

De repente, levo um susto. Um menino de cerca de 10 anos entra correndo, ofegante.

— Mãe, mãe! O mentecrapto do Marcos cuspiu na minha cara! — ele grita e ela arregala os olhos, aparentemente constrangida.

— Não é mentecrapto! É mentecapto! — ela diz, envergonhada. — Desculpe, Sarah. Meu filho tem uma personalidade muito forte... — ela se vira para o menino. — Marcos, diga oi para Sarah.

Ele se vira para mim, estira a língua e sai correndo.

— Eles são muito inteligentes — ela diz e afasta os cabelos da testa. — Passam o dia inteiro em aulas de francês, inglês, alemão, esgrima, golfe, tênis, natação e lendo livros clássicos.

Dou um sorriso amarelo. Deve ser por isso que não têm educação. Não têm tempo.

— Então... Voltando ao assunto... Você gostaria de um estilo mais clean como o de Fátima? — pergunto.

— Hum... Pensei em algo temático — ela diz, olhando para cima. — O que você sugere?

Algo temático? Como assim? Tipo os *Jetsons* ou *Flintstones*?

— Acho que não estou compreendendo exatamente o que você quer — acabo dizendo.

— Mãe! Não quero tomar banho! — o filho mais novo aparece, ofegante.

— Oh, querido... — seu rosto se contorce em uma careta desesperada. — Ele gosta de fazer piadas.

— Não, mãe! É sério. Não quero tomar banho!

Uma espécie de babá aparece em seguida.

— Ela disse que se eu não tomar banho nunca, os vermes vão nascer de mim e sair para fora por todos os meus orifícios! Quero ver se é verdade — ele diz, revelando a falta dos dentes da frente.

— Ah, rá, rá. Como ele é espirituoso — Abigail comenta e chama a babá. — Leve-o agora.

A mulher arrasta o garoto, que fica gritando coisas sobre vermes.

— Desculpe, querida. Essas crianças de hoje são tão... Meus filhos adoram ciências. Essa história dos vermes... Bem, onde estávamos? — ela retoma o sorriso e coloca as mãos sobre os joelhos.

Estou exausta.

— Abigail... Acho que poderíamos fazer o seguinte: vou lhe enviar um e-mail com algumas perguntas e, assim que você responder, analiso a forma mais adequada de trabalharmos — concluo, enquanto fecho o laptop e o guardo na bolsa.

Já passa das 7 quando entro na sala apertada e cheia de cadeiras no fundo da livraria. É a primeira vez que venho. Não contei a ninguém, porque quero fazer surpresa para papai. Eu vi no quadro de avisos na entrada que ele será o primeiro da noite, então não vai ter perigo de me ver antes de subir ao pequeno púlpito.

— Boa noite — diz, ao entrar, um senhor grisalho e simpático.

— Boa noite — retribuo.

Aos poucos, as cadeiras vão sendo ocupadas e fico em um lugar escondidinho lá atrás. De repente, papai aparece, segurando um papel.

A Lua brilha rara
Meus olhos em você
Brilhando, estrela clara
Sorrindo a me aquecer
Do corpo até a alma
O inquieto acalma
És vida, minha cara
E eu te fiz viver
Sorria, estrela rara
Sorria, minha Sarah
Sorria pra valer

Oh, meu Deus! Papai fez para mim. Como ele poderia adivinhar que eu estaria aqui hoje? Meus olhos estão marejados. Um homem ao meu lado, notando minha emoção, cutuca meu ombro.

— Interessante, não é?

— Aham — respondo, enxugando uma lágrima.

— Ele sempre lê poesias que faz para a filha. Ela se chama Sarah — ele diz.

Papai faz poesias para mim e sempre lê nos recitais. E eu nunca vim para ver, por mais que ele já tenha me convidado diversas vezes. As pessoas estão aplaudindo e eu me levanto. Assim que ele me vê, sua expressão se torna surpresa. Tão surpresa que ele se emociona e vem correndo, por entre as cadeiras, para me abraçar.

— Filha, você não me disse que viria — ele diz quando me abraça.

— Eu quis fazer surpresa... — digo. — Mas no final, eu é que fui surpreendida.

Assistimos ao resto do recital e depois saímos para comer. Papai adora o sanduíche com fritas de uma lanchonete perto de casa, e, embora eu ache que seja muito gorduroso, resolvo acompanhá-lo.

— Um cheeseburguer tamanho GG com fritas e coca — ele pede.

— Para mim, um sanduíche de peito de peru defumado e suco de laranja — eu peço.

— E então, filha? Como estão as coisas?

— Indo... Fui aprovada naquela pós-graduação, lembra?

— Claro que me lembro! Que maravilha! Parabéns! — ele exclama, todo animado.

— Obrigada, papai. Mas decidi não ir — confesso.

— Por quê?

— Porque estou em um momento bom da minha carreira aqui no Brasil. Acho que não valerá a pena sair agora — digo, escondendo o principal motivo.

— Se é realmente isso o que vai te fazer feliz, você sabe que estarei ao seu lado, não é?

Isso que eu adoro em papai. Ele não questiona as minhas decisões. Mamãe teria insistido para que eu explicasse o que há de tão promissor na minha carreira aqui para eu dispensar essa pós.

47

Quando estou chegando à frente do prédio, vejo Igor na entrada. Sinto um frio na barriga irritante e palpitações assustadoras. O que ele está fazendo aqui?

Estaciono e vou até lá para encontrá-lo, curiosa.

— Desculpe pela hora...— ele diz, tenso. —Mas eu precisava... falar com você. Tentei ligar, mas você não atendia... Resolvi ficar aqui esperando, porque o porteiro disse que você não estava.

Faço sinal para que ele entre.

No elevador, o clima continua tenso. E estranho. Estamos em silêncio, evitando nos encarar. Esticamos o braço simultaneamente para apertar o doze, quando nossas mãos se encontram e se afastam imediatamente, como se tivéssemos levado um choque.

Abro a porta de casa e faço um gesto para que ele entre. A cabeça a mil.

— Que loucura é essa que você vai fazer? — ele quebra o silêncio e passa as mãos pelo rosto. — Não acredito que vai desistir...

Meus lábios estão tremendo. Quero desabar e chorar, e dizer que tudo o que eu mais queria era ir com ele, mas busco dentro de mim uma força descomunal para fingir.

— Você está falando da viagem? — tento manter a calma.

— Nestor me disse hoje que você tinha decidido ficar. Não acredito que vai fazer isso — ele repete, nervoso. — Não... — e soca a parede. — Não por causa do que aconteceu... Daquela conversa...

— Você acha que eu estou desistindo por causa daquilo? — eu digo e me sinto muito mal.

Ele me encara, surpreso.

— Vou ficar porque minha carreira está deslanchando agora. Tenho outros planos. Estou tocando a minha vida... Você deve entender — olho nos seus olhos, mas não por muito tempo, para não me denunciar.

Igor continua olhando para mim, como se não quisesse acreditar no que eu disse. Mas me mantenho firme. Embora esteja destruída por dentro.

— Bom... Espero que você seja muito feliz por lá — continuo.

— Ok — ele diz. — Seja feliz aqui também.

Forço um sorriso. Ele se aproxima da porta.

Mas, antes de cruzá-la, ele se vira para mim e olha bem dentro dos meus olhos.

Força, Sarah! Força!

— Então... Tchau — digo.

Meu Deus! O que estou fazendo? Ele vai embora por um ano e eu sequer o abracei.

Ele dá um suspiro.

— Tchau, Sarah.

— Boa viagem — digo quando a porta do elevador está fechando.

Ele se foi.

Desabo no chão, encostada à porta, deixando as lágrimas lavarem o meu rosto. Eu sinto tanto. Por que teve que acabar assim? Por que não descobri que o amava quando ainda dava tempo? É como se o destino estivesse me pregando uma peça. Se eu pudesse voltar no tempo e consertar as coisas...

Corro para a janela e vejo a rua vazia e escura. Relembro todas as vezes em que ele veio me buscar em casa. Quando parava o carro bem longe, só porque não aceitava estacionar em local errado nem por dez segundos. Quando corria para abrir a porta para mim, como um perfeito cavalheiro.

Por que tudo me lembra ele? Esse sofá onde nos jogamos para ver os filmes antiguinhos de que ele gostava. O balde onde tem escrito "pipoca" que ele me deu de Dia do Amigo. E o aparelho telefônico retrô, na minha cabeceira, que eu usava para ligar para ele antes de dormir, muitas vezes só para comentar alguma bobagem que vi na TV ou na internet.

Amanhã ele vai embarcar com ela. Vão descobrir juntos um mundo completamente novo. Vão rir juntos quando, por causa da diferença cultural, cometerem alguma gafe. E é ela quem vai fotografá-lo segurando a Torre de Pisa.

Deito no sofá e agarro uma almofada. Não me importo de chorar até soluçar. Eu perdi.

Quando já estou na cama, agarro o telefone e me deixo levar. Disco o número de Igor e fico ouvindo o tom de chamada. Eu queria falar com ele até dormir. Mas desligo assim que percebo a loucura que estou fazendo.

É tarde... Em todos os malditos sentidos.

48

— **Eu simplesmente não posso** acreditar que você vai abrir mão de uma coisa dessa, Sarah! — mamãe diz, irritada, enquanto tira da travessa umas panquecas e joga com força num prato.

Reviro os olhos e me sirvo da salada.

— Ela sabe o que faz, Helena! — papai retruca como se o assunto já tivesse sido debatido várias vezes.

Sem dúvida alguma foi. Posso imaginá-los deitados no escuro, antes de dormir, falando sobre a minha vida e sobre as decisões que eu deveria tomar.

— Não sei. Até achava que sim, mas depois dessa... — mamãe lança um olhar estranho para mim, como se eu estivesse usando uma espécie de abacaxi na cabeça.

— Ela já disse que é melhor para ela ficar. A carreira dela está indo muito bem aqui — papai argumenta.

— Bem, como? Ainda não a vi em nenhuma revista local. As arquitetas famosas sempre estão nas revistas, fazendo as casas das *socialites* — ela dá de ombros e se senta depois de servir todo mundo.

— Seu amigo vai sozinho? — vovó pergunta, lá da ponta da mesa.

Engulo seco e sinto que meu rosto vai explodir de tão quente.

— Não. Vai com a namorada — respondo, relutante.

Não gosto de dizer essa frase.

—Abigail Martelli — eu digo.

Mamãe olha para mim de soslaio.

— O quê? — pergunta.

— Conhece? Estou fazendo a casa dela — digo e enfio uma garfada de panqueca na boca.

— Sério? — ela diz e arqueia uma sobrancelha.

— Humrum — respondo de boca cheia.

— Puxa... E como é a casa dela? Ela parece tão chique nas revistas!

Nem queira saber, mamãe.

— Então... Estou fazendo os projetos dela e de muitas outras. Estou quase sem tempo para nada — argumento. — Essa viagem para mim não veio no momento ideal. Além do mais... — pouso os talheres na mesa e os encaro. — Estou pensando em, dentro de pouco tempo, montar meu próprio escritório.

— Filha! — mamãe abre um sorriso. — Que maravilha! E você vai atender toda a elite! Quando as minhas amigas souberem...

Terminamos o almoço e vamos para a sala tomar um café. Mamãe e papai estão extasiados. Será que um dia, quando eu tiver filhos, ficarei assim? Será que um dia eu terei filhos?

— Está tudo bem, querida? — vovó se aproxima e segura minha mão.

Seu cheirinho de talco me deixa tão confortável...

— Sim. Está — forço um sorriso.

— Tem certeza? — ela pergunta como se pudesse me ver por dentro.

— Ai, vovó... — digo entregando os pontos. — Às vezes a vida é tão complicada — suspiro. — Mas... não se pode ter tudo, não é?

— Não... Geralmente não — ela me encara. — Mas a gente pode escolher a melhor opção, não é?

Fico em silêncio, pensando. A minha melhor opção... Mas não tenho escolha. Eu poderia ir para a Itália e ter de suportar vê-lo com Renata e sentir a dor de mil espinhos cravados no meu corpo. Ou ficar e sentir a angústia de não vê-lo. Qual a melhor opção? As duas doem tanto...

— Como a gente sabe qual a melhor opção? — me pego dizendo.

Ela fica olhando bem nos meus olhos, segurando minha mão e sorrindo.

— A gente sempre sabe — ela diz por fim.

Fátima está sentada no banquinho da praça de alimentação do shopping, se entupindo de sorvete. Sua roupa é toda em dégradé de cinza e ela está usando uma joia discreta.

— Fátima!

— Ah, querida! — ela se levanta e vem me abraçar com sorvete e tudo.

Seu abraço forte dura o tempo suficiente para que eu perceba que há algo errado.

— O que houve? — pergunto, preocupada.

— Ah, está tudo confuso! — ela diz com a voz embargada.

— Vamos conversar ali. Venha — levo-a para a parte interna do café, onde podemos ter mais privacidade.

Ela está nervosa, entrelaçando os dedos da mão.

— E então... O que aconteceu? — pergunto, preocupada.

— Eu e o Arnaldo dormimos, pela primeira vez, sem nos falar — ela diz e solta um longo suspiro. — Sabe o que isso significa?

— Calma, Fátima — eu toco sua mão.

— Nós sempre dissemos que acontecesse o que quer que fosse, dormir sem conversar estaria fora de cogitação — ela tira um lenço da bolsa e enxuga os olhos. — Mas ontem aconteceu e hoje nós sequer nos vimos.

— Mas por que vocês brigaram? — estranho.

Fátima sempre teve uma relação invejável de cumplicidade com Arnaldo. Eles pareciam um casal perfeito. Como almas gêmeas.

— Por causa da governanta — ela bufa.

— Quê? — afasto-me subitamente.

Imediatamente imagino uma coisa horrível: Arnaldo está tendo um caso tórrido com Teodora. Meu Deus! Coitada de Fátima!

— Você sabe como nós dois éramos... — ela pigarreia. — Quentes. — Fátima diz tão baixo que fico em dúvida se foi essa mesmo a palavra. — O Arnaldo adora que eu me vista para ele com lingeries provocantes e tudo o mais — ela continua.

Mas não consigo entender o que isso tem a ver com Teodora.

— Ontem, quando estávamos jantando, ele se aproximou de mim e tentou me beijar — ela me encara, meio envergonhada. — Um beijo mais caliente, sabe?

— E...?

— Eu o afastei — ela apoia os cotovelos sobre a mesa e segura a cabeça com as duas mãos. — Eu o afastei tão rispidamente que fiquei assustada com a minha reação.

— Fátima... — digo pesarosa diante de sua expressão tristonha.

— Ela estava lá, em pé, feito uma múmia! Olhando para nós dois com aqueles olhos... Sempre está lá! O tempo inteiro nos vigiando. E estou me perdendo — ela diz em um tom tão desesperado que sinto a tensão nos músculos do meu rosto. — As garotas nunca falam sobre sexo. Quando estão com seus maridos, nem tocam neles. Nunca se beijam, nem se abraçam em público. Elas dizem que isso é vulgar.

— Você não pode se deixar guiar por essas regras idiotas, Fátima! Vocês eram tão felizes... Para que viver desse jeito? — tento ajudá-la.

— E elas me fizeram doar a minha coleção de lingerie sensual! — ela levanta os braços lamentando. — Disseram que aquilo era ridículo e que mulheres como eu não deveriam...

— O que você vai fazer agora?

— Eu preciso fazer as pazes com ele...

— Você precisa tomar uma decisão a respeito de sua relação com... as garotas — digo por fim e ela me encara, apreensiva.

— Como a gente sabe o que escolher? — ela pergunta, como que para si.

— A gente sempre sabe — digo, citando minha avó.

49

Basta entrar no escritório para ter certeza de que eu não estava preparada para enfrentar a realidade. Quando sento, percebo que a estação de Igor está completamente diferente. Sua mesa organizada dá lugar a uma montanha de papéis e rolos de projetos espalhados.

— Sarah? — viro-me ao ouvir a voz de Nestor. —Esse é Dario, nosso novo colega — ele diz, apontando para um rapaz alto e magro, com pinta de Jude Law. — Ele morou muitos anos na Alemanha e agora faz parte do nosso time.

— Como vai? — ele estira a mão para me cumprimentar.

Concordo com a cabeça. Não estou nada bem. A verdade é que só agora caí na real. Igor foi embora.

— Sarah? — ouço Nestor ao longe.

— Oi — eu digo, encarando-o, atordoada.

— Eu estava dizendo ao Dario que você poderia sair com ele para mostrar a cidade — ele diz. — Não é?

— Pode ser — respondo.

— Tinha um café que eles iam muito — Nestor continua. — Ela e Igor, aquele de quem lhe falei.

— Ah, eu adoraria conhecer — Dario se apoia na divisória.

— Grand Café! — Nestor acrescenta. — Vamos fazer o seguinte: os dois estão liberados por esta manhã. Vão ao café e, Sarah... Aproveite para conversar com ele sobre o trabalho aqui no escritório... Nossos clientes e tudo o mais. Vocês vão formar uma excelente dupla!

É claro que não vou ao Grand Café com ele. Além do mais, sinto que não formaria uma excelente dupla com ninguém além de Igor.E essa sensação me faz sofrer mais do que tudo.

— Nestor... Acho que não estou muito bem — digo, sentindo uma leve tontura.

— O que você tem?

— Estou meio tonta — coloco a mão na testa e me apoio na mesa.

— Quer que eu a leve ao hospital?

— Não... Só quero ir para casa. Deve ser enxaqueca.

— Então vá — Nestor franze o cenho, preocupado.

Pego minha bolsa e procuro as chaves.

— Quer que eu a leve? — Dario pergunta.

— Não precisa. Obrigada — digo e dou alguns passos até a saída, quando sinto uma vertigem mais forte e preciso me apoiar na parede.

— Acho que é melhor você aceitar a minha carona — Dario diz quando se aproxima.

— Ok — concordo e seguimos para o estacionamento.

— Você prefere ir no seu carro ou no meu? — ele pergunta.

— Acho que já estou melhor, Dario — digo, respirando fundo e recobrando o equilíbrio.

— É impressão minha ou você está querendo evitar a minha companhia? — ele diz, me deixando chocada.

— Não! — respondo rápido. — Claro que não. Que ideia! — meneio a cabeça negativamente. — Só não quero dar trabalho.

— Ótimo — ele diz e aperta o botão do alarme. — Vamos no meu.

— Mas... — retruco. — Vou precisar do meu carro para vir trabalhar amanhã.

— Posso ir buscá-la — ele diz.—Agora que vou descobrir onde você mora...

Fico constrangida. Dario parece legal e tudo o mais, mas não estou no clima.

— Desculpa, Dario. Eu realmente estou me sentindo bem para dirigir.

Ele está parado com a porta do carona aberta, esperando que eu entre.

— Você está com medo de mim? Eu fui muito insistente, não é? Desculpe — ele diz e fecha a porta.

— Não é isso... — tento argumentar.

— Olha, não estou tentando te cantar, nem nada. Só quero fazer amizade. Vim para cá sozinho. Não conheço ninguém, ainda... Desculpe. Desculpe mesmo — ele diz, aparentemente constrangido.

— Tudo bem, Dario — seguro a alça da bolsa. —Só não estou em um bom momento.

— Entendo. Então você está bem mesmo?

— Estou sim — sorrio.

— Ok — ele diz e franze os lábios.

— Bom... Acho que não tenho mais por que não continuar trabalhando, não é? — digo.

Ele dá de ombros.

— Você sabe de algum restaurante legal para almoçar aqui perto?

— Sim! Tem um ótimo a duas quadras — olho para o relógio. —Acho que podemos ir juntos, se você quiser.

— Legal — ele abre a porta do carro outra vez.

— Vamos a pé. É pertinho.

—Ah, certo.

Caminhamos até o Salada & Cia. e Dario me conta sobre o tempo em que morou na Alemanha.

— Então, trabalhei lá em uma universidade, como professor. Mas preciso aprender muita coisa ainda. Aqui é bem diferente. Não estou muito acostumado com o Brasil.

— Sete anos... É um bocado de tempo. Mas, sem querer ser indiscreta... Por que você voltou?

Ele coça a garganta.

— Terminei um relacionamento — diz, sem jeito. — Nós moramos juntos por quatro anos. Ela trabalhava comigo... Não teria clima para ficarmos nos encontrando, entende?

— Humrum — entendo bem.

— Mas... Foi consensual? — acabo perguntando.

— No fim... terminou sendo — ele ri de nervoso. — Ela encontrou outra pessoa. Eu admito que fui muito displicente. Eu nunca tinha tempo. Quando me dei conta, eu a havia perdido.

Seus olhos miram o infinito com um brilho triste.

— Desculpe... Eu não queria... — digo.

— Não tem problema. Acho que as coisas já estão bem resolvidas.

E comigo? Será que algum dia as coisas estarão bem resolvidas?

Almoçamos e conversamos sobre arquitetura, sobre a cultura alemã e decidimos começar o trabalho.

— Nós costumamos levar os clientes a algumas lojas de decoração para escolher os objetos e móveis. Tem uma no shopping que é bem interessante — sugiro.

— Podemos ir lá agora. Preciso me inteirar de tudo — ele se anima.

— Certo. Vamos.

De repente, sinto um frio no estômago. Era lá que Renata trabalhava. Fico nervosa só em pensar que ela está com Igor, pelas ruas de Milão.

Entramos na loja e começo a explicar a Dario como as coisas funcionam.

— Normalmente nós temos liberdade para escolher. A maioria dos clientes nem sabe o que quer — digo. — Temos desconto de 30% para compras pessoais e ganhamos comissão de 10% sobre as vendas.

— Hum — ele murmura, enquanto avalia um bule bem moderno.

Só então vejo uma cascata de cabelos caramelo se movendo lindamente para lá e para cá. Não pode ser, porque Nestor confirmou a ida de Igor há dois dias. Ela se vira e eu entro em choque.

— Renata? — penso alto.

— Quem? — Dario pergunta.

Saio andando em sua direção.

— Sarah? — ela diz.

— Você... O voo não era anteontem? — pergunto, nervosa.

Ela coloca os cabelos por detrás das orelhas e aperta os lábios.

— Pois é. O voo saiu anteontem — ela diz e engole seco.

— E você não foi? — não me contenho.

— Parece que não, não é? — ela dá uma risadinha irônica.

— Pensei que vocês iriam juntos.

— Nós iríamos, mas eu recebi uma proposta muito boa aqui e não poderia negar.

— E ficou tudo numa boa? — pergunto, sem jeito.

Será que ela sabe sobre o que eu disse a Igor?

— Entre nós? Claro! — responde com uma voz esganiçada. — Acho que se tivermos de ficar juntos quando ele voltar, vai acontecer. É só um ano, afinal de contas.

— Entendo — eu digo, quando percebo Dario parado ao meu lado. — Ah, esse é Dario. O novo arquiteto do escritório.

— Prazer. Renata — ela estende a mão para ele, que a fita, perplexo.

— O prazer é meu — ele diz e vejo um brilho diferente em seus olhos.

— Renata é assistente... — começo a dizer.

— Gerente de compras pessoais — ela me interrompe. — Agora sou gerente.

— Ah. Então... Gerente — corrijo.

— Nós iremos nos ver muito — ela diz. — Espero poder ajudá-lo.

Dario está, aparentemente, encantado por Renata. Assim que chegamos ao escritório, ele me pergunta:

— Ela tem namorado?

— O quê? — eu me viro para ele.

— Renata. Ela tem namorado?

— Ah. Não mais.

Abro minha caixa de e-mails, esperando alguma mensagem de Igor.

Mas não há nada de novo. Abro novamente o e-mail sobre o procedimento para efetuar a matrícula na pós. *Será que ele já tinha terminado com Renata quando me enviou isso?*

— Acho que é o seu celular — Magda diz quando percebo o som do alerta vibratório.

— Obrigada.

— Querida! Tenho novidades! — é Fátima, bem animada.

— Eu também! — digo.

— Precisamos nos encontrar agora — ela diz.

— Certo — cochicho. — Vou só terminar uma parte do projeto aqui. Para Abigail.

— Ah, como tem sido o trabalho? — ela pergunta.

— Bom, tem umas coisas bem excêntricas. Mas a maioria é tranquila — respondo. — Onde podemos nos encontrar?

— Pode ser aqui em casa! Vamos tomar um vinho na jaccuzzi? — ela sugere.

— Tá bom. Vou passar em casa e pegar meu biquíni. Até já.

— Beijinhos!

— Beijo.

Mando o e-mail com umas sugestões para Abigail e passo em casa para buscar o biquíni. Não vejo a hora de contar a Fátima que Renata não foi com Igor para a Itália. Estou tão eufórica com isso, mas nem sei exatamente por quê.

Ela não viajou com ele, mas e daí? Isso não significa nada. Ele ainda acha que é tarde para nós dois e, como ela disse, um ano passa rápido e eles ainda podem ficar juntos.

50

Fátima atende a porta e eu estranho.

— Cadê Teodora? — pergunto.

Ela bufa.

— Mandei passear! — e dá uma de suas gargalhadas mais legais.

— Uau! — eu digo e vou entrando.

— Trouxe o biquíni?

— Claro! — balanço a bolsa.

Troco de roupa e encontro Fátima na área externa, usando um maiô branco com fivelas douradas na alça única.

— Um brinde à liberdade! — ela ergue uma taça de vinho branco.

Pego a minha que estava sobre a mesa e entro na jaccuzzi com água bem quente.

— Nossa! Isso daqui é uma delícia! — eu digo.

— O quê? Você nunca entrou em uma antes? — ela pergunta, surpresa.

— Não — coro, envergonhada.

— Então mergulhe! É bom demais! Eu adoro! — ela diz. — Vamos! Um, dois, três e já! — Fátima grita e submerge.

Faço o mesmo e quando levanto e vejo seus cabelos molhados e cheios de laquê, começo a rir. Fátima também dá gargalhadas ao ver a própria imagem refletida no espelho na parede.

— Ah! — ela dá um suspiro. — Viva à falta de modos! Nunca mais quero saber de me podar por causa dos outros! Fiz as pazes com o Arnaldo e sou a mulher mais feliz do mundo.

— Viva! — eu digo e ergo a minha taça. — Um brinde aos uniformes ridículos das governantas!

— Tim-tim! — ela diz e dá um gole no vinho. — E um brinde aos beijos de língua sem vergonha! Você sabia que as garotas não beijam seus maridos em público, mas saem com os motoristas e personal trainers?

Eu dou uma risada exagerada.

— Um brinde ao fim do namoro de Igor e Renata! — me pego dizendo, quando Fátima me encara.

— O que você disse?

Sinto o rosto queimar. Pode ser por causa do vinho.

— Eles terminaram — eu digo.

— Terminaram? Como você soube?

— Eu a encontrei hoje no shopping — bebo mais um pouco. — Mas não foi nenhuma briga.

— Conta isso direito, Sarah!

—Eles só entraram em um consenso — explico. — Meio que deram um tempo. Ela teve uma boa proposta no emprego e decidiu ficar.

Fátima bate forte com a taça de vinho na borda da jaccuzzi e começa a rir incontrolavelmente.

— O que foi? — estranho.

— Como você é boba! — ela não controla o riso. — É óbvio que ele terminou com ela.

— Será? Não. Acho que não — digo, mas no fundo, adoraria que ela estivesse certa.

— É claro que sim, querida! Você acha que ela abriria mão de ir para a Itália com aquele bonitão para trabalhar em uma loja de decoração? — ela se apoia no deque e olha para o céu.

— Talvez — respondo. — Ele estava tão certo do que queria quando falou comigo... — relembro, dolorosamente, aquele dia.

— Que nada. Ele estava com tanto medo que recuou. Você me disse uma vez que ele era todo certinho — ela argumenta. — Você acha que ele daria um passo em falso? Nã-na-ni-na-não.

— Não sei... Ele teria voltado atrás, se realmente quisesse — eu digo.

— Ele bem que tentou... — ela diz.

— Como assim? Do que você está falando? — pergunto, interessada. — O que você sabe que eu não sei?

— A frase correta seria o que eu sei que você não quer ver! — ela diz e enche nossas taças. — Você me disse que ele a procurou antes de viajar, não foi?

— Sim, foi, mas...

— Ele foi lá na tentativa de convencê-la a ir — Fátima se senta com as pernas cruzadas, como se fosse o gênio da lâmpada que veio me conceder três desejos. — Mas você jogou um baldinho de gelo na cabeça dele, querida.

Será mesmo? Eu não podia imaginar que aquela visita tinha algum outro propósito que não o de me convencer a não jogar fora uma oportunidade profissional.

— Ainda bem que sempre há tempo — Fátima conclui.

— Nem sempre — resmungo, triste.

— Claro que há!

— Nem que eu quisesse... Amanhã é a data limite para a matrícula. Eu não conseguiria passagem... — argumento.

— Mas talvez uma amiga sua consiga... — e ela pisca para mim.

— Oh, Fátima. Eu sei que você tem boa vontade. Mas, às vezes, não dá para brigar com o destino.

— E quem disse que vou brigar? Só preciso me aliar a ele, oras! — ela diz e sai da jaccuzzi. — Vamos. Temos muito a fazer.

Eu a sigo, sem entender o que ela tem em mente.

Vestimos nossos roupões e entramos na casa. Fátima pega o telefone celular e digita um número.

— Marília! — ela diz, sorrindo. — Como vai, querida? Desculpe por estar ligando a essa hora, mas preciso de uma ajudinha sua. É uma grande amiga, como se fosse filha, sabe? Ela precisa viajar para Milão amanhã — ela diz e senta sobre as pernas, fazendo sinal para que eu me sente também.

— Isso... Amanhã — ela continua. — Eu sei, eu sei. Está em cima da hora.

— Fátima, espera — eu digo, mas ela faz sinal para que eu me cale e continua.

— Nenhum voo? Puxa, preciso para amanhã — ela faz um muxoxo. — Mas nem na primeira classe?

O quê?

— Ah! Maravilha! — ela comemora com as mãos para o ar. — Então serão três passagens.

Três?

— Isso. Pode fazer. Uma para mim, outra para o Arnaldo e a terceira será no nome de Sarah Albuquerque... — ela balança a mão para que eu complete o meu nome.

— Fátima! Isso é loucura! Eu nem tenho dinheiro para pagar uma passagem de primeira classe — eu digo, agoniada.

— E quem falou em você pagar alguma coisa?— ela diz, tapando o bocal do receptor.

— Você é louca — balanço a cabeça sem acreditar no que ela está fazendo.

— Vamos... Sarah Albuquerque...?

— De Lima — forço-me a dizer.

— Albuquerque de Lima — ela repete.

Não acredito que ela fez isso. Eu nem sei se devo mesmo ir. Nem arrumei nada, nem falei com Nestor, nem me despedi da minha família.

— Isso é loucura! — eu digo, enquanto Fátima joga minhas roupas em cima da cama.

— Não é não. Ele ama você! — ela diz e avalia dois casacos de frio.

— Puxa, você não tem nada mais alegre?

— Fátima! Eu não tenho certeza do que estou fazendo — digo e me deixo cair na poltrona.

— Você o ama? — ela joga os dois casacos na mala e me encara.

— Não se trata disso — retruco.

— Responda! Você o ama? — ela insiste.

— Amo. Muito mais do que eu poderia um dia imaginar amar alguém.

— Pronto. Isso basta — ela diz e fecha a mala.

Não consegui dormir a noite inteira. Olho para as malas no chão da sala. Estou tão nervosa que já chequei meus documentos umas dez vezes. *Como vai ser quando eu chegar lá? Será que Igor estaria disposto a executar nossos planos antigos? Como ele vai encarar o fato de eu aparecer de repente?*

Estaciono o carro na frente da casa dos meus pais. Eu nunca morei longe e, de repente, sinto um aperto na garganta. Entro no jardim bonito, planejado por mamãe. Lá está a laranjeira do papai. Ela ainda não deu frutos, mas continua lá. Algumas coisas não mudam.

— Olá! — eu digo, quando chego à varanda.

— Sarah? — mamãe aparece, usando um creme verde no rosto. — Que malas são essas?

— Eu decidi ir — sorrio.

— Mas assim, de repente? — ela analisa meu rosto.

— É... Pensei melhor e achei que deveria aproveitar a oportunidade.

— Finalmente! — ela ergue as mãos para o alto. — Tanto que eu rezei para você tomar juízo!

— Helena, com quem você está falando? — papai se aproxima e me vê com as malas. — Filha! Você veio morar conosco?

— Não, papai! Vou para a Itália! — digo, animada e nervosa.

— Oh! — ele tapa a boca.

— Vim me despedir de vocês. Vou embarcar em duas horas — explico.

— Ah, meu Deus! Nossa garotinha está indo embora para a selva! — mamãe diz.

— Bem, isso é o que eles diriam daqui — papai ironiza.

— Eu quis usar selva como uma metáfora! — ela resmunga.

— Não acho que seja a metáfora correta — papai replica.

— Você não entende de metáforas, querido — ela rebate.

— Eu não entendo de metáforas? Sou professor de literatura, esqueceu? — ele se irrita.

— Vamos parar com isso! — eu grito. — Estou prestes a viajar e vocês ficam brigando.

Eles se calam, olhando um para o outro e depois para mim.

— Oh, venha cá! — mamãe diz e me abraça.

Papai abraça nós duas. Vira um abraço triplo e depois vovó aparece e o transforma em um abraço quádruplo.

— Sabe o que eu adoraria agora? — eu digo quando nos soltamos. — Sanduíche de páprica, cebola e queijo!

— É para já! — mamãe pula feito um ninja e prepara uma travessa inteira de sanduíches que eu, papai e vovó devoramos.

Estamos na frente da casa quando Fátima, Arnaldo e o motorista aparecem.

— Muito bem, minha querida — vovó diz ao meu ouvido. — Seja muito feliz com aquele pão.

— Vou morrer de saudades de todos vocês — eu digo e enxugo uma lágrima no canto do olho.

Mamãe está se derramando em lágrimas.

— Gente, é só um ano — eu tento animá-los.

— É! — ela passa as costas das mãos pelos olhos. — E vai ser uma oportunidade única na sua vida. Vai dar tudo certo.

— Eu amo vocês — me despeço, entrando no carro.

51

Chegamos de madrugada e vamos direto para o hotel. Mas, ao despertar, corro para a janela. Quero ter certeza de que estou em Milão. Quero dizer, ainda não acredito que estou aqui. Foi tudo tão inesperado. Não posso deixar de sentir um calafrio nervoso quando penso sobre como as coisas vão se desenrolar.

Estou em pé na sacada do Bulgari, onde Fátima, generosamente, me hospedou. É o jardim mais perfeito que já vi! Igor iria adorar... Parece um sonho. Mas é real! E eu preciso sair para procurá-lo!

Encontro Fátima no saguão.

— Feliz? — ela pergunta.

Solto o ar com força e balanço os ombros, tentando me acalmar.

— Sim! — digo. — Mas estou muito ansiosa.

— É normal, querida — ela afaga meu ombro. — Mas vai dar tudo certo.

Sorrio para ela.

— E você? Animada para conhecer tudo?

— Ah, muito! É como uma lua de mel! Arnaldo decidiu que iremos a Veneza. Não é o máximo? Mas eu quero fazer umas comprinhas por aqui.

Imagina! Quero ter a emoção de entrar na Prada e comprar óculos novos — ela diz toda animada.

— Hum... Isso é bom — concordo.

— Mas, me conta: qual a reação do seu chefe quando soube que você viria?

— Ele compreendeu. Nestor é uma ótima pessoa, apesar de se fazer de ranzinza. Ele sempre nos incentivou a crescer — respondo. — Eu só estava mais preocupada com as coisas que eu tinha deixado pela metade — passo a mão pelo pescoço. — Mas passei tudo para Dario, você sabe: o novo arquiteto. E ele também pode entrar em contato comigo por e-mail, se precisar.

— Enfim, viu como as coisas se resolvem? — ela diz e sorri. — Agora é só correr para o abraço. Já conseguiu o endereço dele?

— Não. Eu me lembro de alguns lugares que ele citou, mas é complicado procurar desse jeito — digo. — Tive uma ideia. Vou fazer minha matrícula no curso e lá eles devem ter o endereço dele.

— Puxa! É mesmo! — ela vibra. — Vou subir para o quarto agora. Preciso começar já minha lua de mel!

Dou uma gargalhada.

— Tá certo. A gente se vê mais tarde — digo. — E, Fátima...

Ela levanta as sobrancelhas.

— Obrigada por tudo. Você foi como uma fada madrinha!

—Bip-ti-bop-ti-boom! — ela diz e faz um gesto como se segurasse uma varinha de condão imaginária.

Passo em frente à catedral do Duomo. É impressionante, com seu estilo de arquitetura gótica. Igor sempre disse que queria muito vê-la à noite, toda iluminada. Ao lado, está a galeria Vittorio Emanuele, tão imponente. Olho para o teto alto de vitral e depois para as lojas iluminadas. Fátima iria adorar.

A brisa percorre o meu rosto e me sinto bem. Faço um esforço para me lembrar dos lugares de que Igor falava. Milão não é tão grande. Eu poderia encontrá-lo em algum café com cara de antigo ou passeando por aí numa vespa prateada. Mas tudo o que vejo é um emaranhado de ruelas estreitas que dão em praças e mais praças cheias de gente desconhecida e bem vestida.

Volto à Brera para fazer minha matrícula. O hotel fica perto da Academia de Belas Artes e acabo passando por vários cafés ao ar livre. É tudo tão charmoso e romântico que não consigo parar de pensar em Igor e de nos imaginar juntos. Enfim, estou na porta da faculdade. A sensação de frio na barriga aumenta a cada passo.

— Boa tarde — digo, em inglês. — Eu vim efetuar minha matrícula no curso de design contemporâneo.

— Boa tarde — uma senhora grisalha de nariz anguloso e óculos de lentes grossas responde. — Preencha esta ficha, por favor.

Sento e preencho meus dados, olhando para a porta cada vez que ela se abre, esperando que Igor apareça.

Mas isso não acontece.

— Pronto — entrego o papel preenchido. — Um amigo se matriculou no curso e preciso encontrá-lo — digo. — Ele se chama Igor Schneider.

— Desculpe, mas não podemos dar informações sobre os alunos — ela diz e se volta para o computador.

— Mas só queria saber o endereço. Nós somos amigos e nos desencontramos — insisto.

O rosto dela permanece imóvel.

— Ok. Obrigada — digo e saio.

O vento está meio frio. Fecho o cardigã e arrumo a *pashmina*, andando a passos rápidos, de volta ao hotel. Faço uma última tentativa de encontrá-lo antes da aula. Vou até a Rinomata Gelateria. Igor sempre falava sobre ela.

Desprezando o clima nada propício, entro para tomar um sorvete. Não acredito em contos de fadas ou coisa assim, mas, por um instante, penso que se eu pedir um sorvete e me sentar por alguns minutos, ele vai surgir como em um passe de mágica e tudo vai ficar bem.

O lugar é aconchegante, com casquinhas expostas em vitrines e um balcão com os potes de sorvete cobertos por cones de cobre, como sorveterias de antigamente. Peço um *cioccolato*, sento a uma mesinha. Os ponteiros do relógio correm, mas a mágica não acontece e, antes que escureça, volto para o hotel.

Fátima está usando um casaco de couro marrom com gola de oncinha e botas de cano longo e salto alto, bem ao seu estilo. Arnaldo está ao seu lado, com um terno bonito. Posso sentir o cheiro do Chanel n° 5 de longe.

— Sarah! E aí? — ela se aproxima, animada, gesticulando.

— Nada. Andei por aí, mas nem sinal dele — respondo.

— Hum — ela aperta os lábios. — Eu queria mesmo ter uma varinha de condão, fazer ploft e trazê-lo até aqui em um terno chique para jantar conosco — ela afaga meus ombros. — Mas eu não tenho, querida... A única coisa que posso te dizer é que eu tenho certeza de que tudo ficará bem.

Eu a abraço e enfio meu rosto em seu ombro. Estou insegura. Queria estar com Igor agora. Queria que ele me abraçasse e me fizesse sentir que tudo estava bem de verdade.

— Você vai encontrá-lo — Fátima diz e me afasta. — Agora, por favor, melhore essa carinha. Imagina ele te encontrar cheia de olheiras e sem maquiagem? De jeito nenhum! — ela diz, tentando me animar. — Aliás, amanhã, antes de eu ir para Veneza, nós duas iremos às compras. Vou te dar umas dicas sobre como os garotos gostam que a gente se vista! — ela pisca para mim e eu tremo.

Imediatamente me imagino com um vestido colado e estampado, usando saltos gigantescos e batom incandescente.

— Tudo bem — respondo. — Mas acho que vou descansar lá em cima.

— Oh, não! Vamos jantar conosco! — ela diz.

Eu afago seu ombro.

— Estou mesmo cansada e... essa é sua lua de mel! Vocês precisam curtir sozinhos — sorrio. — É sério. Estou exausta — suspiro. — Amanhã nós iremos às compras cedinho. Prometo!

— Você vai ficar bem mesmo? Não vai comer nada? — ela franze a testa, preocupada.

— Vou, sim. Peço alguma coisa aqui no hotel mesmo. Pode ir tranquila — respondo.

— Então, até amanhã! — ela diz e me dá um abraço.

Fátima alcança Arnaldo e entrelaça os dedos nos dele, tilintando os saltos no saguão. Eles parecem tão jovens, como se tivessem acabado de se conhecer. Se isso fosse um desenho animado, aposto como veríamos coraçõezinhos fazendo ploft, ploft ao redor deles.

Estou tão cansada que, por mais que esteja ansiosa pelo dia de amanhã, assim que caio na cama, adormeço.

52

— **Nem sei por onde começar!** Quero comprar tanta coisa! — Fátima diz quando entramos na Bottega Veneta, uma loja de roupas, bolsas e sapatos fantásticos, na Via Montenapoleone.

— Calma, Fátima! Tenta focar em alguma coisa! — digo diante de seu quase desespero.

— É! Vou tentar! Quero comprar uma calça branca — ela diz e sai andando para as araras de calças até que para bruscamente. — Oh! Uma blusa de cobra! Isso tem um nome... Li numa revista. É a última tendência... Como é mesmo? *Print*...

— *Animal print* — completo.

— É! Isso mesmo! Vou comprar! — ela segura a blusa e já se vira para o outro lado, com os olhos brilhando por uma saia lápis verde folha. — Você gosta dessa?

— Hum... Não muito — começo a dizer. — Mas sabe de uma coisa? Acho que pode ficar legal com uma *chemise* jeans ou uma blusinha de seda nude.

— Meu Deus! Você tem razão! Preciso de uma *chemise* jeans! Como pude não pensar nisso antes? — ela dá uma gargalhada e sai andando enlouquecida para outra ala.

Olho para a porta da loja e vejo um cara alto de costas, usando um sobretudo preto com *pashmina* cinza e grafite. Os cabelos pretos e lisos arrumadinhos e os ombros largos. Não posso acreditar.

Ando depressa até lá. Não quero deixá-lo escapar. Nunca mais vou deixá-lo escapar! Meu coração bate acelerado, minhas mãos estão trêmulas e sinto o elevador subir e descer dentro da minha barriga.

— Igor! — toco seu ombro, nervosa.

Quando ele se vira, coro de vergonha.

—Ah, *scusami*! — digo ao desconhecido que sorri e sai andando.

— O que foi? — Fátima pergunta ao me ver.

— Achei que tivesse visto Igor lá fora, mas me enganei — explico, sem graça.

Fátima faz um muxoxo e depois dá um sorriso de canto de boca.

— Você vai encontrá-lo hoje, querida. Por isso sou totalmente a favor de que você compre uma roupa nova! — ela sugere, animada.

Mas, de repente, uma sensação angustiante toma conta de mim. Daqui a pouco estarei sozinha aqui. E se eu não o encontrar?

— Sarah, pense positivo! — ela diz como se pudesse ler meus pensamentos. — Acho que você tem que ficar linda para quando ele a encontrar. Não que você já não seja... Você parece uma boneca. Mas é sempre bom dar um up! — ela diz e pega um vestidinho curto e branco. — Pronto! Branco do jeito que você gosta.

— Mas está frio... — argumento. — É curtinho.

Ela estala a língua e puxa um sobretudo bege com uma textura em tecido meio acetinado.

— Resolvido: bege como você ama! — ela diz e sorri. — Vamos, prove!

Tenho que admitir que dessa vez ela está certa. Ficou bem legal o visual.

— Você está parecendo uma princesa! — ela diz. — Sabe, se eu tivesse uma filha, eu gostaria que fosse como você — seu sorriso se torna mais terno.

Eu rio para ela.

— Vamos tomar um café? — ela continua.

— Vamos.

Entramos em um café bem agradável e sentamos ao ar livre.

— Você nunca pensou em ter filhos? — acabo perguntando.

— Pensei muito. Mas não podia. Tenho um problema anatômico no aparelho reprodutor que impede a gravidez — sua expressão se torna triste. — Foi horrível aceitar esse fato. Eu não tinha dinheiro nem para tentar algum tratamento ou sei lá... Depois o tempo havia passado.

— Sinto muito — digo, pesarosa. — Mas vocês nunca pensaram em adotar?

— O Arnaldo, sim. Mas eu estava tão estressada com o fato de não poder engravidar que preferi esperar e acabou demorando muito.

— Entendo... Mas ainda há tempo.

Ela dá uma gargalhada.

— Imagina! Já tenho quase 50 anos!

Mas, em seguida, fica séria e pensativa.

— Ah, sabe o que quero fazer depois daqui? — ela muda de assunto e recupera o brilho nos olhos.

— O quê?

— Comprar um sapato Jimmy Choo! Sempre vejo as famosas dizendo que usam — ela sorri. — Que tal?

— Vamos lá!

Fátima parece uma criança diante de uma vitrine cheia de guloseimas ou um garoto quando ganha o primeiro Playstation. Ela dá pulinhos e bate palmas quando gosta de um sapato e, aparentemente, gosta de todos.

— Ah, meu Deus! Não sei como vou fazer. Quero todos! — ela diz quando calça um meia pata com solado vermelho e tiras de pele zebrada. — Isso com uma roupa preta e sexy...

O vendedor já tirou umas trocentas caixas lá de dentro e Fátima não sabe qual levar. Acho que ela vai ser parada na alfândega porque suas malas não irão comportar tantas compras.

— O que você acha, Sarah? Esse de zebrinha e o vermelho envernizado ou o prata com tiras até a panturrilha?

— Acho que o vermelho é mais elegante — respondo.

— Tá. Então levarei esses dois! — ela faz sinal com os dedos para o vendedor e só depois vai ver quanto custa.

Daqui a algumas horas Fátima irá para Veneza e eu estarei na sala de aula. Tremo só de pensar nisso. Como será que Igor vai encarar o fato de eu estar aqui? Estou tão insegura agora...

53

— **Oh, querida! Vou ficar torcendo** por você, certo? — Fátima diz, enquanto Arnaldo faz o *checkout* no hotel.

— Obrigada, Fátima! Só tenho a agradecer a força que você tem me dado — digo, sinceramente. — Divirta-se em Veneza!

— Pode deixar! E não deixe de usar sua roupa nova daqui a pouco. Igor vai cair aos seus pés! — ela sussurra a frase final.

— Ok, ok! — eu digo. — Nos veremos em breve no Brasil.

— Um ano passa rapidinho — ela diz com os olhos marejados. — Mas eu também posso vir aqui visitá-la!

— Isso! — eu sorrio e enxugo uma lágrima no canto no olho. — Aí eu já estarei no meu apartamento e cozinharei uma massa pra vocês.

— E nós faremos as melhores compras! Dessa vez nem deu tempo... — Fátima retorce a boca.

Ela teve que comprar uma mala para levar as coisas que comprou. Imagine se tivesse dado tempo!

— Tchau, querida! — ela me abraça, se afasta olhando meu rosto e depois me abraça novamente.

— Até logo! — eu digo.

— Tchau, Sarah! — Arnaldo se aproxima e aperta minha mão.

— Divirtam-se! — digo por fim.

Fátima sai se equilibrando nos seus novos escarpins Charlote Olympia e se virando para me dar tchau a cada três passos, até sumir.

Vou para o quarto me arrumar. Decido usar um vestido de seda preto com poá branco, meia-calça preta, botas e um sobretudo cinza. Estou pronta! Respiro fundo, ergo a cabeça e saio.

Nervosa, entro na sala de aula da faculdade de Belas Artes. Não consigo parar de tremer por não imaginar que tipo de reação Igor terá ao me ver. Está lotada e percorro o local com os olhos, mas não o vejo. Que estranho. Ele não se atrasaria no primeiro dia de aula. Imagina! Igor, o Sr. Totalmente Correto!

Volto para a porta e verifico a lista de nomes pendurada. Não errei de sala. Procuro pelo nome dele e também consta. Será que ele desistiu ou algo assim? Será que Renata decidiu vir e ele matou aula?

O professor entra e pede que nos sentemos. Procuro um lugar no meio da sala. Na mesinha há um formulário do curso, com perguntas sobre as nossas expectativas e alguns dados sobre nossa formação. Há um clic-clic de canetas e depois silêncio. Todos de cabeça baixa, preenchendo as fichas quando ouço o trinco da porta girar e, de repente, o vejo entrar, todo atrapalhado, com uma bolsa tipo carteiro atravessada e uns livros pesados.

— Com licença. Desculpe... — ele está dizendo enquanto atravessa a sala, cabisbaixo, até a cadeira ao meu lado.

As pessoas sequer levantam a cabeça, preenchendo seus formulários, e Igor nem me vê, de tão atrapalhado e, notadamente, constrangido pelo atraso. Ele se senta, arruma os livros embaixo da mesinha e pendura a bolsa e o casaco na cadeira, observando o papel à sua frente.

Meu coração está a mil por milésimo de segundo, e minha boca está travada de nervosismo. Ele está tão lindo com um suéter preto e calça jeans encerada, arrumando os óculos daquele jeito tão familiar, que sinto uma vontade súbita de abraçá-lo e dizer "Ei, eu estou aqui". Mas não o faço.

Igor abre a bolsa e remexe os compartimentos, procurando alguma coisa. Depois enfia a mão no bolso do casaco e franze a testa. Ele olha mais uma vez dentro da bolsa e depois fita o formulário. Não acredito que ele esqueceu!

E assim, como se fosse o final perfeito de um filme de amor, pego uma caneta e, delicadamente, a levo até a sua mesa.

Estou tão nervosa que percebo minha mão levemente trêmula. Crio coragem e o encaro. Sua expressão é tão incrédula, que fico totalmente insegura sobre seu sentimento em relação à minha vinda. Tenho certeza de que meu rosto está vermelho, porque o sinto queimar.

Meu coração está batendo tão forte que dou uma olhada rápida para o meu peito, para ter certeza de que ele ainda está do lado de dentro.

Igor pisca os olhos, como se não acreditasse que fosse verdade e depois... sorri.

Suspiro, aliviada.

— Vamos começar de novo? — sussurro.

Nossas mãos se tocam, nossos dedos se entrelaçam e eu tenho a certeza de que a resposta é sim.

Epílogo

— **Daqui a quanto tempo chegaremos?** — pergunto, enquanto Igor dirige lentamente.

— Mais ou menos vinte minutos.

— Não aguento mais — digo, respirando fundo e testando meu novo jogo no smartphone.

— Não tem um jeitinho de essa coisa ficar sem barulho?

— Ter tem. Mas o barulho faz parte. É meio que... Mais emocionante quando ouço o plinplin! Além do mais, esse jogo é *vintage*.

— *Vintage*? Agora jogos também são *vintage*? — ele bufa e depois ri.

— Claro! É tetris! Você nunca jogou tetris? — olho para ele, incrédula.

— Acho que isso pode fazer mal a ele. Esse barulhinho irritante pode deixá-lo nervoso — ele diz e aponta para a minha barriga saliente.

— Ah, sem essa! — empurro seu ombro.

— É sério! Existem estudos que dizem que as crianças podem ser calmas ou tremendamente agitadas dependendo do que ouvem quando estão na barriga, sabia? — ele argumenta com seu jeitão de sempre, cheio de explicações e teorias científicas.

— Tá bom, mas vê se acelera um pouco mais, porque já estou ficando com vontade de fazer xixi! E Fátima vai me matar se eu chegar atrasada para o batizado da Lia.

— Ok, ok! — ele diz e aumenta um pouquinho a velocidade.

Fátima e Arnaldo voltaram de Veneza decididos a adotar uma criança. Lia é uma menina meiga, carinhosa e nissei. Fátima agora se divide entre fraldas descartáveis, laços enormes cor-de-rosa e casaquinhos de oncinha. As "garotas" da alta sociedade disseram que era ridículo ela adotar um bebê "sem procedência". "Sabe-se lá que tipo de genes que ela pode carregar!". Foi uma das bobagens que Fátima ouviu. Mas ela não se deixou levar e eu nunca a vi tão feliz antes.

Eu e Igor montamos nosso próprio escritório. Acabei ficando à frente da parte de negócios e estamos crescendo tanto que acabamos absorvendo o pessoal do escritório de Nestor, que se aposentou e foi morar numa comunidade naturista com uma loira do tipo Pamela Anderson.

Renata se apaixonou por Dario, que a transformou em *personal shopper*. Ela agora trabalha para os escritórios de arquitetura, fazendo a parte de compras com clientes.

— Chegamos — Igor freia e sorri para mim, apontando para o relógio do carro. — Dezoito minutos. Como você pediu, eu me apressei — ele diz, satisfeito.

Olho para ele com ternura. Meu coração está tranquilo. Isso é o amor: a sensação de que você está onde deveria estar.

— Você já sentiu saudade de algo que nunca aconteceu? — pergunto antes de descer.

— Como assim?

— Sei lá... Como se você sentisse falta de alguma coisa. Uma emoção talvez. Algo de muito bom e que nunca aconteceu, por isso é estranho sentir saudade, entende?

Ele aperta os lábios.

— Você sente isso? — Igor pergunta.

— Agora não mais.

Ele toca meu rosto, dá um sorriso resplandecente, se aproxima e me beija lentamente. O beijo mais perfeito do mundo. Cheio de amor, de paixão, de cumplicidade.

— Eu amo você... — digo. — Com todo esse seu jeito certinho de ser.

— Eu também amo você... Com toda a sua maluquice.

— Ops! — dou um pulo de susto.

— Que foi? — Igor se espanta.

— Chutou! — aponto a minha barriga.

— Chutou? Chutou? Ah, meu Deus! Vamos ao hospital!

Querida Glória,

Sempre pensei que as pessoas tivessem uma música que representasse suas vidas. Eu queria uma música feliz para a minha. Uma música que falasse de amor.

Mas eu pensava que amor era um fogo ardente que fazia a gente sentir a pior dor do mundo e depois ressuscitar e sentir um bálsamo de satisfação, para logo em seguida ser atacado outra vez pela dor lancinante e seguir, nesse círculo vicioso, até morrer... de amor.

Eu estava errada. O amor é simples e complexo ao mesmo tempo. É a agradável surpresa diária que você já espera. É a compreensão do seu pior lado e o reforço do seu melhor. É saber-se amado sem precisar que seja dito. É a melhor coisa do mundo e é o que faz o mundo melhor.

A música da minha vida não fala de dor, nem de ausência. A minha música fala do momento exato em que as coisas devem acontecer e que devemos estar de olhos e coração abertos para perceber que o amor pode estar do seu lado.

Sua feliz e completa paciente,

Sarah Albuquerque Schneider

São Francisco
GRÁFICA E EDITORA
IMPRESSÃO E ACABAMENTO
Rodovia Anhanguera, km 305 + 20m - CEP 14097.140
Fone: (16) 2101-4151 - Ribeirão Preto - SP
IMPRESSO EM SISTEMA CTP